KB045971

자신은 아르를 이길 수 없다.

그리 생각하는 레오에게 있어서, 아르에게도 매력○

자신이 더 마음에 든다는 말은 처음 들어 보았다.

그래서 레오는 아무런 말도 할 수가 없었다.

마음에 기쁨이라는 감정이 가득 차기 시작했다.

하지만, 그걸 어떻게 표현해야 할지 레오는 알 수7

처음 겪어본 일이었기 때문이다.

"저는 당신의 매력도

그에 못지 않을 만큼 훌륭하다고 느낍니다.

아니……, 당신이 더 마음에 드는 것 같네요."

나르트
라

18세. 검
정치, 모든
어난 실력
있으며 차
유력 후보
마음씨가
남을 배려하
이기 때문에
어진 가족들
는 것에 의
있다. 형인
트를 누구보
고 있다..

아르노르트
레스
아드라

제7황자. 18세. 무능
하고 게으른데다 놀
기만 하는 방탕 황자
이기 때문에 '쌍둥이
동생에게 모든 것을
빼앗긴 『찌꺼기 황
자』'라고 얕보이고
있다. 실제로는 무능
한 것이 아니라 '강력
한 고대 마법을 다루
는 SS급 모험가 실
버'로서 남몰래 제국
을 수호하고 있다.

피네 폰
크라이네르트

명문 크라이네르트 공작
가문의 딸. 국내 제일의
미녀로서 황제에게 푸른
갈매기 머리장식을 선물
받은 통칭 '창구희'. 작은
몸집에 어울리지 않을 정
도로 글래머. 심지가 굳
은 성격이며 아르노르트
를 전폭적으로 신뢰하고
있다.

오리히메 쿠온

극동의 나라, 미즈호의 선희라 불리는 수호신. 생각을 깊게 하지 않는 성격이며, 거만한 태도를 보이지만 밝고 싹싹한 모습이 밉살스럽게 느껴지진 않는다. 선호족의 핏줄을 이어받았기에 뛰어난 마력을 지녔으며, 결계가 특기이고 그 효과는 황국에서도 손을 대지 못할 정도다.

레티시아

사보성구 중 하나, 성장을 지닌 페를랑 왕국의 성녀. 5년 전에 아르, 레오와 알고 지내게 되었으며, 황제의 즉위 25주년을 축하하기 위해 제국에 온 왕국의 대표. 청초하고 성실한 성격과 더불어 레오의 첫사랑 상대.

지크문트 아이슬러

통칭 지크. 대륙에서 최강의 창병이라 불리던 S급 모험자……가 비약을 먹고 인형처럼 생긴 새끼 곰으로 변해버린 모습. 여자를 매우 좋아하며, 건드렸다가 벌을 받는 나날을 보내고 있다.

에르나 폰 암스베르그

아르노르트의 소꿉친구. 마왕을 쓰러뜨린 용사의 가문인 암스베르그 용작 가문의 후계자 아가씨. 완벽초인이라 불리며 역대 용작가 중에서도 매우 뛰어난 능력을 지니고 있다. 용작 가문에 전해져 내려오는 성검을 쓰면 거의 무적의 실력을 자랑한다.

레오...
렉스...
아드...

제8황...
술, 마법...
면에서...
을 지니...
기 황제...
중 한...
착하고,...
는 성격...
피가 이...
끼리 싸...
문을 품...
아르노...
다 신뢰...

Characters

…이 있다는 걸 이해하면서도

…가 없었다.

"……기쁩니다. 정말……,
당신께서 그렇게 말씀해주신 것만으로도,
말로 표현할 수 없을 만큼."

최강 찌꺼기 황자의 암약 제위 쟁탈전 6

무능한 척 연기하는 SS랭크 황자는 황위 계승전을 남몰래 지배한다

탄바

Contents
목차

삽화 · 본문 일러스트 : 유우나기
디자인 : 아츠시 타카히사(atd)

† 암스베르그 용작 가문

500년 정도 전에 대륙을 뒤흔든 마왕을 토벌한 용사의 핏줄. 제국 귀족 중에서 가장 지위가 높은 존재이며 황제에게만 무릎을 꿇는다. 용작 가문 중에서도 재능이 있는 자만이 전설의 성검, 극광(아우로라)을 소환할 수 있다. 제국을 수호하는 것을 자신의 역할로 삼고 있어 기본적으로 정치에 참가하지 않는다.

† 루펠트 렉스 아드라

제10황자. 10세.
아직 어려서 제위 쟁탈전에는 참가하지 않았다. 소심한 성격이다.

† 크리스타 렉스 아드라

제3황녀. 12세.
감정의 거의 드러내지 않고, 아르나 레오처럼 특정한 사람들만 따른다.

† 헨릭 렉스 아드라

제9황자. 16세.
아르노르트를 깔보고 있으며 레오나르트에게는 라이벌 의식을 불태우고 있다.

아드라시아 제국의 황제. 열세 명의 아이들에게 제위를 놓고 싸우게 하여 이긴 아이에게 황제의 자리를 물려주려 하고 있다. 광대한 제국을 통치하며 기회가 생기면 영토를 확대해온 명군.

† 레오나르트 렉스 아드라

제8황자. 18세.

† 아르노르트 렉스 아드라

제7황자. 18세.

† 콘라트 렉스 아드라

제6황자. 21세.
고든과 같은 어머니를 둔 황자. 감정적인 고든의 동생답지 않게 성격은 아르노르트와 비슷하다.

† 카를로스 렉스 아드라

제5황자. 23세.
뛰어나다는 평가를 받은 적도, 무능하다는 평가를 받은 적도 없는 평범한 황자. 하지만 능력과는 달리 꿈에 취해있어 영웅이 되고 싶다는 마음을 품고 있다.

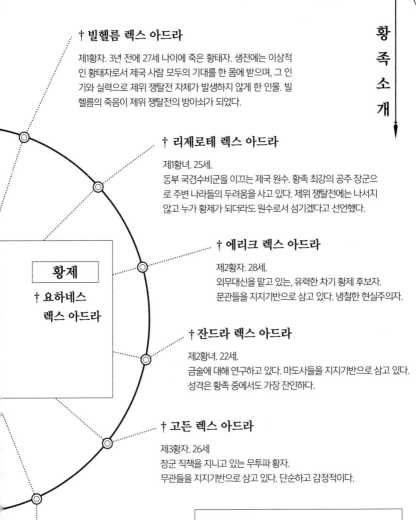

† 빌헬름 렉스 아드라

제1황자. 3년 전에 27세 나이에 죽은 황태자. 생전에는 이상적인 황태자로서 제국 사람 모두의 기대를 한 몸에 받으며, 그 인기와 실력으로 제위 쟁탈전 자체가 발생하지 않게 한 인물. 빌헬름의 죽음이 제위 쟁탈전의 방아쇠가 되었다.

† 리제로테 렉스 아드라

제1황녀. 25세.
동부 국경수비군을 이끄는 제국 원수. 황족 최강의 공주 장군으로 주변 나라들의 두려움을 사고 있다. 제위 쟁탈전에는 나서지 않고 누가 황제가 되더라도 원수로서 섬기겠다고 선언했다.

† 에리크 렉스 아드라

제2황자. 28세.
외무대신을 맡고 있는, 유력한 차기 황제 후보자.
문관들을 지지기반으로 삼고 있다. 냉철한 현실주의자.

황제
† 요하네스
렉스 아드라

† 잔드라 렉스 아드라

제2황녀. 22세.
금술에 대해 연구하고 있다. 마도사들을 지지기반으로 삼고 있다.
성격은 황족 중에서도 가장 잔인하다.

† 고든 렉스 아드라

제3황자. 26세
장군 직책을 지니고 있는 무투파 황자.
무관들을 지지기반으로 삼고 있다. 단순하고 감정적이다.

† 드라우고트 렉스 아드라

제4황자. 25세.
촌스러운 안경이 특징인 뚱뚱한 황자.
문학적인 재능이 없는데도 문호를 목표로 삼고 있으며 취미에 빠져 사는 사람.

† 선선대 황제 구스타프 렉스 아드라

아르노르트의 증조부에 해당되는 선선대 황제. 황제의 자리를 아들에게 물려준 다음 고대마법을 연구하는데 몰두하다 제도를 혼란스럽게 만들었던 '난제'.

최강 찌꺼기 황자의
암약 제위 쟁탈전

무능한 척 연기하는 SS랭크 황자는 황위 계승전을 **남몰래** 지배한다

◈ 제1장 백구 연합

1

"당신이 아직 여기 남아있었을 줄은 몰랐는데."

에르나를 데리고 제도로 돌아온 지 며칠이 지났다. 나는 실버로서 다시 피난처로 이용되고 있던 도시로 돌아왔다.

레오 일행은 피난한 백성들을 호위하느라 자리를 비웠지만, 도시에는 에고르가 남아 있었다.

"너무 그러지 마라. 나도 나이가 들어서 말이지. 나름대로 힘껏 싸우면 피로가 남으니까."

"그렇군."

그 말을 있는 그대로 받아들인 것은 아니다.

가장 오랫동안 SS급 모험가로 활동했으며 대륙 전토를 돌아다니는 노인이다. 피곤하다고 해서 같은 곳에 오랫동안 머무르는 건 드문 일이다.

"그러고 보니 선희 아가씨가 화를 내더군. 나를 두고 가다니 대체 무슨 짓인가?! 라고 말이다."

"아, 그러고 보니 깜빡 잊고 있었군."

"명목상으로는 의뢰인이니 함께 데리고 갔어야겠지. 나중에 골치 아프게 될 게다."

"애초에 골치 아픈 소녀다. 어느 정도 더 골치 아파지더라도 문제는 없을 텐데."

내가 한 말을 듣고 에고르가 유쾌하다는 듯이 웃었다.

그런 나와 에고르가 있던 방에 소니아가 나타났다.

"영감님. 점심밥이야."

"오, 미안하구나. 엘프 아가씨."

소니아는 내가 있다는 사실로 인해 놀랐지만, 곧바로 익숙한 솜씨로 에고르의 식사를 탁자 위에 늘어놓기 시작했다.

그리고 자신이 방해가 될 거라 생각했는지, 아무런 말도 하지 않고 고개를 숙이고는 방에서 나갔다.

"젊은 아가씨가 돌봐 주는 게 기뻐서 남아있었던 건가?"

"그런 이유도 있지."

"홋, 꽤 마음에 든 모양이로군. 당신이 다른 사람을 위해서 남다니."

에고르가 젊은 아가씨를 좋아하는 색골 영감이라면 길드도 고생하지 않았을 것이다.

이 영감님은 다른 사람들을 도와 주는 것이 취미다 보니, 대륙 전토를 계속 돌아다니고 있다. 그렇기에 특정한 사람에게 정을 주는 경우는 별로 없다.

그런 에고르가 소니아를 위해 이곳에 머무르고 있다. 아마 크라이드가 여기 있었다면 당장 소니아를 길드에 스카우트했을 것이다.

"도움을 원하는 자를 돕는 게 내 일이다. 허나……, 영귀를 쓰러뜨린 뒤에도 저 아가씨는 도움이 필요한 것 같아서 말이다……."

"그녀의 사정은?"

"물어보지 않았다. 그 아이도 이야기할 생각이 없는 것 같더군."

SS급 모험가인 에고르라면 소니아를 구해 낼 수 있을 것이다.

하지만, 소니아는 끌어들이고 싶지 않아서 말하지 않은 것 같다. 그것만 놓고 보더라도 소니아가 변했다는 게 짐작되었다.

예전에 대치했을 때보다 어른이 되었다고 해야 하나. 승산이 반반인 책략을 이용해서 양쪽 진영에 여지를 남기려 했던 때와는 다르다.

자신의 책임은 자기가 지겠다는 의지가 느껴졌기에, 나는 소니아의 사정을 에고르에게 간단히 설명했다.

그 이야기를 들은 에고르는 잠시 입을 다물었다.

"어떻게 움직일지는 당신에게 맡기지. 나는 볼일이 있어서 이만 실례하겠어."

나는 그렇게 말한 다음 그곳을 떠나려 했다. 이곳에는 정말로 상황을 살펴보러 잠깐 들렀을 뿐이기 때문이다.

진짜 목적지는 여기가 아니다.

그래서 전이하려는 참에, 에고르가 입을 열었다.

"……제3황자를 만나러 가는 건가?"

"그럴 생각이다. 백성을 지키는 모험가로서 이번 건을 그냥 넘길 수는 없으니까. 조금 괴롭힐 겸, 협박을 해 둬야겠어."

"그런가……, 이보게, 실버. 내게 빚을 지울 생각은 없나?"

"당신에게 빚을? 대체 뭘 하라는 거지?"

SS급 모험가, 길 잃은 검성이라 불리는 에고르에게 빚을 지울 기회는 거의 없다.

그래서 나는 흥미에 이끌려 되물었다.

"이번 건을 통해 그 엘프 아가씨를 구해 줬으면 한다."

"구해 주고 싶다면 직접 움직이지 그래?"

"나는 흥정이 서투르다. 베는 것밖에 재주가 없지. 그녀를 키워 준 부모를 원만하게 구해 낼 방법이 생각나지 않는군."

"나도 원만한 방법을 동원할 생각은 없다만?"

"허나, 해결할 방향으로는 끌고 갈 수는 있겠지? 나는 인질을 찾아내서 힘으로 빼앗을 뿐. 그래선 해결이 안 된다. 그 아이를 자유롭게 만들어 주고 싶구나."

"……정말로 마음에 든 모양이로군."

"으음, 마음에 들었다. 그대는 어떤가? 자기 가족이 인질로 잡힌 상황에서도 사지에서 백성을 구하는 것을 선택한 소녀만, 구해 주기에 합당하지 않은가?"

에고르는 그저 나를 똑바로 바라보았다. 나라는 사람을 시험해 보고 있는 모양이다.

에고르는 SS급 모험가다. 구해 주겠다고 결심하면 반드시 구해 낼 것이다. 내가 거절하면 힘으로 밀어붙일 테고.

그건 분명 제위 쟁탈전에 혼란을 불러오겠지. 그리고 그렇게 한 이상, 에고르는 제국에 오지 못하게 될 것이다. 그런 전개는 그다지 바람직하지 못하다.

애초에 고든은 군인으로서 판단을 잘못 내렸다. 그런 말로 잡아뗄 수 있을 정도의 실수다.

대국적인 시점으로 보면 미처 도망치지 못한 백성 두 명 따위는 없는 거나 마찬가지다. 그걸 간과하지 못하는 이유는 내가 모험가이기 때문이다.

이번 건으로 고든을 실각시키는 건 불가능하다. 실버의 명성을 이용하면 대미지를 입힐 수는 있겠지만, 그것도 결국 괴롭히는 정도에 불과하다. 그렇다면 에고르에게 빚을 지우는 게 더 나을 것이다.

"에휴……, 알겠다. 제3황자와 교섭해서 그녀를 키워준 부모를 구해내지."

"오오! 고맙구나!"

"하지만, 제위 쟁탈전에 이미 관여한 이상, 반드시 안전할 거라는 보장은 없다. 그녀를 어떻게 할 셈이지?"

"그녀를 키워 준 부모는 내가 안전한 곳에 숨길 거다. 엘프 아가씨 쪽은……, 그녀가 받아들인다면 내 보좌를 맡기고 싶군. 나는 방향치니까 말이다."

"이거 놀랍군. 수백 년 동안 대책을 고려하지 않았던 문제에 드디어 종지부를 찍을 생각인가?"

"그런 식으로 말하지 마라. 나도 몇 번이나 고치려고 했었다. 곁에 사람을 둔 적도 있었지. 하지만, 다들 나를 따라오지 못했을 뿐이다."

"당신을 따라갈 수 있는 사람이 별로 없긴 하겠지."

자기 마음대로 자유롭게 여행하는 사람이니까. 자신의 감성에 따라 움직이고, 목소리를 들었다면서 영문을 알 수 없는 말을 하고, 아무렇지도 않게 대륙 끝에서 끝까지 이동하는 사람이다.

따라가는 것만으로도 고생이 심할 것이다. 게다가 극도의 방향치고.

소니아도 힘들겠지만, 곁에 있으면 안전하다는 건 확실하다.

"그리고 엘프 아가씨가 내 곁에 있으면 드워프와 엘프의 관계도 조금은 나아지겠지."

"그건 희망적인 관측일 텐데. 엘프는 하프 엘프를 인정하지 않는다."

"커다란 틀로 한데 묶지 말거라. 엘프가 모두 하프 엘프를 인정하지 않는 건 아니다. 조금씩이라도 상관없다. 조금씩이나마 바뀌어 가면 된다."

그 말에는 오랜 세월을 살아온 에고르에게만 담을 수 있는 깊이가 있었다.

인생 경험이라는 점만 놓고 보면 나 같은 건 비교도 되지 않는 에고르는 분명히 SS급 모험가로서 불쾌한 것들을 몇 번이나 봐왔을 것이다.

그럼에도 에고르는 도움을 청하는 자들을 계속 돕고 있다. 그러면 분명히 좋은 방향으로 나아갈 거라 믿으면서.

"조금씩이라……, 당신답군. 그렇다면 나는 그 말을 믿어 보도록 하지."

"그래, 그렇게 하거라. 우리가 할 수 있는 것은 조금씩 바뀌어 가는 세계를 돕는 것뿐이니."

에고르가 한 말을 듣고 고개를 끄덕인 나는 전이로 그곳을 떠났다. 중간저장

그리고 내가 간 곳은 북부 국경에 있는 요새였다. 제국에게 있어서 꺼림칙한 땅. 과거에 황태자가 이 요새에서 출격했고, 비극적인 죽음을 맞이했다.

고든은 지금, 이 요새에서 국경 수비군의 장수로서 북부 국경의 수비를 맡고 있다.

나는 그 요새의 문 앞으로 전이했다.

"누, 누구냐?!"

"거, 검은 로브와 은빛 가면?!"

"말도 안 돼……, 설마……?!"

문을 수비하고 있던 경비병들이 모여들어서 문을 지키려 했지만, 내 모습을 보고 모두가 굳어 버렸다. 뭐, 그럴 만도 하겠지.

SS급 모험가가 국경의 요새에 오는 건 있을 수 없는 일이다.

"고든 황자에게 전해라. 실버가 만나러 왔다고 말이다."

"아, 알겠습니다!"

경비병 한 명이 경례하고는 급하게 요새 안으로 들어갔다.

남은 경비병들은 일단 무기를 겨누며 나를 반원 형태로 둘러쌌

다. 병사로서의 본능일 것이다.

나처럼 무슨 짓을 할지 모르는 녀석에게는 무기를 들이대지 않으면 안심할 수가 없는 것 같다.

한동안 그 상태가 계속되었고, 좀 전에 전령 역할을 맡아 달려갔던 경비병이 돌아왔지만, 얼굴은 매우 새파래진 상태였다.

"훗……, 안색이 지독하군."

"고, 고든 황자님께서는……, 만나지 않으시겠답니다……."

"그런가? 이유가 뭐지?"

"마, 만날 이유가 없다고……."

경비병은 당장에라도 쓰러질 듯한 모습으로 중얼거렸다. 나는 그 말을 듣고 그 경비병의 어깨에 손을 얹었다.

"그렇군. 고생이 많았다."

"아, 죄, 죄송합니다……."

"아니, 자네가 잘못한 것도 아닌데."

나는 그렇게 말한 다음, 천천히 앞으로 걸어갔다.

이야기가 끝나자 내가 돌아갈 거라 생각하고 있었던 경비병들이 깜짝 놀란 표정을 지었다.

나는 그 경비병들에게 낮은 목소리로 말했다.

"그쪽에게는 없더라도 내게는 만날 이유가 있어서 말이지. 들어가야겠다."

"머, 멈추십시오! 아무리 SS급 모험가라 하더라도 군의 시설에 억지로 들어가다니…… 아, 아아……."

창을 겨누고 있던 경비병들이 내가 해방시킨 무시무시한 마력으로 인해 엉덩방아를 찧었다.

나는 그 경비병들 옆을 지나 문을 열었다.

"무례하게 전이로 들어가지 않은 것만으로도 다행이라 생각했으면 하는데. 나는 그저 공손하게 실례할 뿐이다. 내 목적은 고든 황자를 만나는 거니까. 누구에게도 공격하지 않을 것이고, 아무것도 부수지 않을 것이다. 물론, 요격은 하겠지만."

나는 그렇게 말한 다음, 천천히 요새로 들어갔다. 그와 동시에 멀리서 보고 있던 병사가 비상 사태를 알리는 종을 울렸다.

"긴급 사태! 긴급 사태다! 시, 실버가 요새에 침입했다!"

그것은 북부 국경 요새에 있어서 황태자의 비보에 버금갈 정도로 충격적인 보고였다.

2

요새로 들어선 나를 보고, 엉덩방아를 찧었던 경비병들이 나를 붙잡기 위해 일어섰다.

병사로서의 직무를 떠올렸기 때문일 것이다.

하지만, 일어선 그들은 몇 발짝만에 다시 비틀거리다 멈춰섰다.

"무리하지 않는 게 좋을 거다. 마력의 농도를 높인 상태니까. 마력에 익숙하지 않은 자는 견딜 수 없을 정도로 말이야."

마력이라는 것은 누구나 조금씩은 가지고 있다. 그저 몸 밖으로 방출하거나 마법으로 응용할 수 있는 사람이 별로 없을 뿐. 그렇게 몇 안 되는 사람이 마술사가 되거나, 뛰어난 모험가가 되거나, 기사가 되곤 하는데, 일반인은 보통 대량의 마력을 뒤집어쓰는 경험과는 인연이 없다.

지금 내가 주위에 흩뿌리고 있는 마력의 농도는 자연적으로는 생길 수 없는 수준. 마법의 소양이 있는 자라면 모를까, 평범한 사람은 서 있는 것도 힘들 정도의 농도다.

"자, 잠깐……, 시, 실버……."

경비병 한 명이 기어와서 내 다리를 잡으려 했다. 끈기가 대단하다. 하지만, 그 말을 들어줄 수는 없다. 나는 그 경비병에게 발을 잡히기 전에 걸어가기 시작했다.

문을 지나, 탁 트인 곳으로 나섰다. 그 앞쪽에서는 활을 겨눈 병사들이 늘어서 있었다.

"멈춰라! 실버!"

"훈련이 잘 되어 있군."

경보가 울린 지 몇 분 만에 수십 명이 활을 챙겨서 집합했군.

부대장으로 보이는 남자가 팔을 높게 들어올리고 있다. 그가 손을 내리면 화살이 내게 쏟아질 것이다. 하지만 나는 멈추지 않았다.

"크익! 멈춰라! 실버! 이곳은 제국군의 요새다! 아무리 SS급 모험가라고 하더라도 횡포가 용납될 곳이 아니란 말이다!"

"횡포가 용납되지 않는다면 막아 봐라. 안심하시지. 반격은 하지 않으마."

"이 녀석! 얕보기는! 쏴라!! SS급 모험가라면 죽진 않을 거다!!"

그가 그렇게 말하며 발사 호령을 내렸다. 수십 발의 화살이 시야에 들어왔다. 하지만 나는 아랑곳하지 않고 계속 걸어갔다.

화살이 날아들었지만, 일정 거리에 도달하자 기세를 잃고 떨어져버렸다.

후두둑, 화살이 눈앞에서 떨어지고 있다. 나는 그 모습을 보며 말했다.

"얕보고 있군. 겨우 화살 따위로 SS급 모험가를 막을 수 있을 줄 알았나?"

"치잇! 마법인가! 포위해라! 전 방향을 모두 막아낼 수 있을 것 같으냐!"

남자 부대장이 그렇게 말하며 차례차례 모여든 증원군에게 지시를 내렸다.

증원군이 나를 둘러싸듯이 진을 치고는 부대장의 지시에 따라 모든 방향에서 화살을 날렸다.

하지만, 결과는 마찬가지였다. 화살은 일정 거리에서 속도를 잃고 땅바닥에 떨어졌다.

그 와중에도 내 진한 마력을 뒤집어쓴 병사들은 활을 떨어뜨리며 무릎을 꿇었다.

"겨우 이 정도를 마법이라고 하지 않았으면 좋겠는데."

"아, 아아……."

부대장 옆으로 다가간 나는 어깨를 두드렸다. 딱히 세게 때린 건 아니었지만, 부대장은 제자리에서 쓰러졌다.

나는 그대로 더욱 안쪽으로 들어가려 했지만, 옆에서 덩치가 큰 병사가 나타났다. 그 뒤에는 열 명 정도의 소대가 있었다. 그들은 낯선 무기를 들고 있었다.

생김새는 크로스보우다. 하지만 그것은 단순한 크로스보우가 아니었다.

크로스보우 아래쪽에는 원형 통이 달려 있었고, 그 가운데에는 자그마한 보옥이 박혀 있었다. 제국군의 시험 제작 병기인가?

"움직이지 마라! 실버! 평범한 활을 막아내더라도 이건 막아 낼 수 없겠지!"

"내가 알지 못하는 무기라서 딱 잘라 말할 순 없다만, 아마 힘들걸?"

"흥! 남부의 악마 소동 때 몬스터를 상대로도 활약했던 이 '회전식 마도 연노 시제품'의 위력을 느껴보거라!!"

소대장으로 보이는 덩치 큰 남자의 호령에 따라 뒤에 있던 병사들이 연노의 방아쇠를 당겼다.

그러자 보옥에 담겨 있던 마력으로 인해 화살이 끊임없이 날아들었다. 아래쪽에 붙어있는 원형 통이 회전하면서 화살을 공급하여 연사를 보조하고 있었다.

일반적으로는 불가능한 연사 속도로 발사된 화살이 나를 향해 날아들었지만, 결과는 좀 전과 마찬가지였다. 속도를 잃고 땅바닥에 떨어졌다. 약간 다른 건 떨어지는 속도가 빨랐기에 흙먼지가 피어올랐다는 점 정도이다.

그 흙먼지 속에서도 그들은 연사를 멈추지 않았다.

아까운 짓을 하는군. 저런 병기는 보옥을 1회용으로 소모한다. 딱 좋은 실험 상대라고 판단했겠지만, 무모한 행동이다.

"해치웠나?!?!"

"──공부가 부족한 것 같으니 가르쳐 주마. 그게 얼마나 자랑스러운 병기인지는 모르겠다만, 남부에서 악마를 쓰러뜨린 건 그 병기를 활용했던 군이 아니라 바로 나다."

"머, 멀쩡하다고?!"

"몬스터와 악마. 어느 쪽이 더 강한지는 어린애도 안다. 그리고 나는 악마보다 강하다. 설마 진심으로 찰과상이라도 입힐 수 있을 거라 생각한 건가?"

"히이이이이이이익?!"

그들을 향해 걸어가기 시작하자 모두가 연노를 내팽개치고는 뒷걸음질치기 시작했다.

연노가 그들이 지닌 자신감의 근원이었을 것이다. 하지만, 자신감의 근원치고는 너무 약하다.

그런 생각을 하고 있자니 여러 말이 달리는 소리가 들려 왔다.

"모두 물러서라!! 우리가 맡겠다!!"

"기병대?! 해치워 다오!!"

소대장이 살았다는 듯이 소리쳤다.

말을 탄 기병이 다섯 명. 창을 든 채 돌진해 왔다. 하지만 내가 그쪽을 힐끔 보기만 했는데도 말이 급정지하고, 기병들이 공중에 내동댕이쳐졌다.

부상을 입으면 곤란하기에, 나는 오른손을 살짝 휘둘러서 그들을 결계로 사로잡았다.

"원거리 무기가 통하지 않으니 돌격하겠다는 것도 어리석은 생각이로군. 동물은 인간보다 더 민감하다. 절대로 당해 낼 수 없는 상대에게 돌진한다는 건 정말 굳건한 신뢰관계가 있어야만 하지."

나는 공중에서 사로잡은 기병들을 땅바닥에 내려놓았다.

그러는 사이 내 주위에는 백 명이 넘는 병사들이 모여들었다.

검을 들고 있는 걸 보니 접근전을 벌일 생각인 것 같다.

"어떻게든 막아라! 겨우 한 명에게 돌파당하는 건 우리 요새의 수치다!"

검을 든 지휘관이 병사들을 고무했지만, 병사들의 사기는 낮다. 절대로 불가능할 거라는 생각이 얼굴에 드러나 있다. 그게 사실이다. 병사들이 더 똑똑하군.

하지만 병사들은 상관의 명령을 따라야만 한다. 무모한 돌격 명령이 내려졌다.

"돌격!!"

병사들이 어쩔 수 없이 돌진해 왔다. 그들을 상대하는 건 간단하다. 하지만 그로 인해 그들이 괴로워하는 건 너무 안타까운 일이다.

그래서 나는 발에 마력을 집중시켜서 단숨에 지휘관 앞으로 이동했다. 갑자기 나타난 나를 보고 지휘관의 움직임이 멎었다.

"어엇?!"

"왜 그러지? 돌격은 안 하나?"

가면 너머로 지휘관의 눈을 빤히 들여다보았다.

지휘관은 마치 악마가 노려본 듯이 꿈쩍도 하지 못하고 제자리에서 굳어있기만 했다.

"잘난 듯이 무모한 명령을 내렸잖나. 시범 정도는 보여주는 게 어때?"

"아, 아아……, 요, 용서…….."

"딱히 잡아먹으려는 건 아니라고. 그냥 명령을 내릴 때는 잘 생각해 봐야 한다고 충고하는 것뿐이다. 무모한 돌격은 목숨을 잃게 할 뿐이야. 명심해 두라고."

나는 그렇게 말한 다음, 지휘관 옆을 지나 안쪽으로 향했다. 이미 나를 막으려는 병사는 존재하지 않았다. 모두가 멀찍이 떨어져서 나를 바라보고 있었다. 그들도 알고 있을 것이다. 마음만 먹으면 내가 이 요새를 파괴할 수도 있다는 사실을.

그러지 않는다는 건 내게 적의가 없다는 뜻이다. 나는 그저 고든을 만나고 싶은 것뿐이다.

한동안 요새 안쪽으로 나아가자 한가운데에 있는 성에 도착했다. 요새 사령관의 거성(居城)이다. 고든도 이곳에 있을 테고.

그런 생각을 하고 있자니 성의 창문에서 덩치가 큰 남자가 뛰어내렸다.

"우오오오오오오오오오오옷!!!!"

기백이 담긴 목소리와 함께 남자가 대검을 휘둘렀다. 상단에서 내려친 그 검은 낙하의 기세까지 담겨서 터무니 없이 빠른 속도로 날아들었다. 하지만, 화살과 마찬가지로 내게 닿기 전에 속도를 잃고는 멈춰 버렸다.

나는 그 검을 옆으로 살짝 밀어내며 그 사람에게 말을 걸었다.

"정말 어른스러운 환영이로군? 고든 황자."

"모험가 따위가……!"

"그 모험가 따위를 위해 일부러 마중 나와준 것은 감사하지. 나오지 않았더라도 내가 찾아갔겠지만 말이야."

나는 무례한 태도를 슬쩍 내보이며 고든에게 말을 걸었다. 그게 마음에 들지 않았는지, 고든이 인상을 찌푸렸다.

"찾아온다고? 네놈이 한 짓은 쳐들어온 거라고 해야겠지!"

"그렇게 말할 수 있을지도 모르겠군. 하지만 내 방문을 거절한 게 잘못이다. 바보도 아니고. 내가 이렇게 할 거라는 것 정도는 예측할 수 있지 않았나? 나는 제검성에도 들어가는 남자인데?"

나는 은근히 예측하지 못한 게 바보라고 하면서 고든에게서 눈을 돌려 그 뒤에 나타난 통통한 노인에게 고개를 숙였다.

"소란을 일으켜서 실례했군, 요새장."

"아니, 아니, 적당히 좋은 훈련이 되었어. 병사들도 마음을 다잡겠지."

그 사람은 이 요새의 우두머리이자 북부 국경 수비군을 이끄는 장군이다.

이름은 로호스. 온화한 인물로 널리 알려져 있고, 그런 성품이 높게 평가되어 북부 국경을 맡고 있다. 그런 인격자이기 때문에 고든을 맡길 수 있었던 것이기도 하다.

"고든 장군에게 용건이 있다고 하던데. 방을 마련하지."

"감사하오."

"요새장!!"

"자신이 뿌린 씨앗이야. 자신이 해결해야겠지. 고든 장군."

"나는 아무것도 하지 않았다!!"

"그건 실버에게 할 말이고."

로호스는 그렇게 말하고는 나를 맞이했다.

고든은 씁쓸한 표정을 짓고 있었지만, 따를 수밖에 없었기에 나와 함께 성으로 들어갔다.

■ ■ ■

성의 어떤 방에서 나와 고든이 대치하고 있었다.

고든은 아무런 말도 하지 않겠다는 듯이 입을 다물고 있다.

"내가 왜 왔는지 알겠나?"

"……모르겠군."

"그런가? 그렇다면 가르쳐 주지. 영귀 토벌전 도중에 두 아이가 전장에 길을 잃고 들어왔다. 그 아이들을 에르나 폰 암스베르그가 감쌌기에 전황이 일시적으로 불리해졌다."

"그게 나 때문이라는 건가?"

"아이들의 이야기에 따르면 오기 전에 군대를 만났는데, 그 군대가 숲으로 가라고 했다더군."

"……어린애가 한 말이다."

"그렇다면 황제에게 그렇게 말하시지."

나는 그런 태도라면 이야기는 끝났다는 듯이 전이문을 열었다.

영귀 토벌전은 제국의 중대사였다. 그것을 방해하는 행동은 용납되지 않는다. 고든은 황제의 신뢰를 잃게 될 것이고, 이제 곧 진행될 행사에 참가하는 것도 허락받지 못할 것이다.

북부에서 계속 찬밥 신세로 지내게 된다는 뜻이다. 물론, 제위 쟁탈전에서 탈락하는 것은 아니다.

그래도 크게 뒤처지게 될 것은 자명. 그렇기에 고든은 일어서서 나를 불러세웠다.

"잠깐!"

"이야기는 끝났다만?"

"……내가 할 이야기가 있다. 들어줬으면 한다."

"그런가."

내가 할 이야기는 끝났다. 고든은 분한 듯한 표정을 지으며 나를 다시 자리에 앉게 했다.

고든이 보기에는 북부로 좌천된 것 자체가 굴욕이었고, 그걸 오래 끌 수는 없었을 것이다.

"······목적이 뭐지?"

"아무것도 없다. 그저 어린아이가 군대의 지시에 따라 전장에 들어오게 되었다고 보고했을 뿐이다."

"······내가 이끌던 정찰 부대다. 어린아이에게 숲에 있는 부대에게 도움을 청하라고 말하긴 했다."

"호오? 호위도 붙여주지 않고 말인가?"

"······군인으로서 본대에 보고하는 것을 우선시했을 뿐이다."

"전령을 보내면 끝날 문제였지. 황제라면 그런 부분을 끈질기게 추궁할 텐데?"

"······이 이야기는 아버님에게 하지 말았으면 한다."

고든은 조용히 고개를 숙였다. 내게는 보이지 않지만, 어떤 표정을 짓고 있을지는 상상이 된다. 목소리도 떨리고 있는 걸 보니, 정말 굴욕적일 것이다.

하지만, 백성의 목숨을 경시한 죄는 그 정도로 용서받을 수 있는 게 아니다.

"맨입으로 그럴 순 없지."

"내가 고개를 숙이고 있는데도?"

"좌천당한 장군의 고개에 얼마나 큰 가치가 있다는 거지?"

내가 비웃으며 고든에게 그렇게 말하자, 그는 참지 못하겠다는 듯이 일어서서 근처에 세워두었던 검 쪽으로 손을 뻗었다. 하지만 나는 동요하지 않았다.

나와 고든 사이에는 절대적인 힘의 차이가 있다. 힘으로 밀어붙이겠다면 오히려 바라던 바다.

"곤란해지면 힘으로 해결하려 한다. 그렇게 살아왔기에 제위 쟁탈전에서 뒤처지는 거다. 네 앞에 있는 게, SS급 모험가라는 걸 잊었나?"

"크읔……!!"

"검을 쥐면 교섭 결렬로 간주하겠다. 어떻게 할 거지?"

검 쪽으로 뻗은 고든의 팔이 세차게 떨렸다. 몇 번이나 검을 쥐려 했지만, 고든은 이를 악물고 팔을 거두고는 다시 앉았다.

그 모습을 본 나는 그제야 교섭에 들어갔다.

"그렇다면 내 요구를 말하도록 하지. 네 군사였던 자를 키워준 부모를 해방시키고, 앞으로는 그녀에게 관여하지 않겠다고 맹세해라."

"……너와 소니아 사이에 대체 무슨 관계가 있지?"

"내가 아니다. 에고르 옹이 그녀를 마음에 들어한다. 그래서 에고르 옹에게 빚을 지우기 위해 그녀를 너에게서 해방시킬 거다."

내 요구를 들은 고든이 잠시 생각한 뒤에 씨익 웃었다.

그리고 근처에 있던 종이를 들고는 뭔가 적기 시작했다.

"이게 소니아의 양부모가 있는 곳이다. 어차피 이제 볼일이 없는 군사다. 마음대로 해라."

"그런가."

나는 종이를 받아들고 일어섰다. 종이에는 상세한 지명이 적혀 있었다. 그곳에 있다는 뜻일 것이다. 나는 그렇게 판단하고 다시 전이문을 만들어 내서 통과하려다가 멈춰섰다. 그리고.

"아, 미리 말해 두지. 네가 상대하고 있는 게 SS급 모험가 두 명이라는 사실을 잊지 마라? 만약에 거짓이라면 터무니없는 일이 벌어질 테니 잘 생각해 보라고."

"무, 무슨 소리지……?"

"나를 속이고 소니아의 인질을 이용해서 에고르 옹을 부리려는 바보 같은 꿍꿍이는 품지 않는 게 좋을 거다. 에고르 옹은 나보다 더 불합리한 사람이거든?"

고든은 땀을 뻘뻘 흘리며 입을 다물었다. 역시 그런 어리석은 생각을 하고 있었던 모양이다.

뭐, 고든다운 생각이다. 이 녀석이 주인이라면 소니아의 책략도 돼지 목에 진주 목걸이일 것이다.

고든은 이를 뿌득거리며 악물고는 종이를 한 장 더 꺼내서 새로운 지명을 쓰기 시작했다.

"……첫 번째 장소에 키워 준 부모의 가족이 있고, 여기에 키워 준 부모가 있다."

"따로 감금해 두고 있었나. 뭐, 위험부담을 분산시키는 건 당연하겠지. 그런데 마음이 바뀌어서 다행이로군. 말 그대로 목숨을 건진 거다. 하마터면 SS급 모험가 두 명과 전쟁을 벌일 뻔 했으니까. 아무리 전쟁을 좋아한다 하더라도 그런 건 사양하고 싶었던 모양이지."

고든은 아무런 말도 하지 않고 그저 탁자만 바라보고 있었다.

그 모습에 코웃음친 나는 전이문으로 들어가 그곳을 떠났다.

3

에고르에게 돌아간 나는 곧바로 에고르와 소니아를 데리고 전이했다.

꾸물대다가는 고든의 수하에게 연락이 갈지도 모르기 때문이다.

고든이 첫 번째로 적어준 곳에는 양부모님의 양친, 소니아에게는 의붓 조부모가 있었다.

마을에서 멀리 떨어진 작은 집에 갇혀 있던 조부모도 그럭저럭 좋은 대접을 받고 있었던 모양이었다. 눈에 띄는 상처도 없었고, 건강을 해치지도 않았다. 물론 호위가 있긴 했지만, 에고르가 모두 무력화시켰다. 그리고 그 기세를 유지하며 소니아를 키워 준 부모인 천재 군사가 있는 곳으로 전이했다.

마찬가지로 마을에서 멀리 떨어진 작은 집이 있었고, 에고르가 곧바로 열 명 정도 되는 호위를 무력화시켰다.

"이제 끝났군."

그 말을 들은 소니아가 가장 먼저 집 안으로 달려갔다.

나는 그 뒤를 따라갔다.

"아버지!!"

의자에 앉아 있던 안경 쓴 남자를 발견한 소니아는 참지 못다고 달려가 끌어안았다.

그런 소니아를 보고 안경 쓴 남자가 쓴웃음을 지으며 소니아의 머리를 쓰다듬었다.

"아, 소니아. 잘 지냈니?"

"죄송해요……, 죄송해요……."

"왜 사과하는 거지? 애초에 내 탓이다. 나 대신 너를 내놓게 되어버린 건 내 탓이야. 미안하다."

소니아의 양부는 부드러운 말투로 그렇게 말하고는 나를 보았다. 자상한 남자다. 그리고 허약해 보인다. 아무리 봐도 강할 것 같진 않다. 하지만 독특한 분위기가 풍긴다.

이 사람이 예전에 천재 군사라 불리던 남자인가.

"딸이 신세를 진 모양이로군. 차림새를 보아하니 촌놈인 나도 알아보겠군. 만나서 영광이야. SS급 모험가 실버."

"신세를 진 건 내가 아니다."

나는 그렇게 말한 다음, 천천히 집으로 들어온 에고르를 가리켰다.

역시 에고르의 정체까지는 알아보지 못한 모양이었지만, 범상치 않은 사람이라는 건 눈치챈 것 같았다.

소니아의 양부는 조용히 고개를 숙이고는 자기소개를 했다.

"소니아의 양부, 케빈 라스페이드라고 합니다. 딸이 신세를 졌군요."

"아니, 아니, 나는 아무것도 하지 않았다네. 이번에는 전부 실버가 해결해 주었어. 내가 나설 차례는 지금부터고. 두 번 다시 정쟁에 휘말리지 않게끔 내가 모두의 안전을 보장해 주지. 안심하도록. 이래 봬도 나 또한 SS급 모험가이니 말이야. 내 이름은 에고르. 길 잃은 검성이라고 하는 게 이해하기 편하려나?"

에고르가 자신의 신분을 밝히자, 케빈이 약간 놀란 듯이 눈을 크게 떴다.

드워프면서 강력한 자. 예상했던 사람들 중에 포함되어 있긴 했겠지만, 그래도 SS급 모험가가 두 명이나 소니아에게 협력하고 있다는 사실로 인해 놀랐을 게 분명하다.

케빈은 자신을 끌어안은 채 여전히 울고 있던 소니아를 내려다보며 중얼거렸다.

"엄청난 원군을 데리고 와준 모양이구나. 이것저것 생각하고 있었다만, 이제 필요가 없을 것 같다."

"그냥……, 우연이야……, 나는 혼란을 크게 키웠을 뿐이라고."

"네 책임은 내 책임이란다. 그렇게까지 마음 아파할 필요는 없어. 그리고 말이지. 우연히 SS급 모험가가 두 명이나 도와주는 건 있을 수 없는 일이야. 대륙에 다섯 명밖에 없으니까."

"맞는 말이다. 그 아가씨는 도와주기에 충분한 가치를 보였다. 그래서 내가 실버에게 협력을 요청한 게지. 실버가 어떤 이유로 움직였는지는 모르겠다만."

에고르는 나를 힐끔 보았다.

보아하니 에고르는 내가 순순히 협력한 것을 미심쩍어하는 것 같았다.

"에고르 옹에게 빚을 지울 수 있다면 싸게 먹히는 거지."

"그것만으로 움직이진 않았을 터인데."

추궁이 멈추지 않자, 나는 한숨을 쉬었다. 에고르는 뭔가 꿍꿍이가 있을 거라 확신하고 있었고, 실제로 내게는 꿍꿍이가 있었다. 뭐, 그걸 말한다고 해서 무언가가 달라지는 건 아니지만.

"나도 내 형편만으로 움직이는 건 아니라서 말이지."

"협력자의 의향인가?"

"그렇다. 도와 주지 못했다고 안타까워하길래 내가 대신 도와 주었을 뿐이다."

금방이라도 도와 줄 수 있는 수단은 있었다. 하지만 너무나도 이익이 없었기에 그러지 않았을 뿐이다. 소니아가 인질을 잡혔다는 사실을 알게 된 시점에서 인질을 찾아 구출하는 것도 불가능하진 않았다. 하지만 거기에 들어가는 시간과 수고와는 수지가 맞지 않았을 뿐이다.

나는 그런 타산적인 생각으로 인해 소니아를 한때나마 저버렸다.

레오라면 도우려 했을 것이다. 그것이 레오의 장점이자 단점이기도 하다.

나는 그런 부분을 보완해 주기 위해 존재한다. 그렇기 때문에 레오처럼 움직일 수는 없다.

"아버지로서 그 협력자의 이름을 물어보고 싶은데, 괜찮겠나?

실버."

"……소니아 라스페이드. 짐작 가는 사람이 있나?"

"……당신의 협력자이면서 나를 도와 주지 못했다고 안타까워할 만한 사람……? 혹시 레오나르트 황자?"

"아깝군. 그 형이다."

"거짓, 말……, 아르 군……?"

소니아는 믿기지 않는다는 듯한 표정을 지으며 두 손으로 입을 막고 있었다.

그녀의 눈에는 다시 눈물이 약간 맺혀 있었다.

"제7황자, 아르노르트 렉스 아드라. 그것이 협력자의 이름이자 너를 돕지 못했다고 안타까워하던 남자의 이름이다."

"친구가 되었니?"

케빈이 묻자 소니아가 고개를 저었다.

"친구 같은 게 아니야……, 난 그 사람을, 적대시했어……."

"상대방은 그렇게 생각하지 않았겠지. 그는 너를 걱정했다. 그래서 나는 너를 도왔다. 사람의 인연은 돌고 도는 법이지."

"인연이라니……, 나는 아르 군에게 아무것도……."

"쌍둥이라 그런 건가? 한번 엮인 사람을 저버리지 못하는 어설픈 구석도 닮은 모양이로군."

나는 그렇게 말한 다음, 돌아섰다. 이제 에고르에게 맡겨도 될 것이다.

소니아가 에고르 곁에 머무른다면 그것도 상관없다. 안전할 테고, 에고르의 방향치도 조금은 개선될 것이다.

굳이 그런 이유가 아니더라도, 소니아에게는 가족들과 함께 지낼 권리가 있다.

아무리 뛰어난 군략을 지니고 있다 하더라도, 소니아는 일반인이다. 제위 쟁탈전에 휘말린 피해자. 소니아는 고든을 따를 수밖에 없었던 상황이었으니까.

평온한 나날을 만끽하더라도 아무도 불평할 순 없을 것이다. 에고르라면 그럴 수 있는 곳도 알고 있을 테고.

"그럼 실례하지. 그 어설픈 쌍둥이 황자를 도와야 하니까. 그러지 않으면 제3황자 같은 녀석들이 황제가 될지도 모른다."

나는 그렇게 말한 다음, 한 발짝 내디뎠다. 그런데 케빈이 갑자기 나를 불러 세웠다.

"실버. 잠깐만 기다려 다오."

"뭐지? 쌍둥이 황자의 군사가 되겠다면 소개해 주겠다만?"

"안타깝게도 내게는 제위 쟁탈전에 뛰어들 만한 배짱이 없어. 그저 황자들에게 전해 줬으면 좋겠군. '이번 제위 쟁탈전은 뭔가 이상하다'고."

"……그게 무슨 뜻이지?"

그 말은 어디선가 들어본 적이 있는 말이었다.

잠깐 생각하다가 에르나와 이야기를 나누다가 들었던 말이라는 게 떠올랐다. 에르나가 한 말이 아니라 에르나의 아버지인 용작이 한 말이었을 것이다.

똑같은 의견을 지닌 자가 여기에도 있었나. 게다가 천재 군사라 불릴 만큼 뛰어난 사람이다.

"……과거의 제위 쟁탈전에서도 처참한 사건은 얼마든지 있었다. 가족끼리 벌이는 사투. 그것이 제위 쟁탈전이니까."

"그렇다. 나는 소문으로 들었던 그대로인 것 같다만? 당신에게는 뭐가 보이는 거지?"

"과거 제위 쟁탈전 과정에서도 변해 버린 황족이 꽤 있었다고 한다. 처참한 싸움 끝에 인격이 바뀔 수도 있겠지. 하지만 이번에는 그게 너무나도 현저하다."

"현저하다고?"

"3년 전에 황태자께서 돌아가시자 제위 쟁탈전의 막이 올라갔다. 그리고 제위 후보자 세 명은 변해 버렸다. 잔드라 황녀는 더욱 잔혹하게, 고든 황자는 더욱 폭력적으로, 에리크 황자는 더욱 냉철하게."

"제위 쟁탈전과 황제라는 자리가 지닌 매력이 세 사람의 본성을 드러나게 만들고 비대화시킨 거라 생각하고 있었는데?"

"사람은 그렇게까지 극적으로 바뀌지 않아. 적어도 과거에 얻었던 교훈까지 저버리진 않겠지."

"그게 무슨 뜻이지?"

내가 한 말을 듣고 케빈이 나를 똑바로 바라보았다.

지금부터 하려는 말은 거짓말이 아니다. 그런 느낌이 들 정도로 케빈의 눈빛은 진지했다.

"믿기지 않을지도 모르겠다만……, 내가 알고 있던 고든 황자는, 첫 출격 이후로 몇 년 동안의 고든 황자는 다른 사람의 의견을 듣는 장수였다. 적어도 내 옛 친구들은 몇 번이나 고든 황자에게 조언을 했고, 그 조언은 받아들여졌다. 고든 황자는 첫 출격 때 내 조언을 무시하고 공을 세우기 위해 돌격했었지. 그리고 그 무훈과 맞바꾸어 많은 희생을 치렀다. 그는 그때 바뀌었다."

"그게 사실인가? 그 제3황자가?"

"그래. 그 이후로 고든 황자는 바뀌었다. 거만한 성격은 여전했지만, 자신에게 조언자가 필요하다는 사실을 이해하고는 참모들의 목소리에 귀를 기울이게 되었다. 그는 첫 출격의 교훈을 얻고, 그 이후로 공을 세우며 장군이 되었다. 앞뒤를 가리지 않고 돌격하기만 하는 멧돼지 같은 아들을 장군으로 삼으실 정도로 황제 폐하께서는 어설프신 분이 아니다. 그런데 그가 소니아의 제안을 전부 기각했다. 내게 편지가 자주 오더군. 딸을 써먹지 못하겠으니 대신 네가 오라고 말이야. 나는 그 변화가 믿기지 않는다."

가까운 사이였기에 눈치채지 못했다. 그런 변화가 고든에게 일어났던 걸까. 예전부터 거만했고, 힘으로 무언가를 해결하려는 경향이 있었다.

그래서 지금 고든의 모습을 보고도 납득이 되었다. 하지만, 과거에서 교훈을 얻고 변화가 있었다면──, 무언가 이상이 있을지도 모르겠다.

고든은 실패한 뒤에 교훈을 얻었고, 그 변화를 통해 성공을 손에 넣었다. 그런 성공 체험을 했는데도 교훈을 저버리게 될까?

"제위 쟁탈전에 참가했다는 이유만으로 넘기기에는 이상하다는 건가?"

"그래. 이유는 모르겠다. 뭔가 내가 모르는 일이 일어난 건지도 모르지. 하지만……, 그는 첫 출격 때의 참상을 보고 자신의 경솔함을 후회했다. 그리고 내가 조언했을 때의 그는……, 사려가 깊진 않았지만, 제국을 지키는 것에 뜨거운 마음을 불태우는 황자였다."

"세월은 사람을 바꾸지……, 게다가 권력 싸움에 빠져서 라이벌을 제치는 것만 생각하다 보면 더더욱 그렇고. 하지만 그 정도는 이미 알고 있겠지, 당신이라면."

"그렇지……, 나는 고든 황자의 변화에서 세월이나 환경 이외의 무언가가 느껴지는군."

케빈은 그렇게 딱 잘라 말했다. 용작에 이어 천재 군사까지 이상하다고 말한다.

게다가 케빈의 의견은 제위 쟁탈전에서 멀리 떨어진 곳에서 바라보고 내놓은 의견이다.

"예전에 빌헬름 황자가 황태자가 되었을 때, 주위 사람들은 제국의 미래를 기대하는 한편, 그 이외의 황제의 자식들을 동정했다. 에리크 황자, 고든 황자, 잔드라 황녀는 시대가 달랐다면 황제가 될 기회가 있었을 거라고. 그들은 그런 말을 들을 만큼 많은 사람들에게 높은 평가를 받고 있었다. 지금 그들에게는 그 시절

의 자취가 전혀 남아있지 않지만, 그게 이상하다는 거라면……,
그렇군. 알겠다. 전해 두지."

"잘 부탁하지. 그리고 조심하라고. SS급 모험가라고는 해도 제
위 쟁탈전은 위험해. 깊게 파고들면 끌려들어 가서 돌아오지 못
하게 될 테니까."

"걱정해 줄 필요는 없다. 그런 부분은 잘 알고 있으니."

나는 이번에야말로 전이문으로 들어가려 했지만, 그런 내게 소
니아가 말을 걸었다.

"실버! 저기! 아르 군에게……, 고맙다고 전해 줘……, 그리고
미안하다고…….."

"알겠다. 고맙다는 말만 전해 주도록 하지. 그는 그 말 말고는
원하지 않을 테니까."

나는 그렇게 말한 다음, 전이문 안으로 들어가 제도로 돌아갔다.

4

제도로 돌아온 나를 맞이해 준 것은 세바스였다.

"어서 오십시오."

"그래, 다녀왔어."

평소처럼 은빛 가면을 벗고, 검은색 로브를 벗고는 옷을 갈아
입었다.

그런 다음, 피곤함에 거의 의자에 쓰러지다시피 몸을 기대며

앉았다.

"피곤하신 모양이로군요."

"그래, 피곤해. 애초에 영귀와 싸우면서 쓴 마력도 거의 회복되지 않았고, 교섭이라는 건 그 이상으로 정신력을 갉아먹으니까."

"교섭 말씀이십니까?"

"그래, 고든하고 교섭해서 소니아를 해방시켰어. 인질로 잡혀 있던 그녀의 가족들도. 지금은 에고르 옹이 호위하고 있어."

"그거 좋은 소식이로군요. 고든 황자의 진영에서 경계해야 할 인물이 한 명 줄어들었습니다."

나는 세바스가 한 말을 듣고 고개를 끄덕였다. 영귀와 싸웠을 때의 상황을 감안하면 소니아가 고든을 위해 책략을 내놓을 것 같진 않지만, 그래도 인질이 있으니 어떻게 될지 모른다.

최악의 경우, 소니아를 인질로 잡힌 케빈이 나설 가능성도 있다. 그런 의미에서 이번 건은 꽤 크다.

"에고르 옹에게도 빚을 지웠고, 나쁘지 않은 거래였어."

"심정적으로도 신경 쓰이던 부분이 한 가지 줄어들었지요. 그것도 크지 않습니까?"

나는 세바스가 한 말을 듣고 쓴웃음을 지었다. 역시 이 집사에게는 비밀을 만들 수가 없는 것 같다.

"뭐, 그렇지. 소니아를 구해 낸 건 커. 마음속 무거운 짐을 하나 내려놓은 듯한 기분이야."

"구해 주려고 해도 좀처럼 기회가 생기지 않던 사람이었으니 어쩔 수 없겠지요. 가능하다면 이쪽 진영으로 맞이했으면 좋았을 텐데요."

"소니아가 고든의 군사였다는 정보는 많이 퍼졌어. 그녀가 원한다 하더라도 곧바로 맞이할 수는 없지. 주위 사람들이 소란을 피울 테니까."

이제 곧 아버님의 즉위 25주년 행사가 본격적으로 움직이기 시작할 것이다.

각 나라에서 귀빈이 모이고, 제도에서는 대규모 축제가 열릴 것이다. 그때 각 나라의 요인을 접대하는 역할은 우리 같은 황제의 아이들이 맡게 된다.

제국은 대륙 3강이라 불리는 대국이지만, 그 말인즉 유일한 강국이 아니다. 나머지 두 나라가 있다.

한 나라는 서쪽에 있는 페를랑 왕국, 다른 한 나라는 동쪽에 있는 소칼 황국.

나라의 규모나 전력를 고려하면 제국이 다른 나라들보다 월등하다고 하지만, 한쪽과 맞붙어서 오래 끌게 되면 다른 한쪽이 뒤에서 기습할 수 있는 입지상, 제국은 균형을 잡으며 움직여 왔다.

그런 두 나라의 접대 담당. 한쪽은 틀림없이 에리크가 맡을 것이다. 문제는 다른 한쪽.

행사가 시작될 쯤에는 아버님도 고든을 다시 불러들일 것이다. 그때 고든에게 접대 담당을 명할 것인지, 아니면 레오에게 명할 것인지. 그것을 통해 현재 제위 쟁탈전 순위가 명확해진다.

순조롭게 이루어지면 레오가 맡게 되겠지만, 불상사가 벌어지면 그것도 위태롭다.

실수만 저지르지 않으면 거의 틀림없이 맡게 될 상황이었기에 나는 고든의 발목을 붙잡을 수 있는 정보와 맞바꾸어 소니아를 구해 주었다. 고든이 행사에 참가하지 못하는 것도 이득이지만, 누군가에겐 레오가 참가하지 못한 고든의 대역으로 간주당할 수도 있다. 그건 피해야 한다.

"다른 나라의 요인들에게는 레오가 고든보다 위에 있다는 모습을 보여줘야 해. 레오가 제위 쟁탈전의 2위까지 치고 올라갔다는 사실을 알리고 각 나라의 요인들과 접점을 만들 좋은 기회지."

"이제야 이렇게 되었다는 느낌이군요."

"아직 멀었어. 목표는 정점이야. 황제의 옥좌라고. 레오도 방심하진 않았을 거야. 최대의 강적이 그 앞에 군림하고 있으니까."

"하긴, 결국 에리크 황자는 멀쩡하니까요."

"멀쩡한 것뿐만이 아니야. 잔드라와 고든의 지지자가 조금씩 에리크 쪽으로 흘러들어 가고 있어. 한번 대립했던 우리보다 에리크 쪽으로 도망치기가 편하니까. 우리가 아무리 싸워 봤자 에리크가 최대 세력이라는 건 변함없는 사실이고. 에리크도 그걸 알고 있으니까 움직이지 않았지."

"움직이지 않는 것이 세력의 강화로 이어진다는 겁니까."

"그래, 그리고 아버님의 비위도 맞출 수 있으니까. 잔드라와 고든은 황제가 되고 싶어 했어. 아버님은 그 마음을 훤히 들여다보고 있었고, 그 두 사람에게 매섭게 대했지. 하지만 에리크는 그렇지 않아. 황제 자리에 대한 야심 같은 걸 보이지 않지. 자기가 되는 게 당연하다고 생각하기 때문이야. 그 자신감과 황제가 된 이후를 고려하는 넓은 시야, 아버님은 그걸 마음에 들어하시지."

어디까지나 제1후보는 에리크다. 다른 두 사람이 폭주하는 느낌이었던 것도 에리크가 위에 있기 때문에 무리를 해야 황제가 될 수 있기 때문이다. 하지만.

"세바스……. 그 세 사람이 바뀐 것 같아?"

"황태자 전하께서 살아 계셨을 때와 비교하자면 말입니까?"

"그래, 맞아."

"네, 바뀌었지요. 매우."

"그렇군……, 소니아의 양부가 그러더라고. 이번 제위 쟁탈전은 뭔가 이상하다고. 너도 그렇게 생각해?"

"……제위 쟁탈전은 반 세기마다 한 번은 반드시 일어납니다. 역대 황제들이 늙기 전에 제위 쟁탈전을 일으키니까요."

"그렇지. 폭주가 너무 심할 때는 황제가 막아야 하니까."

"네. 그리고 지금까지 쟁탈전에 대한 기록은 많이 남아 있고, 저도 저번 제위 쟁탈전 때의 기억이 있습니다. 그것을 감안하자면 이번에는——, 이상한 것 같군요."

나는 세바스의 말을 듣고 잠시 입을 다물었다. 이제 세 명. 세바스는 저번 제위 쟁탈전 때 현역이었던 암살자다. 당연히 제위 쟁탈전에 대한 정보도 얻었을 것이다. 그런 세바스가 그렇게 말하는 이상, 적어도 저번과는 꽤 많이 다를 것이다.

"뭐가 이상한데?"

"저번에는 제국에 피해가 생길 만한 일이 생긴 적은 거의 없었습니다. 완전히 궁지에 몰렸다면 모를까, 잔드라 황녀든 고든 황자든, 세력을 유지하고 있는 상황에서 내란을 일으키거나 그 불씨에 간섭하려 했지요. 그리고 에리크 황자는 구경만 하고 있습니다. 황제가 되면 제국이 자신의 것이 됩니다. 나라에 피해가 생기는 것은 자신의 목을 조르는 거나 마찬가지. 역시 이상한 것 같습니다."

"세력만 남아 있다면 역전의 기회는 있지. 부자연스럽긴 해."

그냥 멍청한 것뿐이라고 하는 건 역시 무리가 있나. 그런 논리로 따지면 갑자기 멍청해졌다고 해야 한다. 적어도 황태자가 살아 있었던 무렵에는 잔드라도 그렇고, 고든 또한 높은 평가를 받던 황족이었다.

"……이 문제는 생각보다 뿌리가 깊은 문제일지도 모르겠어."

"그래도 해야 할 일은 마찬가지입니다."

"그렇긴 하지. 세 사람에게 이상한 변화가 일어났다면 더더욱 황제가 되게 내버려 둘 수는 없어. 나와 내 가족을 위해서라도 말이야."

"그럴 때는 제국을 위해서라고 하셔야 하지 않습니까?"

"그걸 생각하는 건 레오의 역할이고."

그렇게 대답하자 세바스가 곤란한 듯한 미소를 지었다. 그런 이야기를 나누고 있자니 문을 노크하는 소리가 들렸다. 들어오라고 하자 피네가 방으로 들어왔다. 뒤에는 크리스타와 리타도 있었다.

"실례합니다."

"무슨 일이야? 오늘은 다 같이 왔네."

"좀 전에는 일을 하고 계신다고, 거절하셨으니까요."

세바스가 슬쩍 나서서 도와주었다.

그렇구나. 나는 그렇게 납득하며 다가온 크리스타의 머리를 쓰다듬었다.

"미안해, 크리스타. 좀 전에는."

"아니야……, 오빠가 바쁘다고 해서 피네가 놀아 줬어."

"그렇구나. 미안하다, 피네도."

"아뇨, 놀이 상대를 해준 건 제가 아니니까요."

피네가 그렇게 말하며 안쓰러운 듯이 리타 쪽을 보았다.

리타의 팔에는 지크가 축 늘어져 있었다. 보아하니 놀이 상대라기보다는 장난감이 된 모양이다. 레오와는 따로 떨어져서 린피아와 함께 말을 타고 제도로 돌아온 직후였을 텐데. 정말 안타까운 일이다.

"맞다. 오라버니, 이거 봐."

크리스타가 그렇게 말하고는 리타 곁으로 다가갔다.

수상쩍은 낌새가 느껴졌지만, 지크는 반응을 보이지 않았다. 아무래도 넋이 나간 상태인 것 같았다.

그런 지크의 머리를 크리스타가 잡고, 다리를 리타가 잡았다.

그리고 천천히 잡아당기기 시작했다.

"늘어나~, 늘어나……, 늘어난다고……."

지크가 잠꼬대처럼 그런 말을 반복했다.

기어코 망가졌나. 그런데 어느 정도 늘어나자 의식이 돌아왔는지 갑자기 말하기 시작했다.

"너무 늘어났잖아아아?! 아프다고!!"

"대단하지?! 아르 오빠! 지크는 엄청 늘어나거든!!"

"지크……, 몸, 부드러워."

"이상한 놀이네. 언제 그런 놀이를 생각해 낸 거야?"

"지크가 여자 치마 속을 들여다보려다가……, 린피아가 말렸어. 그리고 이런 놀이가 있다는 걸 가르쳐 줬어."

"그렇구나, 더 해도 돼."

"될 리가 있냐?! 너무 잡아당긴다고! 이~, 거~, 놔~!!"

두 어린애의 장난감이 될 수는 없다는 듯이 지크가 몸을 필사적으로 흔들었다.

하지만 위아래로 흔들리면서도 두 사람의 손에서 벗어나지는 못했다.

너무나도 우스운 모습이라 나도 모르게 웃어 버렸는데, 지크가 그 모습을 놓치지 않고 격노했다.

"웃을 일이 아니거든?!?! 꼬맹이! 네가 보호하고 있는 애니까 네가 좀 어떻게 해봐!!"

"그런가? 그거 미안하게 됐군."

나는 사과하면서 목줄을 무겁게 만들었다. 크리스타와 리타는 갑자기 무거워진 지크를 들지 못하고 손을 놓아버렸다.

쿠웅, 지크가 소리를 내며 바닥에 쓰러졌다.

"구해 줬다."

"좀 더 정상적으로 구해 줄 순 없는 거냐?!?! 너는 잊고 있을지도 모르겠지만 말이지! 이래 봬도 S급 모험가라고!!"

지크는 그렇게 선언한 다음, 왠지 모르겠지만 순간 굳었다. 그리고 방금 생각났다는 듯이 손을 탁, 쳤다.

"그래. 그러고 보니 나는 S급 모험가였지……!"

잊고 있었던 건가?

얼마나 그 모습에 익숙해진 거냐고, 이 녀석.

"이봐! 꼬맹이! 날 원래대로 돌려주겠다는 건 어떻게 됐는데!!"

"잊고 있었던 주제에 잘난 척하지 말라고. 실버에게는 기회를 봐서 말해 주마. 그때까지 참아."

"까불지 마! 이 모습으로 지내면 여자애들이 상냥하게 대해 주고, 시점이 아래쪽이라 여러모로 즐길 수도 있으니까 좋은 일들만 가득하지만 말이야!"

"그럼 됐네. 한동안 그대로 지내라고."

"그래도 여자애하고 좋은 걸 못하잖아! 슬슬 여자애하고 좋은 걸 하고 싶은데!!"

"좋은 거?"

"헛소리야. 신경 쓰지 마."

"끄아아아아아아아악?!?! 바닥에 파고든다아아아아아아!!!!"

어린애 앞에서 이상한 말을 한 벌로 목줄을 꽤 무겁게 만들었다.

크리스타와 리타가 걱정스러운 듯이 지크를 쿡쿡 찔렀지만, 지크는 그런 행동에도 화를 냈다. 하지만 두 사람이 아랑곳하지 않는 걸 보니 그냥 장난감 같다.

"홍차 준비가 되었어요~."

"나도 마시고 싶어~!!!!"

피네 쪽으로 기어가려 했기에, 무게를 더욱 늘렸다.

끈질긴 녀석이다. 한동안 화제로 삼지 않으면 또 자기가 S급 모험가라는 사실을 잊어버릴 것 같은데.

잊어버릴 때까지 내버려 둬야겠다.

나는 그런 생각을 하며 홍차를 마셨다.

5

영귀를 쓰러뜨리고 나서 시간이 조금 지났을 무렵. 별다를 것 없는 일상이 이어지고 있었다.

그런데 나는 아버님께 호출을 받았다. 불러낸 사람은 나뿐이다. 북부에서 귀환한 레오는 부르지 않았다.

"아르노르트, 오늘은 왜 불러낸 것 같으냐?"

"글쎄요, 이유가 뭘까요. 저는 아버님의 말씀을 잘 지키고 있습니다만?"

나는 품위를 지키라는 지시를 어기지 않았다. 다시 말해 그런 것 때문에 호출한 게 아니라는 뜻이다.

그리고 세바스를 통해 어떤 정보도 입수했다. 제도의 젊은 귀족들이 활발하게 움직이기 시작했다는 정보다. 눈에 선한 것은 예전에 성에서 만났던 라우렌츠 폰 바이틀링 후작.

아마 그가 관련된 문제일 것이다.

"그것에 대해 너에게 뭐라고 말할 생각은 없다. 오늘 불러낸 건 피네 때문이다."

"피네 때문요? 무슨 문제라도 생겼습니까?"

"제도에 있는 많은 귀족들이 어째서 피네에게 결혼을 제안하지 않는 건지 알고 있나?"

"아버님이 피네를 마음에 들어하시기 때문이죠. 그런 부분을 신경 쓰고 있기 때문 아닙니까?"

"그런 이유도 있긴 하겠다만, 귀족들끼리 불가침조약, 갈매기의 맹약이라는 것을 맺었기 때문이다. 하지만 그것이 무너졌다. 유력한 젊은 귀족들이 그 맹약에서 탈퇴했단 말이다."

"이미 스무 건이 넘는 결혼 제안이 들어와 있습니다."

프란츠가 보고하자 나는 인상을 찌푸렸다. 갑자기 결혼을 제안한 바보가 스무 명이 넘는다는 뜻이기 때문이다.

제도의 젊은 귀족들은 멍청한 녀석들뿐인가?

"아버님께서 피네를 시집보낼 생각이 없다고 하시면 해결되는 거 아닙니까?"

"피네가 내게 있어서 딸이나 마찬가지이긴 하다만, 그렇게까지 간섭할 수는 없지."

"간섭이고 뭐고, 피네가 원하지 않는다면 거절하는 게 피네를 위한 일일 텐데요."

"그야 그렇다만……."

아버님이 약간 말하기 껄끄러워하며 프란츠를 보았다.

구원 요청을 받은 프란츠는 살짝 한숨을 쉬고는 나를 똑바로 바라보았다.

"전하께서 말씀하신 대로, 이미 거절했습니다. 그러자 돌아온 것은 피네 님의 결혼에 대해 어떻게 생각하고 있는가 하는 문의였습니다. 다시 말해 황자들과 결혼시킬 생각이냐는 뜻이지요."

"본인에게 맡길 거라고 대답하면 되는 거 아닙니까?"

"창구희는 제국의 상징 중 하나. 그 상징성이 훼손될 만한 상대와 결혼하는 것은 제국에게 있어서 불이익이 될 수도 있다더군."

아버님은 벌레를 씹은 듯한 표정을 보였다. 관여한 귀족이 많기 때문에 잠자코 있을 수도 없는 모양이다.

황제에게는 신하의 목소리를 들어줄 의무가 있다. 제국의 이익과 관련이 있다면 더더욱 그렇다. 게다가 지금은 행사를 준비하느라 매우 바쁜 상황. 귀족의 도움이 없다면 행사는 성공하지 못한다. 불쾌한 타이밍이다.

"창구희가 찌꺼기 황자와 결혼하게 되면 큰 문제라는 겁니까?"

"꾸며 내지 않고 말한다면 그렇게 되겠지."

"에휴……, 저와 피네는 그런 관계가 아닙니다."

"하지만 가장 가까운 남자이긴 하지. 레오나르트보다 네가 더 친할 텐데."

"같이 있을 때가 많을 뿐이죠."

"불평하는 귀족들은 그게 마음에 안 드는 거고."

"그렇다면 어쩌라는 거죠?"

귀족이 불평한다고 해서 우리의 행동까지 간섭을 받을 이유는 없다.

불평하는 녀석들이 피네를 대신해 준다면 불만은 없지만, 그 녀석들을 모두 합쳐 봤자 피네를 대신할 수는 없다.

"전하께서는 한동안 피네 님과 함께 지내시는 걸 삼가 주셨으면 합니다."

"……그걸로 귀족들이 얌전하게 물러난다고? 진심인가, 재상?"

"모르겠습니다. 이건 젊은이들의 폭주입니다. 감정으로 움직이고 있는 이상, 명확한 해결 방법은 없습니다. 하지만, 전하께서 피네 님과 거리를 두시면 어느 정도는 가라앉을 겁니다."

"그럴 것 같진 않은데. 그들은 피네 곁에 있는 남자를 배제하고 싶은 것뿐이야. 그리고 방해꾼이 사라지면 피네와 접촉하려 들게 뻔하지. 피네가 그래도 상관이 없다면 거리를 두겠지만, 성격을 감안하면 그건 있을 수 없는 일이고."

"네가 방파제라는 거냐?"

아버님이 묻자 나는 고개를 끄덕였다.

"방해꾼이라는 건 틀림없겠죠. 피네를 생각한다면 저를 곁에 두는 게 더 나을 겁니다."

내가 그렇게 말하자 아버님은 한동안 씁쓸한 표정을 보였다.

즉위 25주년이 코앞으로 다가온 지금, 귀족들과 문제를 일으키고 싶진 않을 것이다. 하지만 이번에 물러나면 상황이 악화된다. 곧바로 결혼을 제안하는 녀석들이다. 신사적으로 접근할 것 같지도 않다.

"그래서……, 너는 괜찮은 게냐?"

"그게 무슨 뜻이죠?"

"있는 그대로다. 피네 곁에 머무르면 많은 귀족들에게 원한을 살 텐데. 틀림없이 네가 피해를 입을 게다."

"항상 그랬죠."

"경멸당하는 것과 적대시당하는 것은 다르다. 여자가 엮인 문제는 골치 아플 터인데?"

"그건 아버지로서 충고하시는 겁니까?"

"그래, 맞다. 피네는 제국 전체가 동경하는 대상이라 할 수 있겠지. 지금까지는 네가 곁에 있더라도 아무도 불평하지 않았다. 너와 피네는 절대로 어울리지 않을 거라 생각했기 때문이다. 하지만 내가 네 격을 올려 버렸다. 그 폐해가 나타나고 있는 게야."

"그렇죠. 거의 다 아버님 때문입니다."

"그러니까 고맙게 충고를 해주고 있잖느냐. 이대로 가다가는 제국 전체의 독신 귀족들을 적으로 만들게 될 텐데? 그중에는 유력한 귀족들도 많다. 적으로 만드는 건 바람직하지 못할 게야."

"외람된 말씀을 드립니다만……, 품위를 지키라고 하신 건 아버님이십니다. 신하가 대드는 게 두려워서 상대방 마음대로 행동해선 얕보일 뿐이겠죠. 그리고……, 개인적으로는 그들의 행동이 마음에 들지 않습니다."

"호오?"

아버님이 뜻밖이라는 듯이 눈을 가늘게 떴다. 내가 골치 아픈 일이 일부러 고개를 들이미는 건 드문 일이다. 하지만, 이 문제는 어쩔 수 없다. 물러나면 상대방이 바라던 바일 뿐이다. 적대시한다면 하라고 하지. 내가 곁에서 떠나면 피네의 나날은 붕괴한다. 그건 피하고 싶다.

북부에서 데리고 온 이상, 내게는 그녀를 지켜줄 의무가 있다.

"라인펠트 공작을 보고 나니, 피네를 원하는 귀족들의 행동은 유치하게 보입니다. 그들은 분명히 피네를 사랑한다고 하겠지만, 제가 보기에 그건 사랑이 아닙니다. 그들이 제멋대로 사랑에 대해 떠들게 두는 건 라인펠트 공작에 대한 모욕이고요."

"그 녀석과 비교하면 거의 모두가 그렇겠다만……."

"원한다면 어떤 수를 써서라도 도전하면 되는 겁니다. 찌꺼기 황자조차 배제하지 못하는 자에게 창구희를 손에 넣을 자격이 있을까요?"

피네는 창구희, 제국의 상징 중 한 명이다.

그 상대는 그에 걸맞아야만 한다. 그런 의미로는 내가 딱 좋은 지표일 것이다. 겨우 나 따위를 어떻게 해보지도 못한다면 자격이 없다고 딱 잘라 말할 수 있다.

"그렇게 말씀하시면 전하께 부담이 될 텐데요?"

"피네에게 부담이 되는 것보다는 낫지. 귀족들이 나를 배제하기 위해 움직인다면, 피네는 편안하게 지낼 수 있어."

"무슨 짓을 당할지 모른다만?"

"지나친 행동에 나선다면 오히려 잘된 거 아닙니까? 아버님께서 처단하실 이유가 생기는데요."

"……일부러 그걸 유도하는 게냐?"

"처단당하지 않을 수단으로 저를 배제할 수 있다면 그것도 나름대로 괜찮겠죠. 그 정도도 못한다면 피네의 상대가 될 수 없습니다."

그런 균형 감각을 지닌 녀석이 과연 얼마나 있을까.

아마 거의 없을 테고, 있다 하더라도 피네가 엮여 있기에 냉정함을 잃었을 가능성이 크다. 이건 젊은이들의 폭주다. 상식도, 논리도 통하지 않는다. 받아들이는 게 제일이다.

"전하께서 위험해지실 겁니다."

"내 곁에는 세바스가 있으니까 괜찮아."

"세바스가 개입하지 못하는 상태가 되면 어찌하실 생각이신지?"

"그때는 그때 가서 생각하고. 내가 할 수 있는 건 할 거야."

세바스가 개입하지 못하는 상태. 방법은 몇 가지 짐작이 된다. 뭐, 그럴 수 있을지 여부는 상대가 하기 나름이고, 아마 그런 수법을 떠올릴 만한 상대도 아닐 것이다.

"……너치고는 묘하게 의욕적인데?"

"의욕을 보이는 게 이상합니까?"

"아니, 이상하진 않다만……, 정말로 피네를 결혼 상대로 생각하진 않는 게냐?"

"생각하지 않는데요. 누군가와 결혼할 수 있을 정도로 훌륭한 사람이라고 자만하진 않습니다. 하지만……, 지금까지 피네는 많은 것들을 가져다 주었습니다. 저와 레오는 물론이고, 제국에도요. 그 활약을 감안하면 저보다 뒤떨어지는 녀석이 곁에 있는 걸 받아들일 생각도 없습니다."

"상대가 제국 전체의 독신 귀족이라 해도 말이냐?"

"바라던 바죠. 애초에 느긋하게 생각하며 자기들끼리 손을 잡고 상황이나 살피려던 녀석들에게, 제국의 상징을 손에 넣을 자격이 있을지…… 제가 판단해 주겠습니다."

나는 그렇게 말한 다음, 인사를 하고 그곳을 떠났다.

그런 내 뒤에서 프란츠가 조용히 중얼거렸다.

"젊은 귀족들은 허약한 새라 착각하고, 매를 공격하려는 건지도 모르겠습니다."

나는 그 말을 듣고 쓴웃음을 지었다.

얕보이는 게 당연히 낫다. 그게 더 움직이기 편하니까.

하지만 내 비밀의 공유자가 엮인 문제라면, 그저 잠자코 있을 수는 없다.

나는 내 주위를 망치려는 녀석은 인정사정 봐주지 않는다. 공격할 테면 해봐라. 전부 받아쳐 주마. 그렇게 결심한 나는 새로운 싸움에 나섰다.

6

"그렇게, 이상과 같은 경위로 인해 아르노르트 전하께서는 피네 님 곁에 머무르기로 결심하셨다고 합니다."

레오는 자기 방에서 보고를 듣고 있었다.

보고한 사람은 항상 그랬듯이 무표정한 마리였다.

"그래······, 형답네."

"그런 말로 끝낼 문제가 아닙니다."

마리가 한 말을 듣고 레오가 쓴웃음을 지었다.

"형이 한 행동이 무의미한가?"

"피네 님을 위해 머무르신 건 훌륭하십니다. 하지만, 오래 버티진 못하실 것 같습니다. 거리를 두어야 한다고 생각합니다."

"마리가 한 말도 일리가 있을지 모르지. 결과적으로 배제당한다면 일찌감치 물러나는 게 현명하겠지. 하지만, 배제당하지 않는다면 딱히 나쁜 판단은 아니야."

"당하지 않을 거라 생각하십니까?"

"그래. 마리는?"

"오래 버텨봐야 1주일 정도일 것 같습니다."

마리의 평가를 들은 레오가 쓴웃음을 지었다.

1주일이나 버틴다는 건 일반적인 아르의 평가에 비해 꽤 많이 봐준 것이기 때문이다. 마리도 나름대로 아르를 높게 평가하고 있다는 뜻이다.

하지만 레오의 평가는 그런 마리보다 훨씬 높게 잡혀 있었다.

"나는 전부 물리칠 것 같은데."

"레오나르트 님. 슬슬 형제 편애는 그만두시죠. 당신과 아르노르트 님은 다릅니다."

"그러게. 형은 내가 아니지. 그래서 형은 분명히 형의 방식으로 뛰어넘을 거야."

전폭적인 신뢰. 그것을 느낀 마리가 한숨을 쉬었다.

레오의 몇 안 되는 단점 중 하나. 가족과 친한 사람을 너무 믿는다는 점이 드러났다고 느꼈기 때문이다.

믿는 건 좋지만, 너무 믿어선 안 된다. 쌍둥이 형이라 하더라도 그런 선은 확실하게 그어야만 한다.

"레오나르트 님, 세력이 서서히 커지고 있습니다. 예전처럼 소수가 아닙니다. 너무 아르노르트 님만 편애하시면 불만이 생겨날 겁니다."

"편애는 안 했어. 이래 봬도 가족이라서 선을 그어 둘 정도인데. 뭐, 그래도 편애라고 느끼는 건 이해해. 어때? 한동안 형에게 협력할 생각은 없어?"

"아르노르트 님 밑으로 들어가라는 말씀이십니까?"

"일손이 필요할 것 같거든."

"정말로 이번 국면을 아르노르트 님께 일임하실 생각이십니까?"

마리의 마음속에는 결과가 뻔히 보였다.

상대는 갈매기의 맹약에 참가했던 여러 귀족들이다. 그들이 아르를 배제하러 나서면 온갖 난관이 아르를 덮치게 된다.

그것을 견디지 못하고 항복할 때까지 1주일. 마리는 그렇게 예상하고 있었다. 그리고 항복하게 되면 레오의 세력 쪽도 곤란해진다.

"지금 세력을 지탱하고 있는 귀족 중에는 피네 님 쪽 연줄로 협력해 주고 계신 분들도 적지 않습니다. 아인 상회와의 연줄도 그렇고요. 피네 님을 지켜 낼 힘이 없다고 여겨지면 큰 손해입니다. 이번에는 레오나르트 님께서 나서셔야 할 것 같습니다. 레오나르트 님께서 곁에 계신다면 아무도 불평할 수 없을 테니까요."

많은 문제를 해결한 영웅 황자. 제위 쟁탈전에서도 두각을 드러내고 있으며, 차기 황제 자리도 현실적인 느낌으로 다가왔다. 그 명성과 격은 창구희와 비교해도 손색이 없다.

애초에 갈매기의 맹약에 들어가 있던 귀족들의 불만은 피네를 찌꺼기 황자에게 빼앗길지도 모른다는 질투 때문에 생겨난 것이다.

질투조차 못할 존재가 나서면 사태가 잠잠해진다. 마리는 그렇게 생각했지만, 레오의 생각은 그렇지 않았다.

"내가 나서면 일시적으로 문제가 해결될지도 몰라. 하지만, 분풀이할 곳을 잃은 귀족들은 큰 불만을 남길 거야. 그리고 그들은 분명히 에리크 형님에게 협력하겠지. 나도 배제해 줄 것 같은 사람에게 말이야. 그게 끝나면 피네 양을 두고 쟁탈전이 벌어질 거야. 형은 그걸 염려해서 스스로 나서는 걸 선택한 것 같아. 얕보고 있던 상대조차 배제하지 못한다면 자존심을 유지할 수가 없으니까. 분명히 불만을 품기도 전에 포기하겠지."

그럼에도 불구하고 포기하지 못하는 사람도 있겠지만, 레오가 나서서 그 불만을 털어놓지 못하게 하는 것보다는 그나마 나을 것이다.

레오가 그렇게 설명했지만, 마리에게는 의문이 남았다. 아르가 그렇게까지 생각해서 행동했을 것 같지 않았기 때문이다.

"무슨 말씀이신지는 이해가 됩니다만……."

"결국, 형이 상대방을 물리칠 수 있을지 없을지. 거기에 모든 게 달려 있어. 그러니까, 마리. 형 곁에 있어 줬으면 해."

"명령이라면 따르겠습니다. 그런데, 레오나르트 님께서는 어떻게 하실 겁니까?"

"나는 나대로 할 일이 있어. 이번 건에 대해서는 전부 형에게 맡길게. 내가 나서면 문제가 더욱 심각해질 테니까."

레오는 그렇게 말하며 쓴웃음을 지었다.

피네는 자신의 것이라고 형식적이나마 주장해 버리면 그것만으로도 끝날지 모른다. 하지만 그 때문에 많은 적을 만드는 건 레오가 바라는 게 아니었다.

갈매기의 맹약에 참가했던 귀족들 중에는 제위 쟁탈전에 참가한 귀족도 있지만, 중립 귀족도 많이 있다. 젊은 귀족들에게 있어서 제위 쟁탈전은 미지의 영역이고, 부모나 주위 사람들이 거리를 두라고 한 경우가 많기 때문이다.

이길 사람을 잘 고르면 좋겠지만, 그러지 못하면 숙청의 대상이 될 수도 있다. 그런 상황에서 벗어나려면 강한 정치력이 필요하다. 젊은 귀족에게 그런 것까지 요구하는 건 너무 큰 욕심이다.

"피네 양의 인기를 이용해서 움직이면 언젠가 이런 날이 올 거라는 걸 알고 있었어. 의외로 빨랐지만 말이지. 형을 잘 부탁해."

"알겠습니다."

"응. 단, 형의 지시는 따라줘. 아무리 비합리적인 것 같아도 말이야."

"잘못된 것 같다는 생각이 들어도 말입니까?"

"그래. 척 보기에 악수 같더라도 좋은 수로 만들어가는 게 형이니까. 재미있는 걸 볼 수 있을 거야. 자기가 먼저 적극적으로 고개를 들이미는 경우는 드무니까."

"진심으로……, 아르노르트 님께서 이 문제를 해결하실 거라 생각하시는 건가요?"

"물론이지. 형이 해결하지 못한다면 아무도 해결하지 못할 거야. 그만큼 복잡한 문제라고. 상대를 움직이는 건 감정이니까."

감정으로 움직이고 있는 이상, 논리정연하게 설득해 봤자 소용이 없다.

제일 좋은 것은 상대하지 않는 것이겠지만, 그럴 수도 없다.

차례차례 골치 아픈 문제가 생기는구나, 레오는 그렇게 생각하며 마음속으로 한숨을 쉬었다.

이번 건이 에리크의 지시 때문이 아니라는 건 명백하다. 못을 박아두었음에도 불구하고 쓸데없는 짓을 할 만한 타입이 아니다.

에리크의 부하일까, 아니면 다른 자들일까. 아무튼, 제위 후보자의 소행이 아닌 것 같은 이상, 황제에게 해결해 달라고 매달릴 수도 없다.

"역시 이번 기회에 손에 넣을 수밖에 없으려나."

"뭘 말씀이신가요?"

"우리 군사를 말이야. 휴전은 다음 싸움을 준비하는 기간이지. 돌이켜보니 제위를 쟁취한 자에게는 항상 지낭(智囊)이 있었어. 아버님께 재상이 있었던 것처럼, 슬슬 우리에게도 군사가 필요할 거야."

"해야 할 일이라는 게 그 군사를 찾는 건가요?"

"짐작가는 사람은 있긴 하거든. 하지만 내가 직접 가지 않으면 아마 움직여 주지 않을 테니까. 지금까지 권유할 수는 없었어. 뭐, 내가 간다고 해서 성공할 거라는 보장은 없지만 말이지."

레오는 그렇게 말하고는 일어섰다.

이미 짐은 꾸렸다. 언제든 갈 수 있다면 곧바로 가는 게 낫다.

머무르는 곳을 자주 바꾼다는 정보도 있다. 갔는데 이미 늦었다면 말도 안 되는 경우다.

"그러면 형 밑에서 일해 줘. 나는 한동안 제도를 떠나 있을 테니까."

"레오나르트 님께서 직접 가셔야만 하는 분이라면 정말 저명하신 분이시겠군요."

"아니, 딱히 대단한 공적은 없어. 하지만 예전에는 성에서 지냈지. 나와 형하고 자주 같이 놀기도 했고. 재능은 특출나지만, 인간성에 문제가 있다는 게 옥의 티. 그런 사람이야."

"그렇다면……, 옛 친구라는 겁니까?"

"뭐, 대충 그런 거지."

레오는 그렇게 말한 다음, 웃었다.

그의 표정에는 불안한 기색이 없었다. 자신이 해야 할 일에는 온 힘을 다할 뿐이고, 아르에 대해 걱정할 것이 전혀 없었기 때문이다.

아르는 이기지 못할 때, 곧바로 도망치는 사람이다. 그런 아르가 도망치지 않고 받아들였다.

다시 말해 승산이 있다는 뜻이다.

레오는 결과를 기대하며 제도를 떠났다.

7

갈매기의 맹약에 참가했던 귀족들은 아버님의 대답을 듣고 비밀리에 '백구(흰 갈매기) 연합'이라는 조직을 만들었다. 맹주가 된 사람은 라우렌츠다.

다시 말해 대(對) 찌꺼기 황자 연합이로군. 배제해 보라니, 좋다, 배제해 주마. 그런 각오가 느껴졌다.

그것에 대해 아버님은 아무런 말도 하지 않았다. 이번 건을 내게 맡길 생각이기 때문이다. 애초에 그 사람이 발단을 제공했으니 그 정도는 해주지 않으면 곤란하다.

"그런데, 백구 연합이란 말이지."

흰색이라는 단어를 쓰는 걸 보니 내게 대항하려는 모양이다. 네이밍 센스가 너무 단순해서 어이가 없다.

"어떨 것 같아? 세바스."

"어떠냐고 하셔도 말이지요. 젊은 귀족들이 중심이기에 겁을 모른다는 말밖에 나오지 않습니다만."

"뭐, 그렇지. 아마 주위 사람들도 제어하지 못하고 있을 거야."

이미 당주 자리에 오른 사람이나, 차기 당주로 지목된 사람. 그 주위 사람들이 분명히 경고했을 것이다. 그럼에도 불구하고 이런 상황이 된 걸 보니 폭주하고 있다고 밖에 할 수 없다.

"피네를 내게서 구출해 내겠다는 생각도 하고 있을 것 같고."

"젊은 남자의 일방적인 발상이로군요."

"그렇게 일방적인 발상을 지닌 녀석이 꽤 많다는 게 문제야."

"아르노르트 님께서는 이미 그들의 적입니다. 어떻게 하실 생각이신지? 감정으로 움직이는 상대에게 설득은 통하지 않을 텐데요?"

"나도 알아. 당연히, 박살을 내 줘야지."

나는 그렇게 말하며 쓰던 편지들을 마무리했다.

사태는 골치 아픈 방향으로 움직이고 있다. 내가 물러나서 어떻게 될 만한 상황도 아니고, 누군가가 힘으로 밀어붙여서 끝날 만한 상황도 아니다.

이유는 역시 상대방이 감정으로 움직이고 있기 때문이다.

일단 뜨겁게 타오르고 있는 그들을 냉정하게 만들어 줄까.

나는 그렇게 생각하며 편지 두 통을 봉했다.

■ ■ ■

"아르노르트 님. 레오나르트 님의 지시에 따라 도와드리러 왔습니다."

"마리구나……."

나는 살짝 인상을 찌푸리면서 어떻게 쫓아낼지 생각했다.

그녀가 곁에 있으면 써먹을 만한 수단이 줄어들어 버린다.

"일손은 충분해. 미안하지만 돌아가 줘."

"그럴 수는 없습니다."

마리가 항상 그랬듯이 무표정하게 대답했다.

이거, 쉽사리 돌아가지 않을 것 같네. 어쩔 수 없지.

"그럼 질문에 대답해 줘야겠어. 도움이 되지 않는다면 필요가 없으니까."

"뭐든지 상관없습니다."

"제일 먼저 움직이는 게 누구지?"

그건 매우 단순한 질문이었다.

그렇기 때문에 대답하는 사람의 센스와 지식이 필요하다.

"맹주인 바이틀링 후작의 곁에는 급진적인 귀족이 몇 명 있습니다. 그중에서도 아르노르트 님에 대한 혐오감을 숨기지 않는 사람은 파나 백작입니다. 큰 변화가 없는 이상, 그 파나 백작이 가장 먼저 움직일 것 같습니다."

"……."

내가 예상했던 최고의 대답이 곧바로 튀어나왔다.

상대 쪽 사정에 대해 잘 알고 있어야만 나올 수 있는 대답이다.

역시 레오의 메이드를 맡고 있을 만도 하다. 부지런하네.

"만족하셨습니까?"

"……가능하다면 내 마음대로 하게 두었으면 좋겠는데?"

"그렇게 하라고 지시를 받았습니다. 방해하진 않을 겁니다."

"그렇다면 상관없고."

거절할 이유가 사라진 이상, 쫓아낼 수는 없다.

나는 마리가 돕는 것을 받아들였다.

그로부터 시간이 조금 지나서 마리가 방에서 나간 다음, 나는 세바스에게 물었다.

"……사전 준비 쪽은 진행되고 있어?"

"네, 순조롭습니다. 그런데, 돈을 꽤 많이 쓰게 됩니다."

"괜찮아. 돈은 쌓아두기 위한 게 아니야. 필요할 때 써야 하는 거라고. 얼마든지 써. 백구 연합 녀석들에게 아주 약간의 승리라도 넘겨주지 마. 그 녀석들에게 어울리는 건 절망뿐이야."

지금부터 전개될 상황에 따라 필요한 연출이기도 하고, 내 개인적인 감정이기도 했다.

마음에 들지 않는다. 그것이 내 솔직한 감상이었다.

내게 맞섰기 때문이 아니다. 나를 피네의 곁에서 떼어 놓으려 한 것. 피네를 자신들의 가치를 올리기 위한 도구로만 보았다는 것.

그런 이유들이 내 짜증을 부추기고 있다.

그중에는 순수하게 반한 사람도 있겠지만, 그렇다 하더라도 방식이 잘못되었다. 레오는 괜찮은데 나는 안 된다는 것도 이해가 안 된다.

나와 결혼하면 피네가 불행해질 거라 생각하는 건 자유지만, 지금 단계에서 레오와 나를 놓고 보면 8할 이상의 확률로 피네의 상대는 레오일 것이다. 2할 이하의 가능성을 배제하기 위해 소란을 피운다니, 우습다.

곁에 있기에 어울리지 않는다. 그들의 명분은 그런 거겠지만, 그렇다면 누가 어울리는데?

"말도 안 되는 소리지."

곁에 있는 사람조차 마음대로 선택하지 못한다면, 피네는 새장 속에 갇힌 새나 마찬가지다. 그렇게 만들고 싶진 않다.

새는 자유롭게 하늘을 날아다니기 때문에 아름다운 것이다.

그들은 그 사실을 깨닫지 못한 것 같다.

"그런데, 정말로 괜찮으시겠습니까? 예정대로 행동한다면 귀족들의 평판은 물론이고, 백성들의 평판까지 떨어질 터인데요?"

"괜찮아. 그러지 않으면 해결할 수가 없어. 나까지 포함해서 귀족들에게 불신감을 품게 만들어서 문제를 크게 만들 거야. 그들은 그러지 않으면 시간이 아무리 지나도 포기하지 않을 테니까."

"……까다로운 문제로군요."

"바보를 상대하는 건 힘들다는 거지."

나는 상대방을 매섭게 평가하면서 세바스와 작전을 더욱 세밀하게 짜나갔다.

8

다음 날.

마리는 서류 몇 장을 내게 제출했다.

"아르노르트 님. 회유하러 나서셔야 할 것 같습니다."

"이건 회유할 상대의 서류구나……, 그렇다면 백구 연합 중에서 가장 무해한 것 같은 귀족은?"

"베커 남작의 아들인 다미안 폰 베커일 것 같습니다. 피네 님을 동경하고 있긴 합니다만, 친구의 권유에 따라 들어갔을 뿐인 상황입니다. 회유 상대로는 안성맞춤이겠죠."

"역시 대단하네. 하지만, 그건 어제까지의 정보야."

나는 그렇게 말하며 종이 몇 장을 마리에게 보여주었다.

거기에는 사과문이 길게 적혀 있었고, 그 밑에는 서명이 들어가 있었다. 물론, 다미안의 이름도 있었다.

"이건……."

"이미 무해할 것 같은 귀족을 몇 명 이탈시켰어. 다미안도 그중 한 명이고."

"빠르시군요……, 대체 어떻게?"

"백구 연합의 귀족들은 제각각 달라. 중심에 있는 건 현실적으로 피네의 약혼자 후보로 올라갈 수 있는 자들이지만, 말단에 있는 자들은 그런 건 꿈만 같은 이야기일 뿐이고, 친구 관계 같은 것 때문에 들어간 사람들도 많아. 그리고 그런 녀석들은 보통 유복하지 못하지. 그래서 채무 기록을 뒤져서 내가 모든 빚을 대신 떠안았어. 다시 말해 그들이 빚을 진 상대가 나로 바뀌었다는 뜻이야."

"효과적인 수단이긴 합니다만……, 어디서 그런 돈을?"

"나는 돈을 거의 쓰지 않아. 들어오는 돈의 운용은 세바스에게 맡겨 두었지. 지금까지, 계속. 그동안에 세바스는 돈을 똑똑하게 늘려 주었고."

사실이다. 세바스에게 자산 운용을 맡겨 두었고, 세바스는 그 돈을 잘 굴려서 수십 배로 늘려 주었다. 하지만 그런 건 돈을 써야 할 때 의심을 받지 않기 위한 방편이고, 우리의 진짜 자금원은 실버로서 얻은 수입이다. 아마 개인 자산만 따진다면 나는 제국에서도 손꼽힐 정도일 것이다.

"배포가 크시군요. 그런데 무해한 자에게 돈을 너무 많이 들이는 건 바람직하지 못할 것 같습니다."

"돈은 써야 할 때 쓰는 게 제일이야. 나는 이제부터 일정이 있으니까 세바스의 지시에 따라 움직여줘. 세바스."

"네, 여기 있습니다."

세바스가 소리없이 나타났다.

나는 세바스에게 준비해 두었던 서류를 건넸다.

"이거 참. 지출이 꽤 크겠습니다만?"

"괜찮아. 쓸 수 있는 만큼 써. 백구 연합이라는 말도 안 되는 모임에게 확실하게 가르쳐 줘야지. 누가 위고, 누가 아래인지."

"그러니까, 철저하게 하라는 말씀이시군요?"

"맞아. 제도 전체의 귀족들에게도 보여줘라. 돈을 어떻게 써야 하는지 말이야."

내가 그렇게 말하자 세바스가 공손하게 인사를 하고는 마리와 함께 방에서 나갔다.

자, 사전 준비는 저 두 사람에게 맡기기로 하고.

그렇게 생각하고 있자니 내 방에 새로운 손님이 왔다.

"아르노르트 전하. 아로이스 폰 짐멜이 왔습니다."

"어서 와, 짐멜 백작. 이런 상황인데 불러내서 미안하군."

"아뇨, 한가해서 시간이 남아도는 신세입니다."

그렇게 말한 아로이스의 표정에는 거짓말을 하는 기색이 없었다. 이것저것 배우고 있긴 한 것 같지만, 그런 것만으로는 아무래도 한가하다고 느끼고 있을 것이다.

나는 그런 아로이스를 보며 씨익 웃었다.

"그거 잘됐군. 일을 좀 해줬으면 좋겠는데?"

"내용을 말씀해 주십시오, 전하. 안타깝게도 능력이 부족한 몸이라서요."

아로이스는 그렇게 말하며 보험을 들어두었다. 정말 착실한 것 같다.

그런 것들도 배우고 있는 모양이다. 바람직하네.

"실버는 자네를 높게 평가하던데?"

"?!"

"자네에게는 그라우라고 말하는 게 나을까?"

"당신은……, 대체……?"

그건 실버와 아로이스만 알 수 있는 내용이다. 하지만, 알 수 있는 사람이 더 있긴 하다.

"실버에게 의뢰했던 게 나다. 레오에게 방해될 만한 건 없었으면 했거든."

"당신이……, 그라우를 보내 주셨던 겁니까?"

"그렇게 되겠지."

내가 그렇게 말하자 아로이스가 조용히 한 발짝 물러서서 제자리에 무릎을 꿇었다.

"왜 그래?"

"전하께……, 감사의 말씀을 드립니다. 당신 덕분에 저희 영지 백성들의 목숨을 지켜낼 수 있었습니다…….."

"지켜 낸 건 내가 아니야. 자네와 실버지. 하지만——, 그래도 은혜라 느낀다면 힘을 빌려줬으면 좋겠어."

"네, 무엇이든지요. 온 힘을 다해 임하겠습니다."

"호들갑을 떠는군. 그냥 내 이야기를 해줬으면 하는 것뿐이야. 귀족들에게 말이지."

"좋은 소문을 퍼뜨리는 거군요! 맡겨만 주세요!"

아로이스가 화악, 밝은 표정을 지었다.

하지만 나는 고개를 저었다.

"어?"

"그 반대야. 안 좋은 소문을 퍼뜨려 줬으면 좋겠어. 진짜 굳은 표정으로, 내가 무서운 사람이라는 소문을 내줘."

"그, 그러면 상황이 악화되지 않을까요?"

"그러면 되는 거야. 실버하고도 확실하게 이야기를 나누었어. 그런 다음에 세운 작전이니까 걱정하지 말고. 내가 생각해 낸 게 아니라고."

걱정이 되는 듯한 아로이스에게 내가 실버 이름을 꺼냈다.

그럼에도 불구하고 아로이스는 반신반의하는 것 같았지만, 어쩔 수 없다는 듯이 내 요구를 받아들였다.

"전하, 한 가지만 약속해 주십시오."

"뭔데?"

"이 상황이 해결된다면 정정할 수 있게끔 허가해 주십시오. 은

인의 험담을 하고 다닌 뒤에 그냥 내버려 둔다면 영지의 백성들을 볼 면목이 없습니다."

"그건 좀……, 상황에 따라서 말이지. 확답을 할 순 없어."

"그럴 수가……."

상처 입은 듯한 표정을 짓고 있는 아로이스를 보니 왠지 내가 나쁜 짓을 하고 있는 듯한 기분이 든다. 뭐, 나쁜 꿍꿍이를 품고 있긴 하지만.

어쩔 수 없지. 지금 아로이스가 내 부탁을 받아들여 주지 않으면 실패할 가능성도 있으니까.

"알았어, 알았다고. 자네 마음대로 해."

"정말인가요?! 감사합니다!"

아로이스가 힘차게 고개를 숙였다.

뭐, 아로이스가 정정하고 다닌다 하더라도 어린애를 이용해서 '평판 조작을 하는 남자'라고 보거나, 어린애를 이용해서 '평판 조작을 했던 남자'라고 볼 테니까. 어느 쪽이든 상관이 없긴 하다.

"용건은 그것뿐이야. 부탁 좀 할 수 있을까?"

"네! 저에게 맡겨만 주세요!"

아로이스가 힘차게 대답했다.

그런 아로이스가 방에서 나가려 하자 무심코 불러 세워 버렸다. 확인해 두고 싶었던 게 있었기 때문이다.

"짐멜 백작, 아니, 아로이스."

"네?"

"아, 아니……, 저기……, 나 말고 다른 황족은 만났나?"

"에리크 전하와 레오나르트 전하와는 몇 번 이야기를 나눈 적이 있습니다. 다른 분들과는 안타깝게도 접점이 없고요."

나는 그 말을 듣고 마음속으로 한숨을 쉬었다.

아버님이 아로이스를 성에 남겨둔 이유는 이것저것 배우라는 것과 크리스타의 신랑 후보로 점찍어두고 있기 때문이다. 그런 아버님이니 크리스타를 다른 나라로 시집보낼 리가 없다. 그렇다면 상대는 제국의 귀족이다.

언젠가 시집을 보낼 거라면 자기가 괜찮다고 생각한 상대에게. 그렇게 생각하고 있겠지만, 아직 만날 기회조차 마련하지 않은 걸 보니 망설이고 있는 모양이다.

"딸만 엮이면 갑자기 허당이 되지 말라고……."

"네?"

"아니, 아무것도 아니다. 그렇다면 다음에 식사라도 함께 하는 건 어떨까? 아는 사람도 몇 명 소개해 주고 싶으니까."

"정말이신가요? 기꺼이!"

아로이스는 그렇게 말하며 천진난만하게 웃었다.

아로이스는 앞날이 기대되는 소년이다. 그릇의 크기는 저번 내란 때 이미 확인되었다. 크리스타의 신랑 후보 중 필두라고 봐도 되겠지. 하지만, 결국에는 본인들이 서로 마음에 들어할지에 달렸다.

일단, 만나게 해봐야겠다.

나는 그렇게 생각하며 아로이스를 보냈다.

그러지 이번에는 아로이스와 교대하듯이 피네가 왔다.

매우 풀죽은 듯한 표정을 짓고 있었다.

"왜 그래? 너답지 않게. 표정이 어두운데."

"죄송합니다……, 저 때문에……."

피네는 그렇게 말하며 더욱 풀죽은 모습을 보였다. 아무래도 이번 일이 자기 때문이라고 생각하는 것 같았다.

말도 안 되는 소리다.

"너 때문이 아니야. 절반은 바보 같은 귀족들 때문이고, 나머지 절반은 아버님 때문이라고."

"하지만……, 제가 아르 님 곁에 있었기 때문에……."

"착각하지 마. 폐가 된다면 이미 너희 영지로 돌려보냈어. 그러지 않는 건 내가 너를 곁에 두고 있다는 뜻이고. 무슨 말인지 알겠지?"

강한 말투로 그렇게 못을 박아두자, 피네가 약간 놀란 듯한 표정으로 고개를 끄덕였다. 나는 그런 피네를 보고 쓴웃음을 지으며 항상 그랬듯이 그녀에게 홍차를 부탁했다.

"좋아. 그럼 홍차 좀 줄래? 진한 걸로."

"네, 네! 금방 준비할게요! 저, 저기……, 아르 님……?"

"응?"

"저기……, 과자도 있는데요……."

"당연히 먹어야지. 부탁할게."

"네, 네! 입에 맞으시면 좋겠는데요."

피네는 그렇게 말하고는 콧노래를 흥얼거리며 준비하기 시작했다.

그것은 항상 보던 광경, 당연한 일상이다.

그것을 부수려 한 자들이 있다. 그것도 신하의 신분으로 내 조촐한 일상을 파괴하려 한 자가.

"용서하지 않겠어……."

나는 피네가 듣지 못하게끔 조용히 소리 내어 결심했다.

그 말과 동시에 마음 속에서 분노가 부글부글 끓어오르는 게 느껴졌기에, 마음을 가라앉혔다.

적어도 피네 앞에서는 미소를 보이고 싶다. 무서운 표정을 지으면 분명히 피네가 마음 아파할 테니까.

"다 됐어요! 드세요! 아르 님!"

"그래, 고마워."

평소처럼 맛있는 홍차였다.

⇒ 제2장 처단

1

"솔직히, 놀랐어."

"뭐가?"

"네가 아르를 내버려 둔 거, 말이야."

마차 안에서 레오가 쓴웃음을 지었다. 그런 레오를 보고는 호위를 부탁받고 동행한 에르나가 의아하다는 표정을 지었다.

"왜?"

"그건 에르나도 마찬가지잖아? 형을 내버려 둬도 괜찮겠어?"

"나는 괜찮아. 내가 있어 봤자 도움이 안 되니까. 상대는 제국 귀족, 검을 겨눌 상대가 아니니까."

에르나의 근위기사대장 복귀는 물밑으로 진행되고 있었다. 영귀를 토벌한 공적도 있기에 곧바로 복귀시킬 수도 있겠지만, 행사 준비도 있기에 시간을 조금 두게 되었다. 그렇기에 에르나가 제도를 떠날 수 있었던 것이다.

많은 사람들이 지금 제도에 있으면 무슨 짓을 할지 모른다고 우려했기 때문이기도 하지만.

"그건 나도 마찬가지야. 내가 내 방식으로 움직이더라도 분명히 문제를 해결할 순 없을 테고. 그렇다면 형에게 맡기는 게 나을 것 같다는 생각이 들었거든."

"아르를 정말 높게 평가하는구나? 험한 꼴을 당할 거라는 생각은 안 해?"

"제위 쟁탈전에는 많은 귀족들이 관여하고 있어. 하지만 지금 형에게 불평하고 있는 건, 그 싸움에 끼어들만한 역량도 안 된다고 평가받는 이들이야. 형의 적은 못 된다고."

"뭐, 그 견해에는 나도 동의해. 이류, 삼류들이 어설프게 모여봤자 할 수 있는 건 뻔하지. 딱 잘라 말할 수도 있는데, 험한 꼴을 당하는 건 귀족들일 거야. 아르는 가족이나 친한 사람들이 엮이면 곧바로 인정사정 없어지니까. 기억나? 예전에 가이가 남작의 아들하고 부하들에게 두들겨 맞았던 거."

에르나는 마차의 창문 너머로 밖을 보면서 그렇게 중얼거렸다.

레오는 고개를 크게 끄덕이고는 그립다는 듯이 쓴웃음을 지었다.

"우리는 검을 들고 쳐들어갔었지."

"맞아. 두들겨 패줄 생각이었는데……, 저택에는 이미 기사들과 군인들이 잔뜩 와 있었어. 공금 횡령과 노예 매매, 게다가 성의 보물 절도까지. 다양한 악행이 단숨에 들통나서 남작은 물론이고 아들까지 황제 폐하께 심판을 받게 되었잖아. 그거, 아마 아르의 소행이겠지?"

"그럴 거야. 세바스가 있으면 어지간한 것들은 다 할 수 있을 테니까."

"뭐, 움직인 건 세바스겠지만……, 그 세바스도 아르가 명령하지 않으면 움직이지 않을 테니, 그런 전개를 그린 건 아르가 틀림 없을 거야."

아직 어렸을 때 일이다.

하지만 아르는 단순한 힘밖에 없는 에르나나 레오와는 다른 힘을 지니고 있었다.

그런 아르가 귀족들에게 당할 것 같진 않다. 분명히 에르나나 레오는 상상도 못할 방법으로 쓴맛을 보여줄 것이다. 그게 두 사람의 공통적인 견해였다.

"그래도 놀랍네……, 갑자기 빈을 군사로 삼고 싶다고 하다니. 3년 전부터 행방불명되었잖아? 단서는 있어?"

"없어."

"에휴……, 단서도 없는 여행에 나를 끌고 왔단 말이지……."

"너무 그러지 마. 확실한 증거는 없지만, 빈이니까 아마 고향에 있을 것 같거든."

"있을 수 없는 일이야. 고향은 시골이라서 싫다고 했었잖아?"

"그러니까 빈이라면 거기 있을 것 같아. 성격이 좋다고 하긴 힘 드니까."

레오는 그렇게 신이 난 듯이 말했다.

그런 레오를 보고 에르나가 다시 한숨을 쉬었다. 하지만 지금 찾고 있는 사람의 성격을 고려하면 그럴 수도 있다.

"뭐, 빈이라면 레오에게 맡길게. 소꿉친구니까."

"소꿉친구라기보다는 형과는 다른 타입의 형이라는 느낌이지만 말이지."

레오는 그렇게 말하며 빈에 대해 떠올리기 시작했다.

■ ■ ■

그 마을은 제도 중앙부의 한적한 곳에 있었다.

주요 도로에서도 벗어나 있기에 활기와는 거리가 먼 그 마을은, 두 사람과 정말 어울리지 않았다.

"정말 있을까?"

"글쎄."

레오는 그렇게 말하며 망설임없이 빈의 친가로 향했다.

그리고 낡은 단층집이 빈의 친가라는 것을 확인하고는 곧바로 그 집으로 갔다.

"실례합니다. 누구 계신가요?"

"잠깐만, 레오……."

"누구신지요?"

거리낌없이 들어간 레오를 에르나가 말리려 했지만, 그러기 전에 집 안에서 대답이 들렸다.

노인의 갈라진 목소리였다.

보아하니 몸집이 작은 노인이 집 안에 있던 안락의자에 앉아 있었다. 길고 흰 머리카락과 긴 수염. 얼굴이 보이지는 않았지만, 이 집에 있는 걸 보니 빈의 가족일 것이다.

"실례. 저는 레오나르트 렉스 아드라라고 합니다. 빈프리트를 찾으러 왔습니다."

"황자 전하셨습니까……, 안타깝게도 손주는 돌아오지 않았습니다……."

"빈의 할아버지……."

에르나는 쓸쓸해 보이는 노인을 보고 매우 동정했다.

빈프리트는 레오와 아르보다 세 살 연상인 남자였다.

그 재능을 황태자에게 인정받고, 평민 출신이면서도 계속 성에서 공부를 하고 있었다. 바깥에서 노는 경우가 많았던 에르나가 아르와 더 가까운 소꿉친구라면, 안에서 함께 열심히 공부했던 빈은 레오와 더 가까운 소꿉친구라 할 수 있었다.

그런 빈은 6년 전, 당시 열다섯 살 나이에 견식을 넓히기 위해 다른 나라들을 돌아다니는 여행을 떠났다. 언젠가는 황태자 밑에서 재상 자리에 오르는 것을 꿈꾸며.

하지만, 그것은 꿈으로 사라졌다. 3년 전, 황태자가 죽자 빈은 살아갈 의미를 찾아내지 못하게 되었고, 모든 사람들과 관계를 끊고는 실종된 것이다.

레오가 몇 번이나 찾아보았지만, 전부 허사였다. 단서조차 파악하지 못하고 있었다. 당연히 많은 기사들이 여기에 찾아왔다. 그럼에도 불구하고 찾아내지 못한 것이다.

"그랬군요……, 갈 만한 곳으로 짐작되는 곳은 없습니까?"

"죄송합니다……, 이미 몇 번이나 찾아보았는데요……."

"레오, 억지로 물어보는 건⋯⋯."

에르나가 레오를 말렸지만, 레오는 고개를 저으며 미소 지었다.

이런 상황에서 미소를 짓는 건 예의가 없는 행동으로 보였지만, 레오가 아무런 의미도 없이 웃을 리가 없다.

에르나가 당황하고 있자니 레오가 천천히 노인에게 다가갔다. 그리고.

"여전히 키가 작네. 빈."

"윽?!"

"레오?!"

레오는 허리에 차고 있던 검을 뽑고는 노인을 향해 휘둘렀다.

노인은 곧바로 안락의자에서 물러나 레오의 검을 피했다. 하지만, 그 대가로 길고 흰 머리카락을 레오에게 뺏겨버렸다.

아니, 정확히 말하자면 '길고 흰 가발'을 레오에게 뺏긴 것이다.

"안녕⋯⋯, 오랜만이네, 빈."

"⋯⋯어떻게 알았지?"

가발을 뺏긴 빈은 둘러대려 하지도 않고 가짜 수염과 목소리를 바꿀 때 쓰던 마도구를 떼고 레오 앞에 모습을 드러냈다.

어두운 금발과 똑같은 색 눈. 키가 작아서 척 보기에는 어린애 같지만, 어린애라고 하기에는 눈매가 너무나도 사납다.

날카로운 그 삼백안은 다른 사람을 위협하기에 충분하고도 남을 정도였고, 단정한 외모까지 함께 보면 다른 사람에게 날카로운 단검 같은 인상을 풍겼다.

그 남자의 이름은 빈프리트 트랄레스. 황태자가 그 재능을 인정하고 언젠가 자신의 좋은 신하가 되라면서 동생처럼 귀여워했던 레오의 소꿉친구다.

"첫 번째는 이렇게까지 찾았는데 발견되지 않는 이상, 너는 분명히 눈에 보이는 곳에 있을 거라 생각한 거야. 우리가 눈치채지 못했을 뿐. 두 번째는 이 집이 너무 깔끔했어. 깔끔한 걸 좋아하는 너답긴 한데, 노인이 이렇게까지 깔끔하게 치우면서 사는 건 힘들지. 그렇게까지 유복한 것 같지도 않으니 누군가를 고용했다고 생각하는 것도 힘들고."

"겨우 그런 이유만으로 노인에게 검을 겨눈 거야? 잠시 만나지 않았던 동안에 손버릇이 꽤 안 좋아졌는데?"

"제대로 반응하지 못했다면 멈췄을 거야. 그리고 확신도 들었고. 너라면 변장해서 할아버지 행세를 할 수도 있을 것 같아서."

"쳇……."

빈은 혀를 찬 다음, 가짜 수염을 테이블로 던지고는 안락의자에 아무렇게나 앉았다.

그 태도와 말투는 황자를 상대로는 무례했지만, 예전부터 그랬다. 첫 만남 때, 일단은 존댓말을 쓰던 빈에게 그런 건 딱히 상관없다고 한 사람은 레오이기 때문이다.

그 이후로 빈은 레오에게 존댓말을 쓰지 않았고, 예의도 차리지 않았다. 황태자가 친동생처럼 대해 달라 부탁했기 때문이다.

"일부러 여기까지 무슨 볼일이 있어서 왔지?"

"모르겠어?"

"흥, 나를 군사로 삼겠다는 거 말인가? 그만둬. 나는 네가 생각하는 것만큼 뛰어난 군사가 아니야."

"네가 무능하다면 세상 사람들 대부분은 무능할 텐데."

"무능하지 않다는 건 인정하겠지만, 유능하지도 않아. 군사 같은 걸 하고 있는 녀석들 중에서 나는 일반인이나 마찬가지야. 네가 원한다면 나보다 더 뛰어난 군사를 얼마든지 찾을 수 있을 텐데. 그러니까 돌아가."

빈은 레오를 매섭게 노려보았다.

하지만 레오는 아랑곳하지도 않고 빈에게 손을 내밀었다.

"그렇게 말할 수 있는 너니까 내게 필요한 거야. 능력은 부차적인 문제지. 내게는 너 같은 군사가 필요해."

"자신의 형편을 꽤 밀어붙이는군그래. 나는 네 군사를 해줄 필요가 없는데?"

빈은 그렇게 말하며 레오의 손을 살짝 쳐냈다. 그 행동을 본 에르나가 눈살을 찌푸리며 한 발짝 앞으로 나섰다.

"여전하구나? 빈."

"너야말로 여전한 모양이군. 에르나."

"사람은 그리 쉽게 변하지 않는 법이니까. 네 키처럼 말이야."

에르나는 최대한 비꼬면서 빈의 키를 언급했다. 전혀 자라지 않은 키는 빈에게 있어서 치명적인 콤플렉스이자 다른 사람이 건드리면 화를 내는 포인트였다.

하지만.

"그러게. 네 가슴도 성장하지 못한 모양이야. 우리 둘 다 슬픈 신세로군."

"뭐?!"

"남의 신체적 특징을 공격한다면 자신도 공격당하는 게 맞겠지? 빈유."

"이게!"

"에르나. 말로는 빈을 이길 수 없어."

레오가 은근히 에르나를 말렸다.

그리고 미소를 지은 채 물러섰다.

"오늘은 갑자기 찾아왔으니까 일단 돌아갈게. 내일 또 올 테니까 그때 이야기하자."

"몇 번을 오더라도 마찬가지야. 네 군사가 되지 않을 거다."

"네 마음이 바뀔 때까지 올 거야."

레오는 그렇게 말한 다음, 에르나를 데리고 그곳을 떠났다.

혼자 남겨진 빈은 떠나가는 레오의 뒷모습을 보고 혀를 찼다.

"쳇……, 어디까지나 설득하겠다는 거냐. 여전히 물러터졌군."

억지로라도 데리고 가거나, 따르게 만들거나. 그런 수단을 쓰지 않는 건 레오의 약점이라 할 수 있다.

그와 동시에 장점이기도 하지만, 역시 약점이라는 측면이 더 강하다. 레오가 지금 하고 있는 건 제위 쟁탈전이기 때문이다.

무심코 그렇게 분석해 버린 빈은 껄끄러운 듯한 표정을 지으며 짜증 섞인 몸짓으로 방을 청소하기 시작했다.

2

"여전하네! 예의도 모르고 다른 사람이 신경 쓰는 부분을 지적하고, 정말 기분 나쁜 녀석이야?"

"에르나가 키에 대해 언급해서 그렇잖아?"

"갑자기 빈유라는 말이 나올 리가 없잖아! 오랜만에 나를 봤을 때부터, 그런 최악의 인상을 품었을 게 틀림없어!!"

에르나는 그렇게 말하며 얼굴을 새빨갛게 붉혔다.

그런 에르나를 보고 레오는 잠자는 사자의 콧털을 건드리지 말자며 입을 다물었다. 아르라면 네 몸매는 어쩔 수 없다고 쓸데없는 말을 해서 에르나의 신경을 건드렸겠지만, 여자에게 신사적인 레오는 그런 말을 하지 않는다.

하지만, 오히려 그 때문에 에르나의 분노가 오랫동안 지속되었다. 화풀이할 상대가 없으면 화가 가라앉지 않는다. 아르가 일부러 쓸데없는 말을 하는 이유가 그렇게 분노를 발산시키기 위해서이기도 했겠구나, 레오는 그렇게 추측했다.

그리고 그렇게 추측했기에 레오는 어떻게 해서든 빈을 끌어들어야만 한다고 생각했다.

"두고 보자, 빈! 제도로 돌아온다면 가만두지 않겠어!"

"그런 말을 했다가 빈이 진짜로 오지 않으면 어떻게 할 건데."

"빈 따위가 없어도 레오는 괜찮을 거야!"

"그렇다면 좋겠지만……, 안타깝게도 나는 만능이 아니야. 힘도 부족하고, 사려도 부족하지. 나는 한 번 정한 걸 반드시 끝까지 밀어붙이고 싶어. 하지만, 나는 그렇게 밀어붙이는 방식이 서투르니까 주위 사람들에게 폐를 끼치거든. 빈이라면 분명히 내가 원하는 걸 이룰 수 있으면서도 안전한 방법을 생각해 줄 거야. 불평은 하겠지만 말이지."

"그러게. 잔뜩 비꼬아 댈 걸?"

"괜찮아. 내가 진심으로 황제를 목표로 삼으려면……, 아버지에게 있어 재상 같은 존재가 필요해. 그럴 사람은 빈밖에 없고."

레오는 그렇게 말하며 결의를 다졌다.

자신을 컨트롤할 수 있는 사람. 레오는 그런 인재를 원하고 있었던 것이다.

■ ■ ■

"좋은 아침이야, 빈."

다음 날 아침. 레오는 미소를 지으며 빈의 집으로 찾아갔다.

독서를 하고 있던 빈이 기분 나쁘다는 표정을 지으며 말했다.

"독서하는 데 방해된다, 돌아가."

"방해 안 해."

"거기 있는 게 방해하는 거라고. 시야 안으로 들어오지 마."

"그럼, 다 읽을 때까지 밖에서 기다릴게."

"……."

레오는 그렇게 말하고는 미소를 지으며 집에서 나갔다.

그리고 마을 사람들과 친근하게 교류하기 시작했다. 짐을 들고 가던 부인을 도와주거나, 마을의 농사를 도와주거나. 황자답지 않은 그 행동을 본 빈은 혀를 찼다.

장점이다. 틀림없는 장점이다. 과거의 황태자도 그랬다.

"……."

"레오는 좋은 주인인 것 같은데?"

"쳇……, 남의 집에 멋대로 들어오지 마라."

"제대로 물어보고 들어왔거든?"

"나는 못 들었어."

"귀가 어두워진 거 아니야? 할아버지 흉내 같은 걸 내니까."

에르나는 그렇게 말하며 빈 주위에 있던 책을 보았다.

정치나 군사 관련 서적이었다. 취미로 읽는다기보다는 공부를 하기 위해 읽고 있다. 그런 내용인 책들뿐이었다.

"군사의 길을 포기한 건 아니구나."

"……내게는 이것밖에 없으니까."

"그렇다면 레오의 제안은 호박이 넝쿨째 굴러들어온 거 아니야? 강국인 제국의 제위 쟁탈전. 자신이 섬기는 주인을 황제로 만드는 건 군사에게 있어서 누구나 바랄 무대 아니냐고. 그 이후에는 황제의 측근 자리도 약속되어 있는데."

"……공명심이 없다는 건 아니야. 제국의 역사에 내 이름을 남기고 싶다는 마음이 있긴 하지. 다른 사람들을 제치고 주인을 옥좌에 앉힐 수 있다면, 정말 기분 좋겠지……, 하지만 내게는 그럴 힘이 없어."

빈은 약간 어두운 표정을 지었다.

그 모습을 본 에르나는 뜻밖이라는 표정을 보였다.

"네가 자신감을 잃다니, 신기하네."

"애초에 나는 자신감 같은 게 없었어. 나는 나 자신을 이류로 정의했지. 하지만 주인이 '황태자 전하'라면 그래도 상관없었어. 뛰어난 신하들을 많이 거느렸고, 본인도 틀림없는 일류. 그 사람에게 필요했던 건 언제든 당연한 걸 해낼 수 있는 신하. 나는 그렇게 되려고 했던 거야."

"레오를 주인으로 삼아서 그렇게 되면 되잖아."

"레오는 황태자 전하와는 달라. 뛰어나지만, 아직 부족한 부분도 많지. 그리고 레오의 군사가 되면 내가 우두머리야. 필요한 능력이 내 그릇을 뛰어넘는다고."

"그래서 레오의 군사가 되지 않으려는 거야? 너를 믿고 찾아왔는데? 황태자 전하가 너에게 레오를 동생처럼 대해 달라고 했잖아……."

"옛날 이야기야……, 다른 나라들을 다니면서 눈치챘어. 군사 같은 걸 하고 있는 녀석들은 다들 괴물투성이라고. 그 녀석들과 비교하며 나는 이류는커녕 삼류였어. 그런 내가 군사가 되면, 레오는 분명히 질 거다. 그렇게 되면 황태자 전하께 면목이 없어…….”

황태자가 죽자, 황태자의 측근이었던 자들은 각자의 길을 갔다. 그 중 다른 황족 밑으로 들어간 자는 별로 없다. 대부분은 이상적인 주인을 잃고 은거하는 것을 선택했다. 그건 빈도 마찬가지였다.

황태자를 섬기는 것을 꿈꾸며, 황태자가 만든 조직 안에서 살아가는 것을 목표로 삼고 있었다. 그것이 무너지자, 많은 사람들이 미래를 꿈꿀 수 없게 된 것이다.

“동생처럼 여기고 있으니까 힘을 빌려줄 수 없다는 거구나. 자기가 레오에게 붙으면 질 테니까.”

“레오에게 뛰어난 군사가 한 명 더 있다면 이야기가 달라지겠지만 말이지. 기발한 발상을 해낼 수 있는 녀석이 따로 있다면, 난 확실한 책략을 통해 움직일 수 있어. 하지만, 나 혼자만으로는 불가능해. 정석대로만 움직여선 지게 될 거야. 내가 살릴 수 있는 건 확실하게 이길 수 있는 상황. 무리하지 않고, 쓸데없는 희생을 치르지 않고, 이길 수 있으니 이긴다. 그게 내 스타일이야.”

“흥, 그럼 안심이네. 레오 곁에는 이미 그런 군사가 있으니까.”

“뭐라고?”

빈이 의아하다는 듯이 중얼거렸다.

그런 빈에게 에르나가 미소를 지으며 대답했다.

“아르는 네게 부족한 것, 기발한 발상을 해낼 수 있어. 기발한 발상이 필요하면 아르에게 부탁하면 돼."

"아르가 군사라고?"

빈에게 있어서 아르는 항상 공부를 하지 않고 놀러다니는 방탕황자였다.

가끔 레오의 형답게 뛰어난 모습을 보여주긴 했지만, 에르나가 군사라고 말할 정도로 빼어난 인물로는 도저히 보이지 않았다.

"흥, 말도 안 되는 소리. 그 녀석의 평판은 이 마을까지 소문이 자자한데?"

"다른 사람의 평판이 아니라 자기 눈으로 보지 그래?"

"예전부터 봐 왔어. 그 녀석이 그렇게 뛰어난 인재일 것 같진 않아."

"역시 삼류구나. 사람을 보는 눈이 없어."

"뭐라고?"

스스로 자신을 삼류라고 평가하더라도 다른 사람, 그것도 에르나에게 그런 이야기를 듣는다면 빈도 가만히 있을 수는 없었다.

평범한 여자라면 울음을 터뜨려 버릴 사나운 눈초리로 에르나를 노려보았지만, 그녀는 미소를 무너뜨리지 않았다.

"마침 잘됐네. 지금 아르가 제도에서 귀족들하고 다툼을 벌이고 있어. 거기서 아르의 성과를 보고 나서 정하지그래? 내가 말한 대로 아르가 기발한 발상을 해낼 수 있는 인재라면 네가 레오의 군사가 되는 거야. 아르가 기대에 못 미친다면 다시 조용한 삶으로 돌아오고. 불만은 없지?"

"내 처우를 아르의 성과에 맡기겠다고? 너무나도 위험한 도박인데. 그 녀석은 골치 아픈 일이 생기면 곧바로 도망칠 거다."

"아르는 다른 사람을 지켜야 할 때는 도망치지 않아. 내가 하는 말이니까 틀림없지."

"……용작 가문의 차기 당주가 보장하겠다는 건가."

"맞아. 어때? 괜찮은 이야기인 것 같은데?"

"……."

아직 결심하지 못하고 있는 것 같은 빈을 보고 에르나가 쓴웃음을 지었다.

진지하게 고민하고 있다는 건, 그만큼 레오에 대해 진지하게 생각하고 있다는 증거다.

빈은 냉정하게 자신의 힘을 파악하고, 세력을 주도하는 지위에 올랐을 경우, 다른 세력에게 뒤처지게 될 거라 분석하고 있다. 그 냉정함과 자신을 과대평가하지 않는 부분을 에르나는 높게 평가하고 있었다.

이상론을 추구하는 레오를 말려주는 역할로서 부족함 없는 군사라고 할 수 있다.

이제는 본인의 생각에 달렸다.

에르나는 그렇게 생각하고 집을 나섰다. 그리고 교대하듯이 레오가 들어왔다.

"에르나하고 이야기를 해보고 생각이 바뀌었어?"

"……일부러 에르나에게 설득을 맡긴 이유가 뭐지?"

"내가 무슨 말을 해봤자 들어주지 않을 거잖아? 에르나라면 혹시나 싶었거든."

"그래서 데리고 온 거야?"

"아니, 갑자기 생각나서. 그냥 호위만 맡길 생각으로 데리고 왔어. 호위를 잔뜩 데리고 오면 마을 사람들에게 폐가 될 테고."

레오는 그렇게 말하고는 미소를 지으며 창밖을 보았다.

농사를 하러 가는 사람이나 산에서 사냥을 해온 사람. 뜨개질을 하는 부인과 놀고 있는 아이들.

평온한 광경이 거기에 있었다.

"좋은 마을이네."

"어디에나 있을 법한 시골 마을이다."

"그게 좋은 거지. 이런 마을이 어디에나 있다면 말이야. 하지만 아직 부족해. 욕심을 내면 끝이 없다는 건 나도 알아. 모두를 구할 수 없다는 것도. 하지만, 슬퍼하며 우는 사람을 줄이고 싶어. 그런 노력은 그만두고 싶지 않아. 나는……, '황태자 빌헬름'의 뒤를 이을 거야. 그러기 위해서는 빈, 네가 필요해. 부디 힘을 빌려줬으면 좋겠어."

레오는 그렇게 말한 다음 빈에게 손을 내밀었다.

어렸을 때, 황태자는 빈의 재능을 인정하고 마찬가지로 손을 내밀었다. 빈은 그 때를 떠올리고 눈을 감았다. 그리고.

"……제도로는 따라가마. 하지만 네 군사가 될지 여부는 아르에게 달렸어."

"형에게 달렸다고?"

"아르가 내 단점을 메꿀 수 있는 존재인지 아닌지. 그걸 알아볼 거다."

"그렇구나……, 그렇다면 내 세력에 온 걸 환영할게."

"너……, 내 이야기를 듣긴 한 거야?"

"들었지. 형에게 달렸다면 이미 끝난 거나 마찬가지야. 내 자랑스러운 형이거든. 분명히 빈의 마음에 들 거라고."

레오는 한 점의 망설임도 없이 그렇게 딱 잘라 말했다.

쌍둥이 특유의 신뢰. 그렇게 받아들일 수도 있겠지만, 빈은 두 사람 사이에서 그 이상의 무언가를 느꼈다. 마치 함께 전장을 내달렸던 전우 같은 유대감을.

혈연뿐만이 아닌 신뢰관계. 그것을 어렴풋하게 느낀 빈은 재미있다는 듯이 씨익 웃었다.

"좋아. 그렇게까지 신뢰한다면 어디 한번 보자고. 아르의 실력이라는 걸."

빈은 그렇게 말하며 레오의 손을 잡았다.

3

백구 연합이 결성되고 나서 벌써 1주일 정도가 지났다.

그러던 어느 날 이른 아침. 나는 아버님의 방을 찾았다.

"전하. 폐하께서는 아직 주무시고 계십니다."

자고 있으니 만날 수 없다고 호위 기사가 내게 말했지만, 그런 건 솔직히 상관이 없다.

"긴급한 용건이다. 들어가게 해줘."

"그럴 수는 없습니다."

"나는 아버님 때문에 골치 아픈 일에 휘말렸단 말이야. 일찍 좀 일어나게 해드려도 천벌을 받진 않겠지."

나는 그렇게 말하며 기사가 말리는 것도 뿌리치고 방문을 열었다.

그러자 아버님이 방안에 있던 침대에서 몸을 일으키고 있었다.

"죄송합니다, 폐하."

"됐다, 물러가거라. 아르노르트의 용건을 들으마."

아버님은 그렇게 말하며 기사를 물러가게 했다. 그리고 나를 보고는 한숨을 쉬었다.

"너는 내가 황제라는 걸 가끔 잊어버리는 것 아니냐?"

"무례를 용서하여 주십시오. 급한 용건이 있었기에."

"오늘은 묘하게 얌전하구나?"

내가 순순히 고개를 숙이자 아버님이 약간 당황한 듯한 모습을 보였다.

평소 때 나였다면 아버님이 한 말을 농담으로 받아쳤을 테니까.

뭐, 그런 태도를 보이더라도 딱히 상관은 없지만, 일단은 정중한 태도를 보이는 게 낫다. 그러는 게 만의 하나의 경우가 생겼을 때 이익일 테니까.

"아무리 그래도 폐하의 숙면을 방해했는데 건방지게 굴 수는 없지요."

"그러냐. 그래서? 용건이 뭐지?"

"제도를 시찰할 수 있게 허가를 받으러 왔습니다."

"시찰? 평소처럼 멋대로 가지 그러냐?"

"폐하의 허가가 필요합니다."

내가 한 말이 무슨 뜻인지 눈치챈 아버님은 한숨을 쉬고는 침대 옆에 두었던 반지 중 하나를 내게 던져주었다.

그 반지에는 황금 독수리가 새겨져 있었다. 황제가 차고 다니는 장식품 중 하나이며, 이걸 가지고 있다는 건 황제에게 인정받은 사람이라는 뜻이다.

"그걸로 마음대로 하거라."

"감사합니다. 폐하."

"'폐하'라……, 오늘은 꽤 예의가 바르구나?"

"이제부터 예의를 차리지 않게 될 예정이라서요……."

나는 그렇게 말한 다음 인사를 하고 나서 아버님의 방을 나섰다. 그리고 돌아가는 길에 세바스가 내 뒤에 나타났다.

"감시는?"

"없습니다."

"바보 같은 녀석들이군."

"그렇게까지 경계할 만한 주의력을 지녔다면 황족에게 시비를 걸지도 않았겠지요."

"그렇긴 하겠네. 자……, 이번에는 철저하게 해보자고."

"네, 알겠습니다."

황족에게 시비를 건다는 것이 어떤 의미를 지니고 있는지.

생각할 머리가 없는 녀석들에게 가르쳐주도록 할까.

■ ■ ■

"아르 님. 오늘은 어디 가시나요?"

"이곳저곳. 제도의 상황을 둘러보고 다닐 거야. 레오가 없으니까 레오 대신."

나는 마차 안에서 피네에게 설명해 주었다.

겉으로는 레오 대신 시찰을 나가는 것으로 해두었다. 일부러 며칠 전에 정보를 흘렸으니, 그 이야기는 이미 백구 연합에도 전달되었을 것이다.

그들은 나를 배제하기 위해 움직일 것이다. 나를 배제하지 않으면 피네에게 접근할 수도 없고, 애초에 그러기 위해 결성된 조직이니.

자신들이 인정하지 않은 자가 피네 곁에 있는 건 용납할 수 없다. 극단적이긴 하지만, 그 녀석들의 생각은 그런 것이다. 거기에 피네의 생각이나 감정은 담겨 있지 않다.

말도 안 되는 소리다. 그러니 말도 안 되는 짓을 하는 녀석들에게는 말도 안 되는 방법으로 되갚아 줄 생각이다.

"도착했나."

나는 그렇게 말한 다음, 마차가 멈춘 것을 확인하고 밖으로 나왔다.

첫 번째 목표는 그럭저럭 이름이 알려진 고급 여관이다. 멋진 여관 건물을 보면서 내가 피네와 함께 가게에 들어가려 하자 안에서 나온 가게 주인이 슬쩍 웃으며 말했다.

"전하. 무슨 용건이십니까?"

"잠깐 시찰하러 나왔지. 어때? 요즘."

"그럭저럭이라고 해야 할까요."

"그렇군. 안을 좀 봐도 되겠나?"

내가 그렇게 말하기를 기다리고 있었다는 듯이 가게 주인이 고개를 숙였다.

뭐, 예상했던 반응이다.

"죄송합니다. 저희 여관은 최근 여성 전용으로 바뀌어서……, 아무리 전하라고 하시더라도 안으로 들어오시면 평판이…….."

"내가 들어가면 안 된다고?"

"아뇨, 그런 것이 아니라……, 레오나르트 전하만큼 명성을 떨친 분이시라면 주위 사람들도 불평하지 않겠습니다만……, 아뇨, 아뇨, 전하께서 명성이 없다는 말씀은 아닙니다."

가게 주인이 경박한 미소를 지으며 계속 변명했다.

오랫동안 이야기를 늘어놓았지만, 결국에는 평판이 안 좋은 내가 들어가면 가게의 이름에 흠집이 난다. 그런 뜻이었다.

"언제부터 여성 전용 여관으로 바뀌었지?"

"최근입니다. 아, 타이밍이 안 좋았군요. 어떠신지? 전하께서는 여기서 기다려주시고, 피네 님만 안을 살펴보시는 게?"

가게 주인은 그렇게 제안했다.

이렇게 계속 괴롭히면서 피네 곁에 머무르는 것을 고통스럽게 느끼게끔 꾸미고 있는 모양이다.

정말……, 너무나도 어리석어서 어이가 없다.

"주인 양반……, 한 가지만 확인하겠는데……, 정말로 여성 전용 여관인 거겠지?"

"네, 물론입니다."

"그렇군. 그럼 이건 보이나?"

나는 그렇게 말하고 반지를 보여주었다.

그 반지에 새겨진 황금 독수리의 의미를 모르는 녀석은 이곳 제도에 존재하지 않는다. 황금 독수리는 제국의 상징. 그 문양을 쓸 수 있는 것은 황제뿐이다.

"그, 그것은?!"

"나는 황제 폐하의 허가를 받고 여기에 시찰하러 와 있다. 그것을 거절한다는 것은 황제 폐하를 거절한다는 뜻이다만……, 그래도 괜찮은 거겠지?"

"그, 그런 것은?!"

"하지만 너는 나를 들여보내지 않겠다고 했을 텐데?"

"그, 그런 게 아닙니다! 그런 뜻으로 말씀드린 것이 아니라!"

나는 필사적으로 변명하려 드는 가게 주인의 어깨에 손을 얹었다.

그리고 가게 주인에게만 들릴 수 있게끔 중얼거렸다.

"사흘 전부터 갑자기 여성 전용 여관이라고 선전하기 시작한 걸 모를 줄 알았나?"

"히익……! 저, 전하……."

"여성 전용 여관이라면 안에 남자 손님은 없겠지? 주인 양반."

나는 가게 주인을 빤히 바라보았다.

가게 주인이 몸을 떨면서 이상하게 땀을 흘리기 시작했다. 나를 괴롭히려는 계획을 짠 녀석들이라면 분명히 특등석에서 그 모습을 구경하려 할 것이다. 예를 들어 여관의 객실 같은 곳에서.

"내부를 수색해라. 만약에 남자 손님이 있을 경우에는 신분을 불문하고 끌고 와라. 피네를 해치려 한 혐의가 있다."

"네!"

내 호위로 따라온 기사들이 여관 안으로 밀고 들어갔다. 가게 주인은 이제 목소리도 나오지 않는 모양이었다.

나는 그런 가게 주인을 내버려 두고 여관 안으로 들어갔다. 안에서는 여자 점원들이 겁을 먹은 기색으로 기사들과 나를 보고 있었다.

잠시 기다리고 있자니 기사들이 한 남자를 연행해 왔다.

"아, 파나 백작. 여기서 뭐 하고 있었나?"

"전하, 이게 대체 어떻게 된 일입니까? 아무리 전하라고 해도 횡포 아닙니까?"

파나 백작은 금발에 덩치가 큰 남자다. 나이는 20대 중반. 평소부터 내게 이것저것 불평하던 귀족 중 한 명이다.

파나 백작은 기사에게 팔을 붙잡힌 채 불쾌하다는 듯이 눈살을 찌푸리고 있었다. 아무래도 자신이 처한 상황을 이해하지 못한 모양이었다.

"횡포? 입을 놀릴 때는 조심해야지. 나는 내 정당한 권리에 따라 여관을 수사했을 뿐이다."

나는 그렇게 말하며 파나 백작에게 반지를 보여주었다. 그러자 파나 백작의 안색이 바뀌었다.

어딘가 여유로워 보이던 표정이 위험을 느낀 표정으로 바뀐 것이다.

"자, 파나 백작. 질문에 대답해 주시지. 여성 전용 여관에서 뭘 하고 있었나?"

"그, 그게……."

"황자인 나조차 거절했던 여관이다. 제대로 된 수단으로 들어올 수 있을 리가 없지. 안 그런가?"

"저, 전하……, 이건 뭔가 착오가……."

"점주는 내 출입을 금지하고 피네만 안으로 들이려 했다……, 피네에게 무슨 짓을 하려던 것 아닌가?"

"아, 아닙니다!"

파나 백작은 그렇게 부정하며 몸을 틀었지만, 듬직한 기사들이

제자리에 무릎을 꿇게 만들었다. 그런 파나 백작 앞에서 내가 계속 말했다.

"그렇다면 어떤 이유로 이곳에 있었던 거지?"

"……저, 전하를 괴롭히려 하고 있었습니다."

거짓말을 했다가 피네에게 무슨 짓을 저지르려 했다는 의혹이 생기는 건 위험하다고 생각했을 것이다.

파나 백작은 솔직하게 고백했다. 하지만 그것도 나름대로 악수다.

"호오? 그러니까, 백작은 황제로부터 정식으로 허가를 받아 시찰하러 온 나를 방해하려고 했다는 말이군?"

"아, 아닙니다!"

"뭐가 아니지?"

"폐, 폐하께 허가를 받았다는 사실은 몰랐고……."

나는 파나 백작이 한 말을 듣고 코웃음쳤다. 파나 백작은 곧바로 고개를 조아렸지만, 나는 머리카락을 잡고 얼굴을 들게 했다. 그리고.

"내가 항상 바보 취급당하는 건 황족으로서의 책무를 다하지 않았기 때문이다. 하지만 이번에는 폐하의 허가를 받지 않았더라도, 제도 시찰이라는 황족으로서의 책무를 행하고 있지. 그런 나를 방해하려 했던 것만으로도 너는 충분히 중죄를 저지른 거다."

"그, 그럴 수가"

"개인으로서의 나를 바보 취급하는 건 자유다만, 황족의 일원

"그런 뜻이 아닙니다. 하지만, 가벼운 죄입니다."

"가벼운 죄라도 죄는 죄다. 붙잡아라. 그리고 주인 양반, 당연하지만 가게는 없앨 거다. 황족과 귀족, 어린애도 알고 있는 역학 관계를 착각한 게 잘못이다."

가게 주인은 이제 아무런 말도 할 수 없는 것 같았다.

그곳을 마리에게 맡긴 다음, 나는 가게를 나섰다. 그곳에서는 피네가 울음을 터뜨릴 듯한 표정을 지으며 기다리고 있었다.

"아르 님⋯⋯."

"한동안 참아 줘."

"⋯⋯네."

그렇게 말하자 피네는 내게 고개를 숙였다.

그리고 우리는 마차를 타고 다음 목적지로 향했다.

다른 불경한 자들을 체포하기 위해서.

4

내가 다음에 찾아간 곳은 제도에서 인기가 많은 식당이었다.

피네와 함께 가게에 들어가자 이미 여러 무리의 손님들이 자리에 앉아 있었다.

"기다리고 있었습니다. 아르노르트 전하, 피네 님."

그렇게 말하며 우리를 가게 한가운데에 있는 자리로 안내해 주었다.

지금까지 부자연스러운 점은 없다. 시찰이라는 걸 숨기고 이 가게를 예약했으니 당연하다 할 수 있다. 이 가게에서 보기에 우리는 손님이니까.

하지만, 백구 연합에 참가한 귀족이 이 가게에 접촉했다는 건 이미 알고 있다.

어떤 수법을 쓰려나. 그렇게 생각하고 있자니 향기가 좋은 수프를 우리 테이블로 가져다 주었다.

피네가 먼저 한 입 먹고는 맛있다는 듯이 미소를 지었다.

"맛있어요!"

"그래."

나는 그렇게 말하고는 스푼으로 수프를 떠서 입에 넣었다.

그러자 매운맛과 쓴맛이 일제히 덮쳤다. 나는 무심코 인상을 쓰며 수프를 노려보았다.

"그렇군……, 이렇게 나왔나."

정말 은근히 괴롭혀주시는군. 지금 소란을 피워도 되겠지만, 내 미각이 망가졌을 패턴도 고려해 보아야 한다. 한동안 상황을 지켜보도록 할까.

아마 결과는 뻔하겠지만.

■ ■ ■

"셰프를 불러라!!"

나는 큰 목소리로 그렇게 소리쳤다.

입안에는 여전히 불쾌한 단맛이 퍼지고 있다. 방금 먹은 것은 고기 요리다. 그럼에도 불구하고 디저트처럼 단맛이 났다. 아무리 생각해도 맛이 이상하다.

이미 알고 있긴 했지만, 내 미각 문제가 아니다.

"부르셨습니까, 전하."

그렇게 말하며 나온 것은 날씬한 30대 남자였다.

자신의 실력만으로 식당을 크게 키운 셰프이자, 제국뿐만이 아니라 각 나라의 요리도 제공한다는 게 특징이었다.

평소에 좋은 것만 먹는 피네가 칭찬할 만큼 실력은 확실하다. 그렇기 때문에 안타깝다.

"내게만 다른 요리를 내준 것 아닌가?"

"설마요! 그런 짓을 할 리가 없잖습니까! 혹시 입에 맞지 않으셨는지요?"

"그래, 도저히 먹을 수 있는 음식이 아니야!"

내가 그렇게 소리치자 주위에 있던 손님들이 속닥거리기 시작했다.

"찌꺼기 황자는 미각도 찌꺼기인 모양이야."

"이 식당 요리의 맛을 알아보지 못하다니……, 불쌍하네."

"자기 입에 맞지 않는다고 셰프에게 화풀이를 하다니……, 양심도 없나!"

"그만둬. 항상 놀고 다니기만 하는 황자잖아. 그런 게 있을 리가 없지."

"역시 레오나르트 황자와 쌍둥이라는 게 믿기질 않아. 나는 레오나르트 황자를 높게 평가한다만, 형이 저래서야……."

"행동을 좀 제대로 할 생각은 없나? 찌꺼기 황자라고 불리면서도 아무렇지도 않아 한다는 게 정말 한심하군."

"그렇다니까. 황족의 수치 녀석."

주위에서 그렇게 험담을 속삭이는 소리가 날아들었다.

피네가 눈살을 찌푸리며 일어서려 했지만, 내가 손을 들어 말렸다.

그리고 셰프에게 말했다.

"셰프, 자네는 요리사로서 긍지를 지니고 있나?"

"물론입니다."

"좋아. 그럼 먹어 봐라. 그리고 자신이 지닌 요리사의 긍지에 따라 감상을 말해라."

나는 그렇게 말하며 내가 먹었던 요리를 셰프에게 권했다.

셰프는 능숙한 손놀림으로 포크를 잡고는 자기가 만든 고기 요리를 먹었다.

얼굴을 약간 찡그리면서도 요리를 삼켰다.

"어때?"

"조, 조금 단맛이 강했을지도 모르겠습니다……, 하지만 원래 이런 요리라서요."

"그래……, 마지막 기회를 놓쳤군."

나는 그렇게 말하며 테이블 위에 반지를 올려놓았다. 그것을 본 셰프가 새파랗게 질렸다.

"황금 독수리 반지……."

"그래. 황제 폐하의 대리인이라는 것을 나타내는 반지다. 지금 나는 황제 폐하의 대리인으로서 제도를 시찰하고 있지."

내가 그렇게 선언하자 주위에 있던 손님들 중 한 명이 재빨리 일어섰다.

하지만, 입구를 막고 있던 근위기사들이 그 사람을 저지했다.

"앉으시길. 전하께서 말씀하고 계십니다."

"그, 급한 볼일이……."

"황제 폐하의 대리인을 경시하시는 겁니까?"

근위기사가 으름장을 놓자, 그 손님은 울상을 지으며 자기가 앉아있던 자리로 돌아갔다.

모든 손님들의 안색이 안 좋았다. 얼마를 받았는지는 모르겠지만, 바보 같은 짓을 저질렀군.

"자, 내가 하는 말이 누구의 말인지 알겠지? 셰프."

"네, 네……."

"그렇다면 질문에 다시 대답해야겠다. 이 요리의 감상은?"

"……요, 용서하여 주십시오……!! 전하……!!"

셰프는 제자리에서 무릎을 꿇고 용서를 빌었다. 나는 그 모습을 보고도 질문을 바꾸지 않았다.

"이 요리의 감상은?"

"……맛없습니다……."

"고의인가? 우연인가?"

"……."

"이미 거짓말을 한 번 했지. 두 번째 거짓말은 바람직하지 못할 텐데?"

"……일부러 그랬습니다. 일부러 전하께 맛없는 요리를 내드렸습니다……."

"그렇군. 개인적인 원한은 아니겠지?"

"네……."

셰프는 고개를 조아린 채 움직이지 않았다. 그야 그렇겠지. 요리사로서 가장 해서는 안 될 짓을 저질렀고, 그 사실을 인정했으니까.

그런 짓을 저질러놓고 아무렇지도 않은 표정을 지을 녀석이었다면 가게가 이렇게까지 인기를 끌지도 못했을 것이다.

정말 안타까운 짓을 저질렀다.

"가게 내부를 수색해라. 어차피 어딘가에 있을 거다."

"네. 알겠습니다."

기사 몇 명이 가게 내부를 수색하러 나섰다. 뒷문으로 도망치려 해도 이미 그곳은 막아 놓았다. 도망치는 건 불가능하다.

잠시 후, 키가 작은 남자가 기사에게 끌려왔다.

"이거 놔! 내가 누군줄 아나?!"

"물론 알고 있습니다. 제페른 백작님."

제페른 백작. 나이는 20대 후반.

제도 귀족 중에서는 부유한 편이고, 그것을 이용해서 다양한 활동을 하고 있는 귀족이다. 그리고 미인 귀족에게 구혼하는 것으로도 유명하며, 아마 에르나에게도 구혼했던 적이 있었을 것이다. 용작에게 곧바로 거절당한 모양이지만.

"안녕하신가. 제페른 백작."

"아르노르트 전하! 당신의 부하에게 난폭한 짓을 당했소! 어떻게 책임을 지실 거요?!"

이런 상황에서도 용케 거만하게 행동하는구나.

뭐, 파나 백작과는 다르게 이번에는 완전히 괴롭힘을 목표로 했으니. 셰프가 거짓을 말했다고 잡아뗄 수도 있다.

파나 백작보다는 절망적인 입장이 아니다. 그렇더라도 세게 나오는 건 문제지만.

"책임? 그건 내가 할 말이다만?"

"제가 뭘 했다는 겁니까"

"지금 내게 고의로 맛없는 요리를 내놓은 자가 있다. 왠지 모르겠지만 이 가게 안에 당신이 있었고. 대체 뭘 하고 있었지?"

"가게를 견학하고 있었습니다! 다음에는 식당이라도 차릴까 해서요!"

제페른 백작이 당당하게 말했다.

그래도 수상쩍긴 하지만, 본인은 그런 핑계로 빠져나갈 수 있을 거라 생각한 모양이었다.

나는 그런 제페른 백작에게 반지를 보여주었다. 보아하니 상황을 제대로 파악하지 못한 것 같다.

"이게 뭔지 알겠나?"

"그, 그건……, 황제 폐하의 반지?! 어째서 전하가?!"

"폐하의 허가를 받고 제도를 시찰 중이었기 때문이다. 그런 와중에 일부러 내게 맛없는 요리를 내주더군. 이건 폐하께 맛없는 요리를 내드린 거나 마찬가지다. 그렇겠지?"

"그, 그건 좀 비약한 논리 아닙니까……?"

"뭐, 그걸 판단할 사람은 내가 아니다. 누가 꾸민 일인지 조사하기 위해 이곳에 있는 모두를 체포한다. 물론, 당신도."

"그건 횡포 아닙니까! 어째서 아무런 죄도 없는 제가?!"

"죄가 있는지 없는지 조사하기 위해서다."

내가 그렇게 말하자 기사들이 손님들과 종업원들을 체포하기 시작했다.

그 모습을 보고 제페른 백작이 당황한 기색을 드러냈다. 제대로 조사하면 제페른 백작이 돈을 줬다는 사실이 밝혀질 테니까.

"제페른 백작. 거짓말을 하면 죄가 무거워질 거다. 이건 황제 폐하의 심문이나 마찬가지다. 속이려 하다가는 극형에 처해질 수도 있다."

"극형?! 마, 말도 안 됩니다?!"

"말이 왜 안 되나. 충분히 있을 수 있는 일인데."

내가 한 말을 듣고 제페른 백작이 입을 다물었다.

거짓말을 하면 죄가 무거워진다. 하지만 솔직하게 말하면 확실하게 죄를 묻게 된다.

잠시 침묵한 다음, 제페른 백작은 후자를 선택했다.

"……제가 지시했습니다……."

"그렇군. 이유가 뭐지?"

"괴, 괴롭히면……, 전하께서 피네 양 곁을 떠날 거라 생각했습니다……."

"어리석군."

그렇게 말하자 제페른 백작이 나를 노려보았다. 하지만 나는 그 눈을 똑바로 마주 보았다. 꽤 진심으로. 그러자 제페른 백작이 떨면서 땀을 잔뜩 흘리기 시작했다.

"아, 아아……."

"피네에 대해 아무것도 고려하지 않고 자신들 형편만 생각하며 움직인다. 너희 백구 연합은 구역질이 나는군. 죄를 인정한 이상, 감옥에 가둬야겠다만?"

"네, 네……."

내가 노려보자 마음이 꺾인 제페른 백작은 조용히 대답하기만 했다.

하지만 이 녀석은 겨우 그 정도로 반성하진 않을 것이다.

그래서 나는 이 녀석에게 있어서 절망적인 사실을 들이대 주었다.

"그리고 재판이 끝난 뒤에 또 뭔가 설치면 골치 아프니 말이야.

제페른 백작 가문과 관련이 있는 가게를 전부 내가 사들였다. 그 밖에도 네가 주도하던 위법적인 대출에 대해서도 조사하고 있다. 이번 건이 끝난 뒤에는 그쪽의 재판이 시작되겠지. 그게 전부 끝난 뒤에 돈이 얼마나 남을지 기대되는데?"

"그럴……, 수가……, 자, 잠깐만 기다려 주십시오! 어째서 그런 짓을?! 제가 무슨 짓을 했다는 겁니까?!"

"네 가슴에 손을 얹고 물어봐라."

"……설마, ……겨우 이 정도 괴롭힘 때문에, ……저희 가문을 박살 낼 셈입니까?!"

"겨우 이 정도? 아직도 이해를 못했군. 신하인 귀족이 주군인 황족을 괴롭히는 것 자체가 있어선 안 되는 일이라고."

"그럴 수가! 당신을 바보 취급했던 자들이 많이 있을 텐데! 어째서 저만?!"

"안심해라. 너만 그런 게 아니니까. 바보 취급하는 것뿐만이 아니라 대놓고 행동에 나선 녀석들에게는 철저하게 지옥을 보여줄 생각이다. 협력한 녀석들도 마찬가지다."

나는 그렇게 말하고 나서 주위에 있던 손님들을 돌아보았다.

"히이이익……."

"요, 용서해 주십시오."

"명령받았을 뿐입니다……!"

손님들은 마치 악마라도 본 것처럼 겁먹은 표정으로 나를 보고 있었다. 생각이 부족한 것도 정도가 있지. 황족을 바보 취급하다니, 용돈 벌이치고는 위험부담이 너무 크다. 뭐, 그들도 확실하게 공포를 맛봐 줘야한다.

문제는 그들이 아니다. 나는 고개를 늘어뜨리고 있던 셰프를 보았다.

이 세상이 끝장난 듯한 표정을 짓고 있던 셰프가 내 시선을 눈치채고는 고개를 천천히 들었다.

"저, 전하⋯⋯."

"돈에 눈이 멀어 요리사로서의 긍지를 팔아넘긴 것이 잘못이지. 내가 딱히 아무것도 하지 않더라도 이번 일 때문에 가게가 망하게 될 거다. 손님에게 일부러 맛없는 요리를 내놓는 가게에는 아무도 오지 않을 테니."

"⋯⋯네, ⋯⋯죄송합니다⋯⋯."

셰프는 그렇게 말하며 눈물을 계속 뚝뚝 흘렸다.

보아하니 감옥에서 자살할지도 모르겠는데. 돈에 눈이 멀어서 그런 짓을 저지른 이상 자업자득이긴 하지만, 목숨까지 저버릴 만한 일은 아니다.

그렇게 생각하고 있자니 피네가 셰프에게 살며시 손수건을 내밀었다.

"쓰세요."

"⋯⋯받을 수 없습니다, ⋯⋯용서하여 주시길⋯⋯."

"그러신가요. 그럼 여기에 놓아둘게요. 진정되시면 눈물을 닦아 주세요. 그리고 자신이 저지른 짓을 뉘우치시고 반성하시고 나서 다시 한번 요리를 만들어 주세요."

"피네 님……."

"맛있었어요. 당신의 진짜 요리. 다음에는 아르 님께도 대접해 주세요."

"……네……."

셰프는 쥐어짜 낸 듯한 목소리로 대답했다.

피네가 그 모습을 보고는 슬쩍 한 발짝 물러나 고개를 숙였다. 쓸데없는 짓을 했다는 듯한 태도였다.

솔직히 덕분에 살았는데……, 뭐, 지금은 태도로 드러낼 수가 없다.

"이곳은 맡기마. 구속하도록."

"네. 알겠습니다."

"피네. 다음 목적지로 가볼까."

"네……."

피네는 또 이런 일이 이어진다는 것에 슬픈 듯이 눈을 내리깔았지만, 싫다고 거절하진 않았다.

필요한 일이라는 것을 이해하고 있기 때문일 것이다.

"이제 두 명. 나머지도 얼른 끝내 버리자고."

나는 그렇게 말하며 피네와 함께 마차에 올라탔다.

5

식당을 떠난 뒤, 다른 가게 두 군데를 돌며 남작 두 명을 확보했다.

오늘 예정하고 있던 시찰 장소는 한 군데만 남았다. 우리 쪽 일정을 일부러 흘린 이상, 마지막 장소에도 귀족들이 있을 것이다.

뭐, 지금까지와 마찬가지로는 안 될 것이다. 마지막 장소는.

"이제 제도의 최외곽층인가요……."

"그래, 그러니까 이제 끝났다고 생각해도 돼."

"네?"

피네가 의아하다는 듯이 고개를 갸웃거렸다.

더 이어질 거라 생각하고 있었던 모양이다. 당황한 듯한 표정을 보이고 있다. 나는 그런 피네에게 쓴웃음을 지으며 말했다.

"내가 제도의 최외곽에 간다면 그 녀석들이 접촉할 만한 사람은 짐작이 가지. 딱 잘라 말할 수도 있어. 귀족들이 움직일 수는 없을 거야."

"그렇다면……, 끝난 건가요……?"

"아직 방심할 순 없지만 말이지. 네가 마음 아파 할 일은 없을 거야. 미안하다."

내가 얌전히 고개를 숙이자 피네가 당황하기 시작했다.

"고, 고개를 들어 주세요! 애초에……, 저 때문이고요……, 아르 님께서는 아무런 잘못도 하지 않으셨어요……. 그저 튄 불똥을 털어 내셨을 뿐……."

"너 때문도 아니야. 언젠가는 이런 날이 올 줄 알고 있었어. 신경 쓰지 마."

"그저……, 아르 님……, 이런 말씀을 드릴 자격이 없다는 건 저도 알고 있어요……, 하지만!"

피네가 눈에 눈물을 머금은 채 나를 똑바로 바라보았다.

전해야만 한다는 강한 의지가 느껴진다. 그래서 나는 선수를 쳐서 먼저 말하기 시작했다.

"이번에는 일부러 문제를 크게 키웠어."

"……네?"

"지금쯤 법무 대신이 머리를 싸매고 아버님과 의논하고 있겠지. 이미 체포한 귀족들과 관계자들의 이름은 보내 두었고. 백작 두 명과 남작 두 명. 그리고 관계자들 다수. 하루만에 체포한 사람들치고는 이례적일 거야."

"일부러……, 그러신 건가요……?"

"당연하잖아? 아무런 의미도 없이 평민까지 체포할 리가 없지. 안심해도 돼. 그들에게 무거운 죄를 묻진 않을 거야. 며칠 동안은 감옥에 신세를 지겠지만……, 뭐, 그 정도가 적당하겠지."

내가 가벼운 말투로 그렇게 말하자 피네가 곧바로 얼굴을 감싸며 울기 시작해버렸다.

그 모습을 보니 가슴이 아팠다.

들킬 수는 없었다. 그래서 아무런 말도 하지 않았다. 하지만, 그 행동이 피네에게 있어서 매우 큰 부담이었다는 건 상상이 된다.

"미안해. 너에게 연기를 부탁할 순 없었거든."

"흑……, 흐윽……, 저……, 아르 님께서……, 매우 화가 나신 줄 알고……."

"화는 났지. 그 녀석들의 방식은 마음에 들지 않아. 하지만, 명령에 따르기만 한 백성들에게까지 뭔가 할 생각은 없어. 하지만, 이렇게 골치 아픈 소동을 일찌감치 끝내려면 내가 폭주하고 있다고 생각하게 만들어야 하거든."

"폭주요……?"

"그래. 권력을 얻은 내가 철저하게 행동하면 백구 연합 녀석들이 당황할 거야. 하지만 가장 당황할 사람은 그들의 부모지. 백구 연합에 참가한 녀석들은 아직 젊어. 작위를 넘겼더라도 실질적인 권력을 지니고 있는 건 그들의 부모야. 그리고 이번 소동으로 인해 내가 폭주하면 그들도 마치 남 일인 것처럼 바라보고만 있을 수는 없지. 내가 모든 귀족 가문을 박살 낼 듯한 기세로 움직이고 있으니까."

"그래도……, 그렇게 되면……."

피네가 울면서 걱정스러운 목소리로 말했다. 내가 원한을 사게 된다. 나를 적대시하는 녀석들이 늘어나게 된다. 그런 것들을 우려하고 있을 것이다.

"괜찮아. 부모 세대들은 강한 힘을 지닌 자를 뭉개려고 하지 않을 거야. 분명히 나와 합의할 길을 찾겠지. 하지만 폭주하고 있는 나와 어떻게 합의하지? 아무리 그래도 아버님께는 부탁하기 힘들 테고, 용작 가문은 나와 너무 가까워."

"그러면 그 사람들이 누구에게 부탁할까요……?"

"부탁할 수 있는 사람들을 편지로 불러 두었어. 나에 대해 알고 있고, 합의를 중개할 수 있을 만큼 가문의 격이 높은 사람들. 그중 한 명은 네가 잘 아는 사람이야."

"제가요……?"

피네는 그제야 울음을 그치고 잠시 생각에 잠겼다.

나는 그런 피네의 눈에서 마지막으로 흘러내린 눈물을 오른손으로 닦아준 다음, 안심시키려는 듯이 웃었다.

"너희 아버님이야. 죄송스럽긴 하지만, 수고를 끼쳐 버렸어."

"아버님요?!"

"하지만 문제의 중심인 너희 아버님만으로는 중립성이 부족하지. 그래서 한 명 더, 라인펠트 공작도 불렀어. 그 두 사람이라면 문제없이 나와 중개하는 역할을 맡을 수 있겠지. 이미 백구 연합의 귀족들이 그 두 사람과 접촉하기 편하게끔 무해할 것 같은 녀석들을 몇 명 이탈시켰어. 두 사람에 대한 접촉은 그 몇 명을 이용해서 진행될 거야. 이탈시킨 귀족들에게는 그런 식으로 움직이라고 지시를 해두었고."

젊은 귀족들만으로 구성된 백구 연합과는 대화가 통하지 않는다.

말이 통하는 부모들을 끌어내야 하지만, 그중에는 은퇴한 사람들도 있다. 그들이 보기에는 아들들이 바보 같은 짓을 하고 있는 정도로만 보일 것이다.

그런 인식을 바로잡기 위해 내가 폭주해야만 했다.

문제를 일으켜서 체포당한 귀족들이라면 모를까, 그들에게 휘말리게 된 백성들은 합의가 성립된 시점에서 석방될 것이다. 완전히 고래 싸움에 새우 등 터진 격이고, 법무 대신도 그렇게까지 한가하지 않은 데다 감옥도 무한히 넓은 것은 아니다.

뭐, 귀족들을 석방시키는 건 내가 받아들이지 않을 테니 있을 수 없는 일이다. 그 녀석들은 안 된다. 피네에 대한 태도도 그렇고, 나를 괴롭히겠다는 명분으로 백성을 휘말리게 만들었다.

극형까지는 아니더라도 그 녀석들의 작위 정도는 빼앗을 것이다.

"그러니까……, 전부 아르 님의 계산대로라는 건가요……?"

"지금까지는, 말이지. 이제 모습을 드러내지 않은 바이틀링 후작이 어떻게 움직일지에 달렸어. 뭐, 어떻게 움직이더라도 괜찮게끔 준비를 해두었거든. 그중에는 쓰고 싶지 않은 방법도 있긴 하지만……, 그래도 한 가지 말할 수 있는 건 네가 울게 될 만한 일은 생기지 않을 거라는 사실이지. 그러니까 안심해. 이제 끝났어. 너는 평소처럼 웃어줘."

꽤 형편좋은 부탁이다.

부담을 주고, 울게 만든 건 나다. 그러면서도 웃으라니, 말도 안 되는 요구다.

하지만 그런 말도 안 되는 요구에 피네는 부드러운 미소를 지으며 대답해 주었다.

"네!"

"고마워. 너는 역시 웃는 게 좋아."

"아르 님도 자상하신 아르 님이 좋아요!"

"그렇군. 주의할게."

나는 그런 피네의 부탁을 듣고 쓴웃음을 지으며 대답했다.

■ ■ ■

제도 최외곽.

그곳에 있는 도장. 거기가 내 마지막 시찰 장소다.

"늦었군."

"미안하네."

자그마한 도장. 그곳으로 들어가자 가이가 무뚝뚝한 표정으로 서 있었다. 그런 가이 앞에는 안경을 낀 남자가 코피를 흘리고 있었다.

"크윽, 크윽……, 너! 남작인 나를 때렸겠다! 그냥 넘어가진 못할 거라고!"

"어떻게 그냥 넘어가지 않을 건데? 바보 같은 평민에게 가르쳐 주겠어? 남작님."

"이 녀석이! 아르노르트 전하! 당신의 친구에게 얻어맞았습니다! 이건 큰 문제라고요! 당신 혼자서는 완전히 감싸주지 못하겠지요! 사과하실 거면 지금 하십시오!"

안경 낀 남작은 그렇게 말하며 표적을 나로 바꾸었다. 가이에게 무슨 말을 해봤자 소용이 없을 거라 깨달은 모양이었다. 하지만 내게 따지는 것도 잘못된 선택이다.

"가이가 때렸다면 뭔가 이유가 있었겠지."

"아무것도 하지 않았는데 때렸단 말입니다!"

"아무것도 안 하긴 했지. 그냥 아르를 괴롭히는 데 협력하라고 했을 뿐이야. 그게 마음에 들지 않아서 때렸고."

"허, 헛소리!"

안경 낀 남작이 그렇게 말하며 당황했다.

어째서 백구 연합 귀족들은 이렇게 어리석을까. 뭐, 어리석으니까 주위 사람들이 제위 쟁탈전에 참가하는 걸 말렸을 테고, 백구 연합 같은 시시한 조직을 만들었겠지만.

"마음대로 지껄여라. 하지만 기억해 둬. 최외곽 출신 녀석들은 돈에 친구를 팔아넘기지 않아! 우리가 가난하긴 하고, 돈이 필요하긴 해. 하지만 그런 환경에서 자랐기에 돈으로는 살 수 없는 게 있다는 것도 알아. 당신들 귀족이 쉽사리 저버리는 인연을 우리는 소중하게 여긴다고!"

"잘난 척하기는! 나를 때렸다는 사실은 사라지지 않을 거다!"

"고소하고 싶으면 마음대로 해! 황제 폐하 앞에서도 똑같은 말을 해주마! 돈에 친구를 팔아넘긴다면 부끄러워서 꼬맹이들 앞에 나서지도 못한다고! 이래 봬도 선생님이라 말이지!"

가이는 그렇게 말한 다음 허리에 차고 있던 검을 뽑아들고 안경 낀 남작에게 들이댔다.

가이는 B급 모험가다. 능력을 따지면 평균 정도지만, 많은 몬스터들과 싸우며 수라장을 헤쳐나온 모험가다. 그런 가이가 노려보자 안경 낀 남작은 겁을 먹었다.

"야! 아르! 어떻게 할 거야? 이 녀석!"

"투옥시켜야지."

"투, 투옥?! 어째서 제가?!"

"에휴……, 이 반지가 어떤 의미를 지니고 있는지 아나?"

나는 몇 번째인지 모를 반지를 보여주는 작업으로 넘어갔다.

그러자 안경 낀 남자의 얼굴이 점점 새파랗게 질렸다.

"그, 그건……."

"나는 황제 폐하의 허가를 받고 시찰 중이다. 그 최종 목적지가 여기였지. 그래서 질문인데, 남작은 뭐하고 있었지? 아, 거짓말은 하지 마라. 여기까지 오면서 많은 귀족들이 그러다가 쓴맛을 보았으니까."

"그, 그럴 수가……, 저, 저는……, 그게……."

"제대로 사실만 말하라고. 나를 괴롭히려는 계획을 세웠다는 게 사실인가?"

내가 다그치자 안경 낀 남작은 저항이 아무런 의미가 없다는 걸 깨닫고는 고개를 끄덕였다.

그것을 확인한 나는 기사들에게 구속시키라는 명령을 내렸다.

"그래서? 이게 대체 무슨 소동이야?"

"피네 곁에 내가 있다는 게 마음에 들지 않는다는 귀족들의 반란이지."

"흥! 드디어 그 때가 온 건가? 언젠가는 그럴 줄 알았지."

가이가 조금 기쁜 듯이 말했다.

이 녀석, 진짜…….

"기뻐보이는데?"

"그야 그렇지. 피네 님 곁에 있을 수 있는 거니까 그 정도 고생은 해줘야 할 거 아냐."

"너 말이야…….."

"뭐, 안심하라고. 나는 억지로 뭔가 할 생각이 없으니까. 누구와 함께 지내는 게 즐거운지는 미소를 보면 금방 알 수 있고."

가이는 그렇게 말하며 도장 밖에 있던 피네를 보았다.

피네가 있다는 걸 알고 근처에 사는 아이들이 시끌시끌 모여들었다. 피네는 그런 아이들에게 미소를 보이며 맞이하고 있었다.

"네 곁에 있을 때가 제일 예뻐. 그게 대답이겠지."

"그런가…….."

"하 · 지 · 만, 피네 님의 손가락 하나라도 건드려 봐라. 내가 너를 지옥으로 보내줄 테다. 에르나가 있다고 해서 안심하지 말라고. 인기가 없는 녀석의 원한은 용사조차 돌파할 수 있으니까."

"무섭네……, 뭐, 네가 걱정할 일은 없을 테니 안심하라고."

나는 그렇게 말하며 가이를 달랬다.

그렇게 나와 피네의 긴 하루가 끝을 고했다.

6

아르가 폭주한 다음 날. 성은 큰 혼란에 빠졌다.

다수의 체포자들과 더불어 그 친족과 관계자들이 성으로 찾아왔기 때문이다.

대처하느라 정신이 없어진 것은 법무 대신과 그 부하들. 그리고 그 비명이 황제에게까지 닿았지만, 한 번 아르에게 마음대로 하라고 했던 황제는 이번 건에 대해 참견할 생각이 없다는 태도를 보이고 있었다.

그런 성 안에서 아로이스는 최근에 알고 지내게 된 귀족들과 이야기를 나누고 있었다.

"그런데 정말일까? 그 찌꺼기 황자가 이런 행동에 나서다니?"

"그건 나도 신경이 쓰이던데. 그 황자답지 않아."

아로이스 주위에 있던 사람들은 젊은 귀족들뿐이었다. 백구 연합에 참가하지 않고, 이번 소동을 외부에서 냉정하게 지켜보고 있던 자들이다.

그런 그들에게 아로이스가 아르의 인상에 대해 말했다.

"만났을 때 느낀 인상을 감안하면, 그렇게까지 뜻밖인 건 아닙니다."

"그게 무슨 뜻인가? 짐멜 백작."

"있는 그대로입니다. 저번에 아르노르트 전하를 만나 뵈었습니다만, 도저히 소문으로 들었던 방탕 황자 같지 않았습니다. 말로 표현하기 힘든 박력이 느껴졌다고 해야 할까요……, 솔직히 무섭다고 느꼈을 정도였습니다."

"제국군 1만을 물리친 자네가 그렇게까지 말할 정도인가……."

"다시 말해 아르노르트 전하가 진짜배기라고 생각해야 하는 건가? 그렇다면 향후 우리 가문의 움직임도 달라져야 할 텐데."

어떤 젊은 귀족이 그렇게 말하자 주위 사람들도 고개를 끄덕였다.

그러자 아로이스가 고개를 갸웃거렸다.

"그게 무슨 뜻입니까?"

"레오나르트 전하께서는 분명 훌륭한 재능과 그릇을 지니고 계시지만……, 아무래도 너무 자상하시지. 그렇게 생각하고 있는 건 나뿐만이 아닐 거야. 많은 귀족들이 엄정한 결단을 내리지 못하지 않을까 하고 생각하고 있을 거라고."

"엄정한 결단 말씀이십니까……, 결단력이라는 점을 고려하면 가능하실 것 같습니다만……."

"결단력은 있겠지. 하지만 엄정한……, 아니, 비정한 결단을 내리진 못할 것 같거든. 그게 문제였어. 하지만 아르노르트 전하가 진짜배기라면 그런 걱정도 사라지게 되지. 레오나르트 전하를 아르노르트 전하가 보좌하면 되니까."

젊은 귀족들은 그렇게 말하며 향후 제위 쟁탈전에 대해 토론하기 시작했다.

잔드라가 퇴장한 지금, 제위 후보자는 세 명. 에리크가 여전히 유리하긴 하지만, 그 주위에는 예전부터 에리크를 모셔 온 자들이 있기에 신참이 끼어들 여지는 없다.

그렇다면 가장 주목해야 할 대상은 레오나르트라는 뜻이다. 누구에게 붙어야 할까. 후보자가 줄어들기 시작한 지금, 귀족들은 신중하게 답을 내놓으려 하고 있었다.

이런 효과도 노리고 있었던 건가, 아로이스가 그렇게 아르의 작전에 대해 감탄하고 있자니 누군가가 뒤에서 말을 걸었다.

"짐멜 백작."

"네?"

자기 이름을 부르는 목소리를 듣고 아로이스가 돌아보자 그곳에는 키가 큰 노인이 있었다. 외모로 보아 50대 후반 내지는 60대 초반. 약간 건강이 안 좋아보이는 안색이었다.

본 적이 없는 사람이긴 했지만, 입고 있는 옷과 분위기로 보아 고위 귀족이라고 짐작한 아로이스는 고개를 숙였다.

"처음 뵙겠습니다. 아로이스 폰 짐멜이라고 합니다."

"나야말로 갑자기 말을 걸어 미안하군. 나는 에트문트 폰 바이틀링이라고 하네."

"바이틀링 후작님이십니까?"

"전 후작이지. 작위는 아들에게 넘겨준 뒤에 은거하고 있는 몸이니 말이야. 많은 사람들이 바이틀링 옹이라고 부른다네."

"그렇군요. 그렇다면 바이틀링 옹, 무슨 용건이십니까?"

아로이스 옆에서 이야기를 나누고 있던 젊은 귀족들은 에트문트의 존재를 눈치채고는 등을 꼿꼿하게 편 채 서 있었다.

예전에는 지금의 황제 곁에서 중신으로서 섬겼던 실력자. 건강이 나빠지지만 않았다면 지금도 제국의 요직을 맡고 있었을 인물이다. 젊은 귀족들에게 있어서는 구름 위의 존재였다.

하지만 이미 은거해서 무대 위에는 오랫동안 고개를 내밀지 않았다. 어째서 지금 나타난 것일까. 아로이스는 아들 관련 문제 때문일 거라 짐작했고, 그 예측은 빗나가지 않았다.

"확인할 게 좀 있어서 말이다. 아르노르트 전하를 만났을 때 무섭다고 느꼈다는 게 사실인가?"

"네. 소문으로 들었던 인물상과는 크게 달랐습니다."

"그렇군……, 마치 다른 사람이라고 할 정도인가?"

"네. 그렇습니다."

아로이스의 대답을 듣고 고개를 몇 번 끄덕인 에트문트는 손주를 보는 듯한 미소를 드리우고는 그곳을 떠났다.

긴장이 풀린 젊은 귀족들이 안도의 한숨을 쉬었지만, 아로이스는 아랑곳하지 않고 계속 생각했다. 에트문트는 뭔가 마음에 걸린 듯한 낌새였다.

혹시 내가 눈치채지 못한 무언가를 눈치챈 건지도 모르겠다.

그리고 아로이스는 더욱 생각을 깊게 해나갔다. 내가 눈치채지 못한 사이에 내가 모르는 책략에 엮이게 된 것이 아닐까.

그라우라면 그럴지도 모른다. 아로이스는 그런 마음을 품으며 생각에 잠겼다.

■ ■ ■

"오랜만에 뵙습니다. 황제 폐하."

"아, 오랜만이로구나. 에트문트."

황제 요하네스는 정겹다는 듯이 미소를 드리웠다. 건강이 안 좋다는 이유로 은거한 지 몇 년. 에트문트가 성에 찾아온 것은 그 이후로 이번이 처음이었다.

하지만 정겨워하고만 있을 수는 없다.

급한 용건이 있어서 성에 왔다는 게 분명했기 때문이다.

"이번에는 사죄를 드리러 찾아뵈었습니다. 아들이 제도를 소란스럽게 해드려 죄송합니다. 아비인 제 부덕입니다."

"네가 사과할 필요는 없다. 아들의 책임이 아버지 탓이라면 나도 사과해야만 하니."

"……아르노르트 전하께서는 잘못을 하신 게 없습니다. 성급하고 억지스럽기는 합니다만, 황족이라는 입장을 고려하면 잘못은 저희 아들들에게 있습니다."

"흐음……, 그건 알고 있다. 그렇기에 나는 간섭하지 않겠다."

요하네스가 한 말을 듣고 에트문트가 쓴웃음을 지으며 고개를 저었다.

"억지를 부리려 온 것은 아닙니다. 폐하의 입장도 이해합니다. 저도 나름대로 할 수 있는 것을 해볼 터이니 안심하십시오."

"미안하구나."

요하네스는 짧막하게 사과하고는 한숨을 쉬었다. 그리고 쓴웃음을 지으며 이야기를 꺼냈다.

"젊었을 때는 우리 아들들이 다툴 줄은 상상도 못했지."

"정말 그렇습니다. 예의를 가르치긴 했습니다만, 어설펐던 모양입니다."

"아르노르트는 특이하다. 이번에는 나도 놀랐다. 그 녀석은 문제를 크게 키우는 타입이 아니야. 그래서 반지를 준 것인데 말이다."

요하네스는 다시 한숨을 쉬고는 오산이었다고 중얼거렸다.

그런 요하네스를 보고 에트문트가 의문을 제기했다.

"폐하께서 보시기에……, 이번 아르노르트 전하는 평소와 다릅니까?"

"그래, 다르지. 성급하고 억지스럽다. 그 녀석하고는 거리가 먼 단어다. 항상 종잡을 수 없는 모습을 보이면서 화를 내는 모습을 보이지 않으니까. 화가 머리 끝까지 난 것인지, 아니면 다른 이유가 있는 것인지. 나도 모르겠구나."

요하네스는 곤란하다는 듯이 옥좌에 몸을 기댔다.

제위 쟁탈전이 중단되자, 이번에는 황족과 귀족의 싸움이다.

"솔직히, 그렇게까지 한가한 것도 아니다만."

"거듭 죄송합니다……, 폐하. 제 생각을 들어주시면 안 되겠습니까?"

"뭐지?"

"저도 아르노르트 전하에 대해 알고 있습니다. 지금 성 안에서는 아르노르트 전하가 무섭다는 이야기가 퍼지고 있을 정도이고, 저는 그 사실이 의아합니다. 그 분은 아무리 바보 취급당하더라도, 어떤 험담을 듣더라도 전부 한 귀로 듣고 한 귀로 흘렸습니다. 그런 분이 다른 사람을 무섭게 만들 정도로 감정을 드러내겠습니까?"

"무슨 말을 하고 싶은 게냐? 예전부터 그 안 좋은 버릇은 여전하구나? 빙 둘러 말하지 말거라."

"네. 성급하고 억지스러운 성질은 아르노르트 전하보다는 레오나르트 전하 쪽에 가까울 것 같습니다."

그 말을 듣고 요하네스가 눈을 가늘게 떴다. 있을 수 없는 일이라며 일축하는 것은 쉬운 일이다.

하지만 요하네스의 머릿속에 자신의 방으로 찾아왔던 아르노르트와 나눈 대화가 떠올랐다.

"……아르노르트는 나를 '아버님'이라고 부르지. 주위에 다른 사람들이 없을 때는 특히 그렇고. 허나…….."

"짐작가는 것이 있으신지요?"

"그 둘이 뒤바뀐 거라면 너무나도 완벽하다. 그 정도까지 해낼 수 있는 건가?"

"모르겠습니다. 하지만 아르노르트 전하가 바뀌었다는 것보다는 레오나르트 전하가 아르노르트 전하인 척하고 있다는 게 더 그럴싸할 것 같습니다. 애초에 아르노르트 전하가 위기에 처한 상황인데도 그 레오나르트 전하가 제도 밖으로 나가겠습니까?"

"그야 그렇다만……, 그렇다면 어떻게 하지?"

요하네스는 여전히 반신반의하고 있었지만, 만약에 그것이 사실이라면 항상 바보 취급당하던 찌꺼기 황자와 귀족들의 싸움이 아니라 제위 후보자와 귀족들의 싸움이 된다.

오래 끌게 되면 주군과 신하 사이에 심각한 균열이 생겨날 가능성이 있다.

"조급히 합의를 청합니다. 어떤 수단을 써서라도."

"그럴 수밖에 없겠지……."

"폐하……, 만약에 레오나르트 전하가 아르노르트 전하인 척하고 있을 경우, 저희 아들은 물론이고 저도 용서받지 못할지도 모르겠습니다. 그러니……, 이번이 마지막 대화라고 생각하여 주십시오."

"시시한 말은 하지 말거라. 아무리 맡겼다고는 해도 그렇게까지 마음대로 하게 내버려 두진 않을 게야. 신하의 목숨은 내 것이다. 아들 따위가 멋대로 건드리게 하진 않는다."

"감사합니다. 허나, 만약에 레오나르트 전하였다면 본보기를 보여야 합니다. 피를 흘릴 필요가 있다면 부디 아들과 저로만 그쳐 주십시오. 두 딸은 폐하께 도움이 될 것입니다. 부디 지켜 주십시오."

"……그러지는 않겠다만, 알겠다."

"감사합니다."

에트문트는 고개를 크게 숙였다.

그리고 스윽, 일어섰다.

"그러면 실례하겠습니다. 합의할 수단을 찾아보아야 하니."

"그래. 몸조심하거라."

"네."

에트문트는 그렇게 말하고 그곳을 떠나 성 밖으로 나갔다.

이미 백구 연합에 참가했던 주요 귀족의 부모들에게는 연락을 해두었다.

한데 모여 방침을 정하고, 잘 움직여야만 한다.

"콜록, 콜록……."

오랜만에 돌아다닌 탓에 기침이 나왔다.

그럼에도 불구하고 에트문트는 멈춰서지 않았다. 요하네스, 프란츠와 함께 만들어낸 지금의 제국.

자기 아들의 손으로 부술 수는 없다, 그런 마음을 굳게 품고 있었기 때문이다.

7

"다들, 바쁜 와중에 모여 달라고 해서 미안하군."

에트문트는 고급 여관에 모인 귀족 열 명에게 고개를 숙이고 그렇게 말했다.

젊은 사람은 없다. 세대로 따지면 지금의 황제와 같은 나이이거나 비슷한 나이인 사람들뿐이다.

에트문트처럼 자식에게 작위를 물려주고 유유자적하게 지내던 사람들도 적지 않았다. 하지만 이번 사태로 인해 다들 무거운 발걸음을 옮기게 된 것이다.

"가장 바쁜 분은 당신이겠죠. 바이틀링 옹."

"전부 교육이 부족했던 탓이지. 아들에게는 좀 더 많은 것들을 가르쳐 주고 나서 작위를 물려 줘야 했어."

에트문트는 그렇게 말하며 어두운 표정을 보였다. 병이 악화되어 아직 10대였던 아들에게 작위를 물려 주었다. 충분히 해나갈 수 있을 거라 생각했다. 그만큼 뛰어났기 때문이다.

하지만 뛰어난 능력만으로는 귀족의 당주를 맡을 수 없다.

"자기 아들의 어리석은 모습을 보게 되는 건 정말 지독한 일이로군요."

"정말 그렇다니까."

참가자들은 저마다 그렇게 말하고는 한숨을 쉬었다. 이번 소동의 원인은 젊은 귀족들의 거만함이라고 할 수 있었다.

"찌꺼기 황자……, 내버려 두었던 것이 실수였지."

"그래, 그렇지. 본인과 폐하께서 아무 말씀도 하지 않으셨기에 우리도 아무런 말도 하지 않았다만, 최악의 상황이 되었어……."

바보 취급당하고, 자신을 업신여겨도 아르는 아무것도 하지 않았다. 험담과 욕설은 흘려넘기고, 폭력은 견뎌냈다. 에르나가 있었을 때는 에르나가 비슷한 나이 또래 아이들을 감시해 주고 있었지만, 그런 에르나가 근위기사가 되어 아르 곁을 떠난 뒤로는 말리는 사람이 아무도 없었다.

그리고 그것이 당연해졌다. 바보 취급 당하는 것이 당연한 존재. 황족이면서도 밑바닥. 찌꺼기 황자라는 존재가 틀에 박혀 버렸다.

하지만 그것은 착각이 가져다 준 존재다. 아무리 바보 취급당하더라도 황족은 황족이다.

"그냥 봐주고 있었을 뿐인데, 허락을 받은 거라 착각했지……, 아이들 탓만 할 순 없어. 우리가 나서서 말렸어야 했다. 어떻게 행동하더라도 황족은 황족이라고. 예의를 갖추라고."

"백성들이 바보 취급하는 것과 귀족이 바보 취급하는 것은 의미가 전혀 다르니까. 언젠가는 이해할 거라 생각했다만……, 지금 세대가 보기에 아르노르트 전하를 업신여기는 건 상식이 되어 버렸으니."

"이제 와서 따져 봤자 아무런 소용도 없겠지. 현직 대신들조차 아르노르트 전하를 바보 취급하는 자가 있으니. 그런 존재가 되어 버린 거라고. 자식에게 그러지 말라고 해봤자 말을 듣지 않았을 거다. 솔직히 아르노르트 전하에게도 잘못이 있고. 적어도 자식들을 함정에 빠뜨릴 만한 능력을 지니고 있는데도 게으른 척 연기를 하고 있었던 거니까. 오랜 세월에 걸쳐 파놓은 함정이라고도 할 수도 있겠어."

어떤 귀족이 한 말을 듣고 모두가 고개를 끄덕였다. 하지만 모두가 알고 있었다. 만약에 그것이 사실이라 하더라도 잘못은 자식들에게 있다는 것을. 그렇기 때문에 그들이 여기에 모여 있는 것이다.

"아르노르트 전하는 멈추지 않을 것 같군. 백구 연합에 참가한 자들을 일제히 토벌할 셈이야. 그건 피해야지. 우리 가문의 존속은 물론이고, 만약에 그렇게 된다면 제국이 큰 혼란에 빠지게 될 거다. 그렇지 않아도 제위 쟁탈전이 진행되고 있는데, 한 소녀를 둘러싸고 황족과 귀족이 나라를 혼란에 빠뜨리는 일이 생겨서는 안 되겠지."

에트문트가 그렇게 말하자 모두가 진지한 표정을 지었다.

이곳에 모인 귀족들은 제국에 오랫동안 충성을 다해온 공신들 뿐이다. 그런 그들이 보기에, 제국을 혼란에 빠뜨리는 것은 자신들이 걸어온 길을 부정하는 것이나 마찬가지다.

그런데, 어떤 귀족이 조용히 중얼거렸다.

"그 소녀가 제도에 오지 않았다면 이런 일도 없었을 텐데……."

"그만두게. 피네 양에게는 아무런 책임도 없어."

"하지만 말이오, 바이틀링 옹. 그 소녀는 절세의 미녀. 푸른 갈매기 머리장식을 받은 그날, 제도의 젊은이들은 모두 마음을 뺏겨버렸지. 당신의 아들도 그중 한 명 아니오?"

"라우렌츠가 피네 양에게 마음을 빼앗기긴 했지. 그녀가 엮이지 않았다면 아르노르트 전하께도 예의를 차렸을 테고. 하지만, 신하의 연심이 그렇게까지 중요한가? 그런 것으로 인해 금이 갈

주종관계는 있어서 안 되지. 아르노르트 전하 곁에 피네 양이 있다면 포기해야 해. 만약에 아르노르트 전하와 피네 양이 결혼하게 되더라도."

"젊은이들에게는 힘든 이야기야. 상대는 제국 제일의 미희. 그 아름다움은 마성. 레오나르트 전하만큼 명성과 평판을 지니고 있었다면 포기할 수도 있었겠지만……, 자신이 업신여기던 아르노르트 전하라면 질투심을 억누르지 못했겠지."

에트문트는 눈을 감은 채 그 말을 들으며 꾹 참았다. 그런 옹호를 받고 있는 아들이 한심해서 견딜 수가 없었다. 레오는 물론이고 그 누구에게도 양보할 수 없다. 그 정도 마음이라면 이해도 된다. 하지만, 레오가 상대라고 해서 포기할 수 있을 정도의 마음이라면 그냥 집어삼켜야 한다, 에트문트는 그렇게 생각했다.

모두가 각각 라우렌츠를 옹호해 주었다. 라우렌츠는 그만큼 주위 사람들이 보기에도 훌륭하고 유망한 젊은이였다.

하지만 젊은 나이에 작위를 손에 넣었고, 능력도 뛰어났던 탓인지 라우렌츠는 다른 사람들의 고생을 알지 못했다. 그것이 에트문트의 오산이었다.

고생을 알지 못하기에 생각이 어설프고, 다른 사람의 입장을 고려하지 못한다.

사람으로서 작아져 버린 것이다.

"……황태자 폐하께서 너무 위대하셨나."

에트문트는 작은 목소리로 그렇게 중얼거렸다. 황제의 큰아들은 이상적인 후계자였다. 다른 형제들이 경쟁하지도 못할 정도로. 모든 귀족이 그 사실을 인정했다. 그렇기 때문에 제국은 평화로웠다. 황태자가 있는 이상, 제위 쟁탈전이 벌어지지 않을 것이기 때문이었다.

그리고 평화롭기 때문에 젊은이들이 경험을 쌓을 기회가 줄어들어버렸다.

그래도 괜찮다고 생각했다. 황태자가 황제 자리에 오르면 제국은 굳건할 거라 예상했다. 그것이 어설픈 이상이라는 걸 알게 된 것은 이상적인 후계자가 죽었을 때였다.

사고가 과거로 쏠렸다. 하지만 곧바로 현실로 돌아오게 되었다. 방에 들어온 손님으로 인해.

"늦어서 죄송합니다. 여러분."

"……잘 와주셨소. 호르츠바트 공작."

에트문트는 방금 온 손님, 롤프 폰 호르츠바트를 씁쓸하게 맞이했다.

이곳에서 에트문트의 태도는 특별한 것이 아니었다. 왜냐하면 이곳에 있는 모두가 롤프를 환영하지 않았기 때문이다.

그리고 롤프 또한 그 사실을 알고 있었다.

"미움을 산 모양이로군요."

"이유는 당신이 가장 잘 알고 있지 않겠소?"

"그렇지요. 제 아들이 바이틀링 후작을 부추겨서 백구 연합을 만드는 계기를 준 것은 인정하겠습니다. 하지만 제 아들은 백구 연합에 참가하지 않았습니다. 그 이전에 있었던 갈매기의 맹약에는 참가했습니다만, 아르노르트 전하를 적대시하는 선택을 한 것은 바이틀링 후작을 비롯한 여러분의 아들들 아닙니까?"

롤프는 전혀 미안한 기색도 없이 그렇게 말하고는 이곳에 모인 모든 사람들을 도발하는 듯한 미소를 드리웠다.

그 말은 전부 사실이었다. 롤프의 아들인 라이너는 백구 연합에 참가하지 않았다. 만드는 계기만 제공하고 참가하지 않았던 이유는 무엇일까.

이런 결과가 생겼을 때 중립적인 입장에서 합의를 중개해 주기 위해서다.

"원망할 생각은 없습니다. 모든 것은 저와 아들의 책임이지요. 부디 도와 주셨으면 합니다."

에트문트는 그렇게 말하며 롤프에게 조용히 고개를 숙였다.

롤프는 그 모습을 보고 미소를 지으며 고개를 끄덕였다.

"좋습니다. 제 인맥을 동원해서 아르노르트 전하와 합의를 중개해 드리지요."

"정말로 해내실 수 있겠습니까? 당신의 다른 아들은 아르노르트 전하와 다툼을 벌였다고 들었습니다만."

"사실입니다. 하지만 아르노르트 전하께 직접 합의를 신청하려는 건 아닙니다. 아르노르트 전하의 어머님이신 미츠바 님께 부탁드리려 합니다. 연줄은 있으니 안심하시길."

"그렇군요. 그거라면 안심이오."

전부 계획대로일 거라는 생각이 들긴 했지만, 아무런 말도 할수가 없었다.

이곳에 모인 귀족들은 약간의 짜증을 품고 있었다. 이건 분명한 빚이 될 것이다. 나중에 어떤 요구를 할지 알 수가 없다.

하지만 그들은 롤프에게 기댈 수밖에 없었다. 이야기가 점점진행되기 시작했다.

그동안에 에트문트는 아르와 레오가 뒤바뀌었을 가능성에 대해 설명해야 할지 망설이다가 입을 다물기로 했다.

지금 그 이야기를 해봤자 아무것도 도움이 되지 않고 불안함만부추길 뿐이었기 때문이다. 그리고 아직 확실한 증거가 없다. 이대로 합의가 진행된다면 가슴속에 품고 있어도 된다. 에트문트가그렇게 생각했을 때.

에트문트의 시종이 다급하게 방으로 들어왔다.

"무슨 일인가?"

"네! 제도에 크라이네르트 공작님과 라인펠트 공작님께서 도착하셨습니다! 크라이네르트 공작님께서는 제도의 사정에 대해 알고 계신 모양이라 귀족 몇 명과 접촉을 시도하고 계시고, 라인펠트 공작님께서도 그 움직임에 발을 맞추고 계신 것 같습니다!"

"뭐라고?! 피네 양의 아버님께서 오셨단 말인가?!"

에트문트는 놀란 듯이 의자에서 일어섰다.

그리고 곧바로 롤프를 바라보며 말했다.

"호르츠바트 공작. 그렇게 되었습니다. 이야기를 백지로 되돌려도 괜찮으실지?"

"……어쩔 수 없지요. 중개라면 그쪽이 더 적합할 겁니다. 그런데, 이런 상황에 그 두 분께서 제도에 왔다는 것도 작위적인 느낌이 듭니다만?"

"만약에 그렇다 하더라도 상관이 없습니다. 그 두 분을 움직일 수 있는 인물은 얼마 없지요. 그런 사람의 의도라면 오히려 바라던 바이고요."

에트문트는 그렇게 말한 다음, 인사를 하고 방에서 나갔다. 그 뒤를 따라 다른 귀족들도 나갔다.

그리고 혼자 남겨진 롤프는 혀를 살짝 찼다.

8

"크라이네르트 공작과 바이틀링 옹이 접촉했습니다."

"그래."

폭주를 연출한 다음, 나는 내 방에서 상황을 확인하고 있었다.

다행히 정보 수집은 세바스에게 맡길 수 있다. 나는 이미 제도에서 주목받고 있다. 지금은 함부로 움직이기보다 가만히 있는 게 더 낫다.

"그리고 짐멜 백작의 평판 조작으로 인해 바이틀링 옹은 아르노르트 님과 레오나르트 님께서 뒤바뀐 게 아닐까 의심을 품고 있는 것 같습니다."

"그렇군. 그쪽으로 생각했나."

내가 그렇게 중얼거리자 홍차를 준비하고 있던 피네가 고개를 갸웃거리며 물었다.

"그쪽이라는 게 무슨 뜻인가요?"

"단순한 이야기야. 나는 약간 레오 같은 느낌을 연출했어. 나답지 않은 방식으로 화를 냈고, 나답지 않은 방식으로 귀족들을 몰아붙였지. 그로 인해 나 자신의 평가가 바뀐다면 그래도 상관없고, 레오와 뒤바뀌었다고 생각하더라도 상관없어. 어느 쪽으로 받아들여도 괜찮게끔 움직인 거야."

"그런 것까지 하셨던 건가요……, 전혀 눈치채지 못했는데요."

"평소의 나를 알고 있던 사람일수록 내 변화가 기묘하게 보였겠지. 레오와 뒤바뀐 것 아닐까? 그렇게 생각하는 게 더 그럴싸할 거야. 뭐, 어느 쪽이든 상관이 없어. 내 평가가 바뀌어서 무서운 녀석이 된다면 그래도 좋고. 계속 무능한 척 연기하는 게 힘들어지긴 하겠지만, 바보 같은 귀족들에게 발목을 잡히지 않게 될 테고, 레오의 약점이라 할 수 있는 자상한 마음씨를 내가 보완할 수 있다는 사실을 보여줄 수 있어. 레오와 뒤바뀌었다고 생각한다면 레오가 비정한 판단을 내릴 수 있다는 인상이 생겨나겠지. 레오의 자상함 때문에 불안해하던 귀족들을 움직일 수가 있어. 레오에게도 무서운 구석이 있다고 생각하면 느긋하게 지켜보기만 할 수는 없게 될 테니까."

에리크와 고든은 인정사정 봐주지 않는다. 아군으로 붙지 않았던 귀족들은 분명히 처형까지는 아니더라도 힘을 빼앗길 것이다. 하지만, 레오는 그렇지 않다. 자상하고 관대하다는 인상 때문에 계속 방관하더라도 용서해 주지 않을까 하고 생각하는 사람들도 많다.

이번에 무서운 모습을 보여준다면 그런 녀석들을 움직일 수 있다.

레오에게는 미안하지만, 세력에는 이득만 되니 용서해 달라고 할 수밖에 없다.

"저는 레오 님이 그런 방식으로 나서지 않으실 거라 생각하는데요…….."

"가까운 사람들은 그렇게 생각할지도 모르지. 하지만 그건 일부야. 그런 사람들조차 나에 대한 위화감이 더 강할 테고. 아버님께도 포석을 미리 두었으니 흐름에 따라서는 레오 행세를 하게 될 수도 있겠어."

"그건 최후의 수단일 겁니다. 바이틀링 옹도 확실한 증거는 없을 테니 떠들어 대진 않겠지요. 어느 쪽인지 애매하게 보이면서 이번 문제를 끝내는 게 가장 나을 겁니다."

"그렇지. 레오인 척하는 건 큰 손해도 생기니까."

사실 레오와 내가 뒤바뀐 상태였다. 그런 소문을 흘리는 것만으로도 다른 사람들의 인상을 조작할 수 있다.

사실이 어찌 됐든, 만약에 레오와 내가 뒤바뀐 상태였다고 생각하는 것만으로도 귀족들은 당황할 것이다. 그렇다고 사실은 레오였다고 정체를 밝히고 싶진 않다.

"어떤 손해가 있나요?"

"너무나도 큰 손해야. 지금 내가 사실은 레오와 뒤바뀐 상태였다고 연기를 한다고 치자……, 그 녀석이 돌아올 때까지 내가 레오 연기를 해야 한다고. 이건 너무나도 뼈아픈 손해지."

"아르 님이시라면 해내실 수 있을 것 같은데요?"

"할 수 있는 거하고 하고 싶은 건 별개지. 사람은 계속 발돋움하다가는 한계가 오는 법이야. 그 녀석 행세를 하면서 사는 건 이제 질색이라고……."

남부의 두 나라에 갔을 때가 떠올랐다.

그때는 뒤바뀌었다가 험한 꼴을 당했다. 게다가 그때는 해룡까지 나타났다. 레오와 뒤바뀌면 곱게 넘어갈 수가 없다.

역시 이번 건은 세바스가 말한 대로 어느 쪽인지 애매하게 보이면서 끝내야 할 것이다.

"세바스. 소문을 퍼뜨려서 뒤바뀌었다는 듯한 낌새를 풍기게 해줘. 만에 하나를 대비해서."

"네, 알겠습니다."

"피네는 평소처럼 지내면 돼. 상황에 따라서는 뭔가 부탁하게 될지도 모르겠지만, 일단 지금은 상대방이 어떻게 나올지 지켜볼거야."

"네. 그럼 드세요."

피네가 그렇게 말하고는 미소를 지으며 내게 홍차를 건넸다.

어수선한 성 안에서 내 방만은 평소 그대로였다.

■ ■ ■

다음 날. 나는 어떤 사람에게 호출을 받아 그 사람의 방으로 가고 있었다.

그곳은 후궁의 동쪽. '동궁'이라 불리며 황태자를 위한 후궁이라 할 수 있는 곳이다. 황태자가 황제 자리에 오르면 황태자의 비는 황후로서 그곳을 떠나 후궁의 한가운데로 옮겨가게 된다.

다시 말해 그곳의 주인은 황태자비다. 단, 현재는 그 칭호를 지닌 사람이 없다. 하지만 그곳에서 지내는 사람은 있다. 전 황태자비. 황태자가 죽은 것으로 인해 미망인이 된 여자. 내 형수님.

테레제 렉스 아드라. 과거의 이름은 테레제 폰 바이틀링.

바이틀링 옹의 장녀다.

"오랜만이구나. 아르노르트."

"네, 오랜만에 뵙습니다. 형수님. 건강하게 지내시는 것 같아 다행이군요."

나는 그렇게 말하며 벌꿀색 머리카락의 미녀, 테레제 형수님에게 고개를 숙였다. 큰형이 부인으로 맞이하기 전에는 사교계의 꽃으로 주목받던 사람이었다. 아마 아직 스물여섯 살일 테고, 지금도 그 아름다움은 여전하지만, 황태자가 죽은 뒤로는 그늘이 지기 시작했다.

형수님은 황태자가 죽은 뒤로도 황제의 판단에 따라 동궁에서 지내는 것을 허락받았다.

황태자를 잊지 못했고, 이제 긍정적으로 살아갈 수 없을 만큼 큰 충격을 받았기 때문이다. 조용히 동궁에서 지내는 모습은 동정을 금할 수가 없다.

그런 형수님이 나를 불렀다는 게 뜻밖이었다. 황태자와 관련된 행사 이외에는 움직이지 않는 여자이기 때문이다.

"갑자기 불러내서 미안해……, 동생에 대해서 사과하고 싶었거든. 누나로서 정말 미안하구나."

"아뇨, 그런 건 신경 쓰지 마시죠."

나는 한 손을 앞으로 내밀며 형수님이 고개를 숙이는 걸 말렸다.

겨우 이런 것 때문에 일일이 고개를 숙여선 안 된다. 이 사람은 순조롭게 일이 진행되었다면 황후가 되었을 사람이다.

"이런 말을 할 수 있는 입장은 아니지만……, 부디 동생을, 라우렌츠를 용서해 줄 순 없을까?"

그건 분명히 진심에서 우러나온 부탁일 것이다.

황태자를 잃은 지금, 그녀에게 있어서 바이틀링 후작 가문 사람들만이 유일하게 마음에 걸릴 부분이다. 그렇기 때문에 이번에 움직였다. 하지만 그것은 잘못이다.

"정말 안타깝군요. 설마 형수님께서 그런 말씀을 하실 줄은 몰랐습니다."

"……용서해 주지 않으려는 거구나."

"네, 용서할 생각은 없습니다. 용서를 받을 생각이 있다면 그가 직접 사죄해야 하니까요. 그리고 형수님께서는 뭔가 착각하고 계신 모양입니다다만……, 형님에게 시집 오신 시점에서 형수님은 황족의 일원입니다. 제 편을 드는 것이 도리 아닙니까?"

"그건…….."

"라우렌츠 폰 바이틀링은 황족인 저에게 큰 무례를 저질렀습니다. 이건 황족 전체를 경시한 행위입니다. 그런 것을 용납한다면 황족의 체면을 유지할 수가 없습니다."

"……아르노르트. 부탁이야. 내게는 이제 피가 이어진 가족밖에 없어……."

"안타깝지만, 형수님의 입장이라면 피가 이어진 가족보다는 황족으로서의 입장을 우선시하셔야겠지요. 이번 일은 누구에게도 말하지 않겠습니다. 당신이 동궁에 머무르고 있는 것을 탐탁치 않아하는 사람들도 많다는 걸 잊지 마시고요."

나는 그렇게 충고한 다음에 돌아섰다.

너무 엄격한 것 같기도 하지만, 누군가가 해야만 하는 말이다. 형수님도 이곳을 떠나는 걸 원하진 않을 것이다. 이곳은 큰형과 함께 지낸 추억이 있는 곳이다.

그녀에게 있어서는 소중한 곳일 테니까.

"아르노르트……, 황태자 전하께서는……, 빌은 당신을 높게 평가했어."

"그건 처음 듣는 소리네요."

"그런 당신이라면 바이틀링 후작 가문을 몰아세우는 건 아무런

의미도 없다는 걸 알고 있을 텐데……, 동생은 아직 젊어. 부디
다시 시작할 기회를 주렴……."

"저보다는 연상입니다. 그리고 최소한의 판단만 할 수 있었더
라도 피할 수 있었던 위기였죠. 먼저 황족에게 시비를 걸었다가
오히려 당하고 있을 뿐이니까요. 명문 귀족의 당주로서는 능력
부족이라 해야 할 겁니다. 무능한 자가 힘을 지니게 되면 혼란이
발생합니다. 형수님이시라면 그 정도는 알고 계실 텐데요."

"아르노르트……."

"실례하겠습니다."

나는 그렇게 말한 다음, 이번에야말로 그곳을 떠났다.

9

크라이네르트 공작 일행이 바이틀링 옹 일행과 접촉하고 나서
며칠 뒤. 상대방이 드디어 나와 접촉을 요청했다. 그 요청에 대해
나는 세바스를 대리로 내세우고 만나지 않았다.

"화를 내던가?"

"화를 내기보다는 당황한 듯한 느낌이 들더군요. 당연하겠지
요. 중요한 합의 교섭 자리에 집사를 보냈으니까요."

"누가 갔더라도 결과는 마찬가지였을 테니까. 일단 들어나 보
자고. 그쪽 조건은?"

"체포당한 귀족들은 작위를 반납, 나머지 주요 귀족들은 작위

를 하나 낮추는 것을 폐하께 건의하고 나머지 귀족들이 배상금을 지불하는 것입니다."

타당하다고 할 수도 있겠다. 하지만 그런 조건은 원하지 않는다.

"기각이야."

"네. 이미 전해 두었습니다."

애초에 첫 번째 교섭은 기각할 생각이었다.

강경한 태세를 무너뜨리지 않고 나아갈 방침이다. 그 때문에 형수님의 부탁도 거절했다.

"이제 상대방도 어지간한 조건으로는 내가 납득하지 않을 거라 생각하겠지."

"그렇겠지요. 다음은 분명히 바이틀링 후작의 당주 사퇴까지 포함시킬 겁니다."

"그게 최소한의 조건이지."

"그런데 괜찮으시겠습니까? 강경한 태세를 유지하시다가는 뜻밖의 반발을 불러일으킬지도 모릅니다만."

나는 세바스가 한 말을 듣고 고개를 끄덕였다.

내게 반감을 품고 합의를 인정하지 않으려는 자들도 있을 것이다. 하지만.

"바라던 바야. 내가 해야 하는 건 합의가 아니라고. 이런 일이 두 번 다시 일어나지 않게끔 하는 거지. 반발한다면 좋아. 불온분자는 박살 내는 게 제일이니."

"그런 녀석들은 합의해 봤자 언젠가 발목을 잡을 거라는 말씀이신지?"

"맞아. 일시적인 합의로는 언젠가 또 되풀이하겠지. 마음을 꺾어야 해. 어설프게 끝내진 않을 거야."

"목숨을 빼앗는 게 더 편하겠군요."

"편하겠지. 하지만 그러진 않을 거야. 이렇게 시시한 싸움 때문에 무의미한 피를 흘리고 싶진 않아."

강경한 태세도 결국에는 조기 합의를 위한 것이다. 나를 건드리는 게 이득이 되지 않는다는 걸 알게 되면 아무도 나를 건드리지 않을 것이다.

양쪽 다 불완전연소로 끝나면 불만도 쌓이게 된다. 어차피 불만을 품고 있다면 이번에 전부 폭발시켰으면 좋겠다. 그걸 박살내면 다음에는 이런 일이 생기지 않을 것이다.

"악당 같은 미소를 짓고 계십니다만?"

"그래?"

"미소뿐만이 아니라 행동도 악당 같지만 말입니다. 궁지로 몰아넣고 상대방이 폭발할 때까지 기다리는 건 바람직하지 못할 것 같습니다. 상대방이 그것을 집어삼키게 되면 커다란 불만을 품은 자가 생겨날 겁니다. 에리크 전하 쪽으로 붙게 되면 불리해질 텐데요?"

"집어삼킬 만큼 어른이었다면 이렇게 되지도 않았을 거야. 누가 폭발할지는 모르겠지만……, 나에 대한 반감이 정점에 달했다면 누군가는 움직일 거다."

뭐, 일부러 두 공작에게 와달라고 했으니까.

원만하게 끝내는 게 제일 좋겠지만, 그런 결과로 끝날 것 같진 않다.

감정으로 움직였던 녀석들이다. 마지막까지 감정으로 움직일 것이다.

나는 그렇게 생각하며 조용히 다음 접촉을 기다렸다.

■ ■ ■

1주일 뒤. 합의 날짜가 되었다.

최근 1주일 동안에 귀족들이 다양한 조건을 내걸며 내게 합의를 요청했다.

최종적으로 정해진 조건은 바이틀링 후작 가문을 포함하여 주요 귀족들은 당주 자리에서 은퇴시키고 고액의 배상금을 각자 지불하며, 앞으로 황족을 존중하겠다는 내용이 담긴 문서를 제출한다. 그 이외의 귀족들은 공동으로 배상금을 지불한다. 체포당한 귀족들의 처분은 법에 맡긴다. 휘말린 백성들은 무죄 방면되며, 그들 몫의 배상은 이용한 귀족들이 부담한다.

꽤 씁쓸한 선택이었을 것이다. 바이틀링 후작 가문과 다른 몇 군데 가문은 피가 이어진 다른 가문에서 양자를 받지 않으면 후계자가 없다. 장녀인 테레제는 누구와도 재혼하지 않을 테고, 차녀인 근위기사단장은 너무 바빠서 귀족 가문의 당주가 되더라도 장식이나 마찬가지다. 그럼에도 불구하고 이런 조건을 내놓은 이유는 그만큼 합의를 원하고 있기 때문일 것이다.

"자, 갈까. 가능하면 피네가 움직이는 사태가 벌어지지 않아야 할 텐데."

"그건 상대가 어떻게 나올지에 따라 달라지겠지요. 정말로 '그분'께서 움직이실 거라 생각하십니까?"

"글쎄. 가능성의 문제이긴 한데……, 뭐, 상황이 상대방에게 있어서 최악으로 다가서면 다가설수록 그럴 가능성이 커지지 않을까? 그러니까 우리도 대책을 마련해 두어야지."

"일이 꽤 커져가는군요."

"엮인 게 거물이니까. 본인에게는 그런 자각이 없겠지만."

나는 그런 이야기를 나누며 '심판의 방'이라 불리는 재판장으로 향했다.

이번 합의에는 아버님과 프란츠도 입회한다.

두 공작이 중개를 맡은 합의이기 때문이다. 호들갑스럽다고 생각할 수도 있겠지만, 현재 제도의 가장 큰 문제이니 입회하는 것도 자연스럽다. 뭐, 더 이상 싸우지 말라는 압력으로 받아들일 수도 있고.

그런 압력을 거들떠 보지도 않고 행동할 수 있는 녀석이 과연 있을지.

"볼만하겠는데."

심판의 방으로 들어가자 합의를 중개해 준 크라이네르트 공작과 유르겐이 먼저 와 있었다.

입구 기준으로 오른쪽에는 바이틀링 옹을 비롯한 백구 연합의 관계자들. 그 근처에 있던 벌꿀색 머리카락의 미청년이 라우렌츠 폰 바이틀링 후작.

들어온 나를 빤히 바라보고 있다. 눈동자 너머로 경멸하는 낌새가 보였다.

기타 귀족들도 나를 보고 있다. 그들의 눈에는 악감정이 담겨 있었다.

정말 제대로 미움을 산 모양이다.

나는 그렇게 생각하며 입구 기준 왼쪽으로 갔다.

먼저 와 있던 마리가 자리를 마련해 두었고, 내가 위치에 서자 뒤에서 작은 목소리로 순서에 대해 알려주었다.

"기본적으로는 두 공작이 진행을 맡을 겁니다. 상대방의 조건은 마지막으로 확인한 조건이고, 두 공작 앞에 문서를 두고 아르노르트 님과 대표인 바이틀링 후작이 서명함으로써 합의가 성립될 예정입니다."

"그렇군. 얼른 끝났으면 좋겠는데."

"저도 그렇게 되길 바랍니다. 레오나르트 님께서도 더 이상 일이 커지는 걸 원하지 않으실 테고요."

이런 상황에서도 레오를 우선시하는구나. 마리의 충성심으로 인해 마음속으로 쓴웃음을 지으면서도 겉으로는 불쾌하다는 듯한 태도로 맞은편에 있던 바이틀링 옹을 보았다.

눈이 마주치자 바이틀링 옹이 조용히 고개를 숙였다.

"오랜만이군, 바이틀링 옹."

"오랜만에 뵙습니다. 아르노르트 전하."

"은거한 입장일 텐데도 고생이 많아. 몸은 괜찮은가? 많이 바쁘게 움직였을 텐데?"

"이 정도라면 문제없습니다. 걱정을 끼쳐드려 황송합니다."

거만한 태도를 보이는 내게 바이틀링 옹이 공손하게 대답했다.

태도가 조심스럽다. 상황이 상황이고, 상대방이 황자이니 당연하다고 할 수 있다. 하지만 그 태도가 젊은 귀족들에게는 마음에 들지 않았던 모양이다.

나를 보는 시선이 더욱 날카로워졌다. 하지만, 나는 그 사실을 눈치채지 못한 척하면서 계속 말했다.

"그렇군. 그렇다면 계속 그렇게 다음 당주를 확실하게 교육시켜다오. 문제가 생길 때마다 바이틀링 옹이 나설 수도 없을 테니."

"전하……, 전부 제 부덕의 소치입니다. 부디 용서해 주십시오."

"용서해야지. 그쪽이 제시한 조건을 제대로 지킨다면 말이야."

"물론입니다."

우리의 대화는 그렇게 끝났다. 시선이 계속 험악해지고 있었지만, 곧바로 아버님과 프란츠가 들어오자 그런 걸 신경 쓸 상황이 아니게 되었다.

그곳에 있던 모두가 무릎을 꿇고 아버님께 고개를 숙였다.

"다들, 잘 모여 주었다. 이런 자리를 마련하게 된 것을 나는 기

쁘게 생각한다. 그리고 크라이네르트 공작과 라인펠트 공작에게
는 폐를 끼치게 되었구나. 미안하다."

"당치도 않은 말씀이십니다."

"신하로서 당연한 행동을 했을 뿐입니다."

두 사람은 무릎을 꿇은 채 그렇게 대답했다.

아버님은 그 대답에 만족하고는 옥좌에 몸을 기대어 앉으며 말
했다.

"이 자리는 두 사람에게 맡기마. 잘 정리해 보거라."

"네."

"알겠습니다."

크라이네르트 공작과 유르겐이 허락을 받고 일어섰다.

그와 동시에 우리도 일어서서 옆을 보았다. 그 이후로는 유르
겐이 사회자 같은 역할을 맡아 사건의 전말에 대해 설명했고, 합
의 조건을 확인하며 진행해 나갔다.

그것은 매우 평범했다. 딱히 위화감도 없었고, 뭔가 행동에 나
서려는 낌새도 없었다.

아버님 앞이라서일까, 아니면 두 공작의 체면을 고려했기 때문
일까.

결국, 마지막으로 서명하는 단계까지 무난하게 진행하게 되어
버렸다.

"아르노르트 전하, 바이틀링 후작은 이쪽으로."

크라이네르트 공작이 그렇게 말하며 문서를 준비해 둔 받침대

쪽으로 나와 라우렌츠를 불렀다.

우리는 동시에 앞으로 나섰다.

라우렌츠는 키가 큰 미남이다. 아무것도 하지 않아도 여자들이 몰려들 것 같은 분위기가 풍겼고, 귀공자라는 말이 딱 들어맞을 것 같은 인상이었다.

하지만 그가 한 행동은 귀공자와는 거리가 멀다. 감정이 이 남자를 바꾸어 버렸다.

그 밑바닥에는 질투가 있었을 것이다. 레오가 상대라면 간신히 억누를 수 있었던 질투심이 나에게는 폭발했다. 남자의 질투는 꼴사납고, 깊은 데다 새까맣다.

아마 정상적인 판단을 할 수가 없었을 것이다. 마치 부모의 원수를 보는 듯한 눈빛으로 나를 내려다보던 라우렌츠가 내 앞에서 천천히 장갑을 벗었다.

그리고 그것을 내게 던졌다.

이거 참.

그곳에 있던 모두가 깜짝 놀라서 멍해진 가운데, 라우렌츠가 말했다.

"아르노르트 전하. 나는……, 라우렌츠 폰 바이틀링은 당신에게 결투를 신청한다. 도리를 저버린 데다 오만한 당신을 나는 공경해야 할 황족으로 인정할 수 없다. 부디 장갑을 줍고 결투를 받아들여 주었으면 한다. 이번 사건의 모든 것을 걸고 나와 결투를!"

그것은 분명히 바이틀링 후작 가문이 시작된 이후로 가장 어리석고 가장 용감한 행동이었을 것이다.

　황제 앞에서 황자에게 장갑을 던지며 두 공작이 중개해 준 합의 교섭을 망가뜨렸다.

　그것만으로도 어떤 의미로는 비범하다고 할 수도 있을 것이다.

　하지만, 이건 좀 상상했던 것 이상이다. 설마 이런 상황에서 결투라니.

　이거, 골치 아프게 될 것 같다.

　나는 그렇게 생각하면서 우선 푸석푸석한 머리카락을 다듬는 것부터 시작했다.

　자, 연기할 시간이다.

10

　"가능하다면……, 형인 채로 끝내고 싶었는데요. 이런 상황에서 결투를 신청받았으니 연기를 하고 있을 때가 아니로군요."

　나는 그렇게 말하며 대충 걸쳐 입고 있었던 옷을 가다듬었다.

　그리고 등을 쭉 펴고는 레오 같은 미소를 지으며 아버님 쪽으로 돌아섰다.

　"레오나르트가 폐하께 사죄드립니다. 속인 것을 용서하여 주십시오."

　"설마 그럴까 싶었다만……, 정말로 레오나르트인게냐?"

　"네. 폐하를 속이는 건 중죄입니다만, 이번 건은 형이 전권을 맡은 상황이었습니다. 그 작전 중 일부이니 용서하여 주십시오."

"그것에 대해서는 죄를 물을 생각이 없다. 그런데……, 언제부터 뒤바뀌었던 거지?"

"제도를 떠날 준비를 하던 도중에 교대했습니다."

그렇게 설명하자 아버님이 납득한 듯이 고개를 몇 번 끄덕였다.

나는 그 모습을 보고 라우렌츠 쪽으로 돌아섰다.

내가 레오인 척 하고 있다는 것을 보고 놀란 모양이었지만, 적개심은 아직 사라지지 않았다.

"아버님께서 레오나르트 전하와 뒤바뀌었을 가능성에 대해 언급하신 적이 있지만……, 나는 속지 않아. 레오나르트 전하라면 그렇게 도리를 저버리는 짓은 하지 않을 테니까!"

"그렇게 말해봤자 곤란하기만 한데……, 애초에 도리를 저버렸다는 게 어떤 행동이지? 바이틀링 후작."

"우리는 아르노르트 전하의 말에 따라 아르노르트 전하를 배제하기 위해 움직였다. 전하가 그렇게 말했다고! 어떤 수를 써서라도 배제해 보라고!"

"형이 그렇게 말하긴 했지. 그게 제군들이 움직인 근거라면 인정하겠어. 하지만, 그게 어쨌다는 거지? 어떤 수를 써서라도 배제하려 했다가 오히려 당한 게 지금 상황 아닌가?"

"그게 문제야! 자기가 먼저 도발해 놓고, 폐하의 위광을 이용해서 우리를 기습했지! 그게 도리를 저버린 게 아니라면 대체 뭐라는 거야?!"

라우렌츠가 한 말을 듣고 백구 연합의 젊은 귀족들이 맞장구를 쳤다.

그렇구나, 그게 불만인가? 도발당했으니 움직였다. 그것뿐이라고. 그런데도 황제의 위광을 등에 업고 배제하러 나섰다. 그건 도리를 저버린 짓이라고.

웃기고 있네.

"한 가지 질문할 게 있다. 바이틀링 후작."

"뭡니까? '아르노르트 전하'?"

오기를 부리며 나를 레오라고 인정할 생각이 없는 모양이다.

바보 같은 녀석이군. 지금이 물러날 수 있는 마지막 기회일 텐데. 이렇게 된 이상, 나 혼자만으로는 감당할 수가 없게 된다고. 모처럼 피를 흘리지 않게끔 손을 써주었는데.

"형은 어떤 수를 써서라도 배제해 보라고 너희를 도발했어. 그래서 너희는 수단을 가리지 않았지. 시키는 대로 했을 뿐이라고. 그랬는데 체포당하고 죄를 묻는 건 부조리하다고. 그게 너희 주장이겠지?"

"그렇습니다!"

"그래……, 그렇다면 묻겠는데, 너희가 '어떤 수를 써서라도' 형을 배제하려 나선다면 형 또한 '어떤 수를 쓰더라도' 불만을 품을 수는 없을 것 같은데? 그 첫 번째 방법이 나와 뒤바뀌는 것이었고. 설마 아니겠지만, 자기들은 어떤 수를 써도 상관 없지만, 형은 아무것도 하면 안 된다고 주장할 생각인 건 아니겠지? 형이 한 도발의 취지는 '나조차 배제하지 못하는 자는 인정할 수 없다'였어. 그리고 너희는 배제하지 못하고 패배했고. 나는 그 결과가 지금이라고 인식하는데?"

결국 이번 소동은 그렇게 요약할 수 있다.

찌꺼기 황자가 피네 곁에 있는 것을 인정하지 못한다는 것이 백구 연합의 주장이었고, 그에 맞서 내 주장은 불만이 있다면 배제해 보라는 것이었다.

그리고 배제하러 나섰다가 멋지게 당해버렸다.

그렇기 때문에 그들은 패배자로서 일방적으로 불리한 조건을 내걸게 되었다.

"그, 그런 건 궤변이야! 함정을 파두고 나서 거기 빠진 사람이 잘못했다는 건가?!"

"그렇게 말했는데, 전달이 잘 안 되었나? 애초에 정정당당한 결투가 아니었어. 이건 이른바 정치였다고. 그리고 정치가 이루어지는 곳에서는 승자가 절대적이야. 그러니 패배할 수는 없지. 뭐……, 나도 최근에 배운 거지만 말이지."

"그런 건 극단적인 논리야! 역시 도리를 저버린 당신을 인정할 수는 없어! 만약에 정말로 레오나르트 전하라 하더라도 그런 생각을 지닌 황자를 황제로 만들 수는 없지!"

"내가 도리를 저버린 것으로 보인다면, 그건 네가 무지하고 어설픈 것뿐이야. 백보 양보해서 내가 도리를 저버린 사람이고 황제 후보로서 적합하지 못하다고 치자. 그런데 이 상황은 어떻게 변명할 거지? 황제 폐하 앞에서 황자에게 결투를 신청한다. 그건 황족에 대한 도전으로 받아들인다 하더라도 둘러댈 여지가 없는 행위인데?"

라우렌츠를 빤히 바라보았고, 그는 말문이 막힌 모양이었다.

기세를 타고 결투까지 밀어붙일 셈이었을 것이다. 그런 게 통할 리가 없는데.

"이, 이건 개인적인 결투입니다! 라우렌츠가 아르노르트라는 개인에게 신청한 겁니다!"

"이제 그만두거라……, 꼴사납구나."

바이틀링 옹이 견딜 수 없다는 듯이 그렇게 중얼거렸다.

그리고 바이틀링 옹은 아버님 쪽으로 돌아서서 무릎을 꿇고 머리를 바닥에 조아렸다.

"이제 여기까지인 것 같습니다. 저와 아들의 목을 쳐 주시옵소서. 더 이상 아들의 부끄러운 모습을 보고 싶지 않습니다……."

"아, 아버님?!"

라우렌츠는 놀란 듯이 바이틀링 옹을 보았다.

놀랄 일이 아닐 텐데. 이곳에서 결투를 신청한다는 것은 황제를 업신여기는 것이나 마찬가지다.

"고개를 들거라. 에트문트."

"그럴 수 없습니다……."

"휴우……, 바이틀링 후작. 내가 인식하기로는 너를 포함한 백구 연합이 '패배한 것' 같다만, 아닌가? 패배했기에 이런 자리를 마련한 것으로 인식하고 있었다만?"

"폐, 폐하! 저희는 패배하지 않았습니다! 아르노르트 전하는 폐하의 위엄을 빌렸을 뿐! 게다가 그것을 자신의 힘이라고 과신하며 횡포를 저지르고 있습니다! 너무나도 불손합니다!"

"불손하다고……, 그렇다면 너는 어떤가? 이 자리를 마련한 두 공작과 네 아비. 그리고 나와 재상. 이곳에 있는 모든 상위자들의 체면에 먹칠을 했다만, 후작으로서는 불손하지 않은가?"

"그, 그건……, 감정을 억누르지 못하고 무례한 짓을 저지른 것은 사죄드리겠습니다……. 하지만, 결투 신청을 취소할 생각은 없습니다!"

아버님은 말이 통하지 않는 어린애를 보고 질색하는 듯한 표정을 지으며 옆에 있던 프란츠를 보았다.

프란츠는 알겠다는 듯이 고개를 끄덕였다.

"바이틀링 후작. 질문해도 되겠습니까?"

"네, 재상."

"패배를 인정하지 않았다면 어째서 합의를 요청한 겁니까?"

"그건 저희가 진정으로 원한 것이 아닙니다. 아버님들이 움직였고, 이미 흐름을 막지 못했습니다……."

"그렇군요. 그래도 불리한 입장이었다는 건 사실이지요?"

"그, 그건……, 그렇습니다."

라우렌츠는 어떻게든 받아치려 했지만, 프란츠가 똑바로 바라보자 그럴 기력이 사라져 버린 모양인지 작은 목소리로 인정했다.

프란츠가 물어보고 싶은 건 그게 전부라는 듯이 고개를 끄덕이고는 정리하기 시작했다.

"그렇다면 이 결투를 인정할 순 없습니다. 불리한 상황에 처한 자가 대등한 입장에서 우위에 선 자에게 결투를 신청할 수는 없기 때문입니다. 뭐, 그런 것 이전에 결투는 대등한 자들에게만 적용됩니다. 황족과 귀족 사이의 결투는 성립되지 않으며, 그러한 전례도 없습니다."

"그럴 수가!"

"아무리 소리를 질러 봤자 답은 바뀌지 않습니다. 그리고 결투가 인정되지 않는 이상, 지금 존재하는 것은 당신이 저지른 무례한 행동을 어떻게 할 것인가에 대한 문제입니다. 전하를 공경하지 못하겠다면 전하를 적대시하면 되겠지요. 지금은 제위 쟁탈전이 진행 중이니까요. 일부러 황제 폐하를 업신여기면서까지 결투를 신청할 필요는 없었습니다. 이미 알고 계시겠지만, 황자와 황제의 권위는 큰 차이가 있습니다. 황제는 제국의 절대자이기 때문입니다. 그것을 업신여기는 것은 어떤 죄보다 무거운 죄입니다. 당연히 그러한 행위에 찬동한 자들도 똑같이 죄를 묻게 될 겁니다."

프란츠의 시선이 라우렌츠 뒤에 있던 젊은 귀족들에게 쏠렸다.

당연히 휘말리게 되는 상황일 텐데도, 이제서야 젊은 귀족들의 안색이 새파래졌다.

그야 그렇겠지. 왜 그렇게 사려가 부족한 거냐고.

라우렌츠도 마찬가지다. 최악의 결과가 되지 않게끔 레오라는 사실을 밝혀 주었는데. 그때 레오나르트 전하라면 이야기가 다르다며 따졌다면 다른 결과가 되었을 것이다.

"그런가요……, 재상은 아르노르트 전하 편이라는 뜻이군요."

"어떻게 받아들이든 상관없습니다. 하지만 그렇게 감정적으로만 받아들이기 때문에, 당신의 아버님께서 당신을 정치의 장에 다가가지 못하게끔 하셨다는 걸 배웠어야겠지요. 다음 기회가 있을지는 모르겠습니다만."

프란츠는 그렇게 말하고 나서 아버님을 보았다.

프란츠가 말한 것은 참수할 것인지 아닌지, 그 여부였다.

이곳에서 저지른 짓은 그렇게 하기에 마땅한 행위였다. 그 사실을 알고 있기에 바이틀링 옹도 곧바로 목을 내놓았다. 주위 사람들에게 죄가 파급되지 않게끔.

라우렌츠는 바이틀링 후작이자 백구 연합의 맹주다. 본인은 개인적으로 신청했다고 하지만, 후작 지위에 있는 이상, 개인이 될 수는 없다. 그리고 조직의 우두머리이기도 하다.

이번 건은 라우렌츠를 참수한 정도로 끝나지 않는다. 너무 설쳤다.

백구 연합의 책임을 물어 참가한 자들의 목을 치거나, 아니면 바이틀링 후작 가문의 책임을 물어 그 관계자들의 목을 치거나.

양쪽 다 문제가 있다.

전자를 선택할 경우, 즉위 25주년을 앞두고 많은 귀족들의 목을 치게 된다. 그렇게 되면 제국이 안정적이지 못하다는 것을 나타내는 거나 마찬가지이기에 다른 나라의 귀빈들도 오지 않게 될 것이고, 기념행사에도 암운이 드리우게 된다.

후자를 선택할 경우, 바이틀링 후작 가문 사람들이 연좌제에 걸리게 된다. 문제가 뭐냐 하면, 거기에는 근위기사단장까지 포함된다는 점이다. 특례를 인정하면 황제의 심약한 부분이 눈에 띄게 되고, 그렇다고 해서 이런 문제 때문에 근위기사단장을 잃게 되는 것도 말이 안 되는 상황이다.

라우렌츠가 가장 어리석었던 점은 자신의 영향력을 고려하지 않았다는 점이다. 자기 마음대로 행동했지만, 바이틀링 후작 가문은 그렇게 간단히 움직여도 되는 가문이 아니다.

"……이번 건, 그냥 넘어가기에는 너무나도 심각한 문제다. 불손한 것으로 따지면 바이틀링 후작 쪽일 것이야. 신하된 몸으로서 황족을 경시하였다. 바이틀링 후작을 참수하고 백구 연합의 주요 귀족들도 마찬가지로 참수하겠다."

평판보다는 근위기사단장을 선택했나. 뭐, 그렇겠지.

제국의 소중한 전력이다. 잃기에는 너무나도 아깝다.

그렇게 생각하고 있자니 옥좌의 방에 여자 목소리가 울려 퍼졌다.

"기다려 주십시오, 폐하."

그 목소리를 들은 것은 오랜만이었다.

이거 참. 정말로 나올 줄이야. 상황을 더 골치 아프게 만들어

주네, 진짜로.

이런 사람을 끄집어낼 수 있다는 점이 바이틀링 후작 가문의 골치 아픈 점이다. 그런 가문의 당주로서는 자신의 영향력을 고려해서 신중하게 움직여줬으면 했는데.

나는 마음속으로 한숨을 쉬면서 나타난 중년 여자에게 고개를 숙였다.

"오랜만에 뵙습니다. 황후 폐하."

황제의 정처이자 후궁의 주인. 제국 여성 중에서는 최고위의 권력자.

황후, 브륜힐트 렉스 아드라가 그곳에 있었다.

누가 움직였는지는 군이 따질 필요도 없을 것이다. 그 뒤에서 테레제가 모습을 드러냈다.

황태자의 처, 며느리의 부탁으로 움직였겠지만…….

골치 아픈 짓을 저질러 주셨어.

나는 아버님의 얼굴을 힐끔 보았다. 그 얼굴에는 깊은 분노가 감돌고 있었다. 옆에 있던 프란츠도 인상을 쓰고 있었다.

상상할 수 있는 것들 중에서 최악에 가까운 상황이 지금, 현실이 되어버린 것이다.

11

"브륜힐트……, 대체 뭘 하러 온 게야?"

자신의 결정에 이의가 제기되자, 아버님은 분노가 담긴 목소리로 황후에게 물었다.

　솔직히 말해서, 이 두 사람은 사이가 안 좋다. 원래는 황태자에 대한 교육 방침 때문에 다투기만 하는 정도였던 모양이었지만, 3년 전에 황태자가 죽었을 때, 두 사람 사이는 결정적으로 무너졌다.

　황태자는 북부 국경에서 죽었다. 황태자가 왜 북부 국경으로 나갔을까?

　답은 황제인 아버님이 명령했기 때문이다. 아버님은 황태자로서 주위에 부끄러움이 없는 활약을 원했다.

　그런 한편, 황후는 황태자라는 자신의 소중한 자식을 곁에 두고 싶어했다. 만에 하나의 경우가 생기면 어떻게 하냐면서 황태자가 떠나기 전에 아버님에게 직소했을 정도다.

　그리고 그 불안은 적중해버렸다. 황태자는 국경에서 벌어진 전투로 인해 목숨을 잃었고, 제국은 이상적인 후계자를 잃게 되었다.

　그 이후로 두 사람 사이는 싸늘하게 식어버렸다. 황후는 황태자가 죽은 이유가 아버님이 억지로 보냈기 때문이라 생각하고, 아버님은 아버님대로 그런 감정을 숨기려 하지도 않는 황후로부터 거리를 두게 되었다.

　하지만, 두 사람 사이가 냉랭하다는 건 문제가 아니었다. 자식이 적은 것도 아니고, 황후는 황태자가 죽은 이후로 활력을 잃고 후궁에서 평온한 생활을 추구하게 되었다. 그것은 아버님에게 있어서 고마운 일이었다. 후궁의 치안을 유지하는 것은 황후에게 요구되는 덕목이기 때문이다.

하지만, 그런 황후가 테레제로 인해 움직이게 되어버렸다.

이 전개가 가장 골치 아팠다. 나보다 상위인 두 사람이 서로 맞붙으면, 말리고 싶어도 말릴 수가 없다.

"피가 흐르는 것을 막으러 왔습니다."

황후는 그렇게 말하며 앞으로 나섰다.

그 모습을 본 아버님은 짜증난다는 듯이 인상을 찌푸렸다.

"여자가 나설 상황이 아니다. 물러가거라!"

"그럴 수는 없습니다."

"테레제에게 부탁을 받고 왔겠지만, 이 녀석들은 황족을 지나치게 경시했다. 처벌하지 않으면 황족의 위신이 위태롭다."

"그건 저도 알고 있습니다. 하지만, 테레제가 부탁했기 때문이라는 이유만으로 이곳에 온 것은 아닙니다. 이런 시기에 신하의 피를 흘리는 것은 국익을 해치기 때문에 막으러 왔습니다."

"국익을 해치게 된다는 건 알고 있다. 그래도 처벌해야만 한다."

"각 나라의 왕족과 긴밀하게 연락을 주고받고 있는 것은 접니다. 몇 번이나 편지를 주고받으며 행사에 참가하게끔 노력해 왔습니다. 그걸 허사로 만들 생각이십니까?"

황후가 한 말도 이해가 된다.

외무 대신인 에리크는 기본적으로 대국과 교섭을 맡고 있다. 물론 에리크의 부하도 움직이고 있긴 하지만, 그 외교를 돕기 위해 황후를 비롯한 비들이 각 나라의 왕족과 편지를 주고받는다.

그것은 단순한 편지 교환이 아니다. 선물을 보내거나, 정보를 교환하거나. 후궁의 비들도 이런저런 노력을 하고 있는 것이다.

그렇기 때문에 그 노력을 박살 낼 수 있는 처벌을 그냥 두고 볼 수는 없다. 무슨 말을 하고 싶은 건지는 이해가 된다. 다만, 그렇다면 '어떻게 해야 하는가'라는 문제가 남는다.

방치할 수는 없다.

"그렇다면 어떻게 하라는 게냐? 설마 용서하라는 건 아니겠지?"

"물론 벌은 필요하겠지요. 하지만, 피를 흘려선 안 됩니다. 시기가 너무 좋지 않습니다. 투옥하고 행사가 끝난 뒤에 처벌하시는 건 어떨지요?"

"행사가 끝난 뒤에는 특사가 있다. 다른 자들을 용서해 주면 이 녀석들도 용서해 주어야만 해! 처벌할 거라면 지금밖에 없다."

"그렇다면 그렇게 마무리를 지으시지요. 황제의 명에 따라 유력 귀족들이 처형당한다면 이유가 어찌 되었든 제국에 올 귀빈들이 줄어들 것은 명백합니다. 황족의 권위도 중요하지만, 제국의 국익도 중요할 겁니다. 잊지 마시길. 폐하께서는 이미 한 번, 제 부탁을 듣지 않으시고 국익을 해치신 적이 있습니다."

"황태자 이야기는 그만두지 못할까!"

아버님은 소리를 지른 다음에 인상을 찌푸리며 프란츠를 보았다.

프란츠도 나름대로 곤란한 표정을 짓고 있었다.

황후가 한 말도 맞는 말이다. 황족의 권위를 챙기기 전에 국익을 챙겨야 한다고 하면 납득할 수밖에 없다. 하지만 이 녀석들을 용서해 주면 이 녀석들 같은 녀석들이 또 나타날 것이다. 그것은 분명히 국익을 해치는 결과로 이어질 것이다.

어찌 됐든, 제국에게는 손해뿐이다.

아버님은 황후로부터 눈을 돌리고는 분노가 담긴 눈빛으로 라우렌츠를 노려보았다.

라우렌츠는 그 눈빛을 보고 겁을 먹었다. 그야 노려볼 만도 하지. 이 녀석이 자신의 영향력을 고려하지 않고 날뛴 결과, 이 녀석의 목숨만으로는 해결할 수 없는 사태까지 일이 커졌으니까.

내가 레오라는 걸 밝힌 시점에서 물러났으면 되었을 것을. 이제 이 상황은 나 혼자서 감당할 수가 없다.

그렇게 생각하고 있자니 다른 발소리가 들렸다.

가능하면 기대고 싶지 않았지만, 황후가 나타났으니 어쩔 수 없다.

피네에게 부탁해 두었던 도우미가 온 모양이다.

"어머? 아르가 있을 줄 알았는데, 왜 레오가 있는 거지?"

장난꾸러기 같은 미소를 지으며 내 어머니, 미츠바가 옥좌의 방으로 들어왔다. 역시 우리 어머님이다. 미소를 보니 내가 아르라는 걸 알면서도 저렇게 말하고 있구나.

피네에게는 어머님에게 가달라고 했다. 그리고 어머님께는 황후가 움직일 경우에는 어머님도 움직여 달라고 부탁해 놨었다.

피네의 모습은 보이지 않지만, 아마 어머님이 배려해 줬겠지.

피네에게는 아무런 책임도 없지만, 그녀라면 자기 때문이라며 자책할지도 모른다.

"형인 척하고 있었습니다. 어머님."

"너희는 예전부터 그렇게 뒤바뀌는 걸 잘했지. 그래도 황제 폐하 앞에서는 삼가렴. 무례하잖니."

"네, 죄송합니다."

"레오가 실례를 저질렀습니다, 폐하."

"미츠바……, 너까지 대체 무슨 용건으로 온 게야?"

보아하니 아버님은 당황한 눈치였고, 프란츠는 속이 쓰린 듯한 표정을 짓고 있었다.

황후와 황제가 맞부딪힌 것만으로도 큰일인데, 거기에 어머님까지 가세했으니 마음고생이 심할 것이다.

이제 황자와 귀족의 다툼 정도로는 끝낼 수 없게 되었다.

그렇게 혼란스러운 와중에 어머님이 아무렇지도 않게 말을 꺼냈다.

"황후 폐하께서 옥좌의 방으로 가셨다는 이야기를 들었기에 상황을 살펴보러 왔습니다. 제 예상대로 의견이 대립하고 있는 모양이로군요."

"미츠바 씨……, 당신은 물러나세요."

"황후 폐하. 방해할 생각은 없습니다. 그저 양쪽의 착지점을 찾는 데 도움을 드리고 싶을 뿐이지요."

"당신은 레오나르트의 어머니죠. 레오나르트에게 유리하게끔

171

판단하지 않을까요?"

"의심하시는 것도 당연합니다. 허나, 평행선이라는 것 또한 사실 아닌지요?"

어머님이 반론하자 황후가 입을 다물었다. 그녀도 계속 아버님과 맞서 싸울 수는 없다. 아버님이 분노하면 황후도 무사하지 못할 것이기 때문이다.

황제의 말은 절대적이다. 아버님이 마음만 먹는다면 모든 것을 무시하고 여기 있는 모두를 처형할 수도 있다. 본인이 그걸 원하지 않을 뿐, 황제란 원래 그런 존재다. 뭔가 한 가지라도 아버님의 마음속에서 권위를 발동시키는 계기, 또는 납득시킬 부분이 생긴다면 그걸로 모든 것이 끝나게 된다.

황후가 입을 다문 것을 보고 어머님이 아버님을 돌아보았다.

아버님도 이래서는 끝이 나지 않을 거라 판단하고 고개를 끄덕였다.

"그렇다면 제가 착지점을 찾아보도록 하죠. 하지만 제 의견은 한 가지뿐입니다. '없었던 일로 해버리면 된다'는 것이지요."

모두가 의아해하는 듯한 표정을 지었다.

하지만 나는 눈을 가늘게 떴다. 그것은 내가 생각하던 해결책과 똑같은 것이기 때문이다.

"레오, 설명해 줄 수 있겠니? 나보다는 네가 더 잘 설명할 수 있을 것 같은데."

"네. 알겠습니다."

"그게 무슨 뜻이지? 레오나르트도 이해하고 있는 것이냐?"

"예, 폐하. 어머님과 제 생각은 일치하는 것 같습니다. 이번 건에서 가장 문제가 되는 것은 라우렌츠 폰 바이틀링 후작이 명문 귀족의 당주이자 백구 연합의 맹주라는 점입니다."

"그건 나도 알고 있다. 그다음 이야기에 대해 알고 싶은 게다!"

황후 때문인지, 아버님은 짜증이 많이 난 것 같다.

이거, 일찌감치 끝내는 게 낫겠는데.

"그러니 결투를 신청했다는 건을 없었던 일로 해버리시죠."

"그렇군요. 그거 묘안입니다."

곧바로 의도를 눈치챈 프란츠가 몇 번이나 고개를 끄덕였다.

하지만 머리에 피가 쏠려서 그런지 냉정함을 잃은 아버님이 미심쩍다는 표정을 지었다.

그러자 나는 차분하게 설명했다.

"라우렌츠 폰 바이틀링 후작은 결투를 신청하지 않았고, 합의 조약을 받아들였다. 그 이후에 제가 레오나르트라는 사실이 발각되어 조약의 취소를 걸고 결투를 신청했다. 그런 것으로 해버리시죠. 조약을 받아들인 뒤라면 라우렌츠도 바이틀링 후작이 아닙니다. 황후 폐하께서 말씀하신 유력 귀족이 아니게 되는 것이지요. 피해를 최소한으로 억누를 수 있을 것 같습니다."

"사실을 왜곡시키라는 게냐? 나를 포함한 황족들에 대한 무례를 전부 없었던 일로 하면서?"

"네. 여기 있는 사람들이 입을 다물면 사실이 새어 나가진 않을 겁니다."

"그건 좋다……, 허나, 황족의 권위가 훼손되었다는 점은 전혀 해결되지 않았다만?"

아버님이 짜증으로 가득 찬 눈빛으로 나를 보았다.

이미 아버님의 마음속에는 라우렌츠를 처형하는 것 말고 황족의 권위를 유지하는 방법은 없는 것 같다.

머리에 피가 쏠린 것은 황후가 황태자 이야기를 꺼냈기 때문이다.

그 이야기는 이 부부 사이에서 금구에 가깝다.

"그것은 결투가 끝난 이후에 처벌로 해결하겠습니다. 황족에게 결투를 신청했다는 것은 너무나도 무례한 행동이지요. 그렇기 때문에 조건을 제시하겠습니다. 라우렌츠 폰 바이틀링이 패배할 경우에는……, 그를 옹립한 백구 연합의 주요 귀족들을 포함하여 전원 '제독주'를 마시는 것으로 한다. 그렇게 하면 황족에게 무례한 짓을 저지르는 것이 무슨 의미인지 많은 사람들이 알게 될 겁니다."

내가 말한 술의 이름을 듣고 그곳에 있던 모두가 굳어 버렸다.

제독주는 황제가 보유하고 있는 독주이며, 제국 최강, 최악의 독이다.

한 모금이라도 마시면 일주일 동안 밤낮에 걸쳐 다양한 병의 증상을 맛보게 된다. 배합된 수많은 독의 효과이며, 하루마다 증상이 바뀐다. 게다가 기묘하게도 그동안에는 아슬아슬하게 죽지도 않는다. 생과 사의 경계를 헤매면서 괴로워하는 것이다.

그리고 죽지 못하는 괴로움을 계속 맛본 다음, 반드시 죽게 된다.

중죄인에게만 사용하는 독이며, 아버님의 치세 때는 한 번도 사용된 적이 없다.

"······내가 그 독을 내렸다는 사실을 알게 되면 다른 나라에서 귀빈이 오지 않을 것 같다만?"

"폐하께서 내리시는 것이 아닙니다. 그것을 조건으로 삼아 라우렌츠 폰 바이틀링이 저에게 결투를 신청하는 것이지요. 그렇게 하면 평판의 악화도 억누를 수 있을 겁니다. 죄를 피하기 위해 맹독을 먹게 되는 위험부담을 짊어지고 결투를 신청했다. 그러다가 패배해서 죽었다 하더라도 도전한 쪽의 책임입니다."

내 말을 듣고 백구 연합의 젊은 귀족들의 안색이 점점 새파랗게 질리기 시작했다. 주요 귀족들이란 이곳에 있는 귀족들이라는 뜻이다.

라우렌츠가 패배하면 그들도 제독주를 마시게 된다.

"그러한 전례를 만들면 사형이 확실한 죄인이 똑같은 행동을 하지 않을까?"

"그건 괜찮습니다, 황후 폐하. 이번 건이 마무리된 이후에 그런 행위를 금하는 법을 만들면 됩니다. 이번에만 통하도록."

"······그렇구나."

"어떻습니까? 황족의 권위도 훼손되지 않고, 제국의 평판도 떨어지지 않을 것 같습니다만?"

내 말을 듣고 황후가 테레제를 힐끔 보았다.

테레제는 포기한 듯이 고개를 한 번 끄덕였다. 일발역전의 기회를 준 것만으로도 고마운 것이라는 사실을 눈치챈 모양이었다. 패배한 뒤에 무참한 죽음이 기다리고 있다 하더라도.

"……좋은 생각이라는 건 알겠다. 그런데 이해가 안 되는구나. 네 이익은 뭐냐? 레오나르트."

아버님이 나를 똑바로 바라보았다.

그렇다, 이 제안에는 내 이익이 전혀 없다.

결투를 받아들여서 이익될 것이 없다. 나는 지금 피해자이고, 이 녀석들은 내가 아무것도 하지 않더라도 죽는다. 기사회생의 기회를 줄 이유가 없다.

하지만, 그렇기 때문에 받아들일 가치가 있다.

"저는……, 제위를 노리는 자입니다. 이번 건으로 인해 제국을 혼란스럽게 만든 것도 사실이지요. 그 책임을 질 의무가 있습니다."

"호오? 그렇다면 패배할 경우에는 어떻게 할 게냐? 너는 지금 이기는 것을 전제로 이야기하고 있다만?"

"패배할 경우에는 폐하의 뜻대로 하십시오. 황족에서 추방하거나 참수하셔도 상관없습니다. 이런 곳에서 패배하는 자가 제위를 손에 넣을 수는 없을 테니까요."

지나친 발언일 것이다. 멋대로 레오인 척하면서 레오의 모든 것을 걸고 있으니까. 하지만, 레오라면 이렇게 말할 거라 생각한다. 만약에 이렇게 말하지 않더라도, 이런 말을 할 수 있게 되지 않으면 곤란하다.

아버님이 내 말을 듣고 웃었다. 그것은 누군가가 마음에 들었을 때 보여주는 미소였다.

이제 레오의 허들이 더 올라갔겠구나.

"말 잘했다! 그 기개, 훌륭하구나! 제위를 노리는 자는 그래야만 하지! 너는 항상 너무 착하기만 한 게 아닐까 걱정했다만……, 이번 제위 쟁탈전 중에 너도 성장한 모양이로구나."

"아직 미숙할 따름입니다."

"겸손한지고. 알겠다. 네 말대로 하자꾸나. 합의 조약을 체결한 다음, 레오나르트라는 사실이 밝혀졌고, 라우렌츠는 백구 연합을 대표하여 결투를 신청했다. 제독주를 마시겠다는 조건으로 말이다. 그런 것으로 하겠다. 알겠나?"

황제의 명령은 절대적이다.

아버님은 그런 것으로 하겠다는 권위를 발휘했다. 본인이 그렇게 해도 괜찮겠다고 납득했기 때문일 것이다. 그에 이곳에 있던 모두가 무릎을 꿇고 받아들이겠다는 목소리를 냈다.

하지만, 내 옆에서 들린 라우렌츠의 목소리는 떨리고 있었다.

이제 라우렌츠에게는 아무것도 하지 않고 처형당하거나, 내게 결투를 도전하거나, 선택지는 둘 중 하나밖에 남지 않았다.

지금 항의한다면 그럼 그냥 죽으라는 말을 들을 게 뻔하다. 그래도 그 정도는 이해하고 있는지, 항의하지 않고 얌전히 공포에

떨고 있다.

유일하게 믿고 있던 황후와 테레제가 상황을 받아들인 시점에서 이제 도망칠 곳은 없다.

"그러면 바이틀링 후작, 서명을."

크라이네르트 공작이 문서에 서명하라고 재촉했다.

라우렌츠는 떨리는 손으로 문서에 서명하려 했지만, 펜을 떨어뜨려버렸다.

나는 그것을 주워서 제대로 쥐어주었다.

"자, 하시죠."

"아……."

내가 재촉하자 라우렌츠가 다시 문서 앞에 섰다.

그 문서에는 한 가지 사항이 정정되어 있었다. 유르겐이나 크라이네르트 공작이 혼란스러운 사이에 고쳐 적었을 것이다. 원래는 당주에서 은퇴한다는 내용에 선이 그어져 있고, 새롭게 가문에서 추방한다는 내용으로 바뀌어 있었다.

다시 말해 이 문서에 서명한 시점에서 라우렌츠를 비롯한 주요 귀족들은 평민이 된다. 가문에 책임을 묻진 않는다. 라우렌츠가 원하던 개인적인 책임을 지는 결투를 하게 된다.

뭐, 그런 건 황제의 말 한 마디로 어떻게든 해결할 수 있겠지만, 꽤 나이스한 어시스트다.

떨고 있는 라우렌츠는 그 사실을 눈치채지 못한 모양이다.

그리고 라우렌츠가 간신히 서명을 마치자 나도 바로 서명했다.

그렇게 서명이 끝나고 라우렌츠 일행이 평민이 되자, 나는 천천히 떨어져 있던 장갑을 주웠다.

"……네 결투 신청, 레오나르트 렉스 아드라가 받아들인다."

그렇게 나는 레오로서 라우렌츠와의 결투에 임하게 되었다.

그 말을 듣고 라우렌츠의 어깨가 떨렸다.

그의 얼굴에 드리운 것은 공포였다. 목숨을 걸 각오를 하고 있었던 건지도 모르겠지만, 아무리 그래도 제국 최강의 독을 마실 각오까지는 하지 못했을 것이다. 눈에 띄게 기세가 약해졌다.

어느 정도 승부라는 것을 이해하고 있는 사람이라면 나와 라우렌츠가 서 있는 모습만 보고도 승패의 행방을 알아챘을 것이다.

죽음을 두려워하는 자에게 승리가 찾아오지는 않는 법이다.

자, 미안하지만, 이렇게 된 이상 어쩔 수 없다. 사람이 죽는 건 최대한 피하고 싶었지만, 내 노력을 허사로 만든 건 그쪽이다.

레오의 발판이 되어 주실까, 라우렌츠.

12

"실수로 죽여 버릴 경우에도 죄를 묻지는 않겠다. 허나, 최대한 유혈 사태는 피하거라."

아버님이 은근슬쩍 그렇게 까다로운 요구를 내걸었다.

그리고 기사들이 칼집에 든 검을 내밀었다.

허약한 내게는 너무나도 무거운 검이다. 그런 내가 레오인 척하면서 싸우는 건 힘들다. 게다가 아버님은 내가 레오라고 생각하며 요구하고 있다.

그에 비해 라우렌츠는 몸이 떨리는 게 멈추지 않는지, 검을 받아든 동작도 어색했다.

결투를 신청한 걸 보니 나름대로 자신이 있었을 것이다. 하지만 패배했을 때 치러야 할 대가 쪽으로 사고가 지나치게 쏠린 상태다. 싸울 수 있는 상황이 아니다.

제독주는 전설이 될 정도로 유명한 독이다. 그것을 잠깐 언급한 것만으로도 암살자가 고용주를 팔아 넘길 정도라고 하고, 그 밖에도 제독주에 얽힌 일화는 수없이 많다.

그런 독을 마시게 될 가능성이 있다. 그렇게 생각하는 것만으로도 몸이 떨리는 건 이해가 된다. 애초에 결투도 아르노르트라고 생각하고 신청한 거니까.

어머님이 레오나르트라고 말한 시점에서 이곳에 있는 모두가 나를 레오라고 믿고 있다.

레오의 무예 솜씨는 최근에 활약한 것만 보더라도 확실하다. 어렸을 때부터 검술 시합에서도 패배한 적이 없다. 일개 귀족에게는 승산이 없다.

그러니 어설픈 모습을 보일 순 없다.

"그러면 양쪽 모두 준비하거라."

나는 아버님의 말을 듣고 칼집에서 검을 뽑아들었다.

라우렌츠도 검을 뽑아들고 자세를 취했다. 기본에 충실한 자세다. 최소한의 실력은 있는 것 같다. 아마 평소의 내가 싸우면 승산은 없을 것이다.

정말……, 쓰고 싶지 않은 수를 계속 쓰게 만드는군.

사실은 결투를 벌이는 전개가 될 예정이 아니었다.

레오인지 아르인지 알 수가 없는 상황 속에서 합의가 성립될 예정이었다.

그것을 라우렌츠가 박살 냈다. 자신의 영향력이나 분위기를 고려하지 않고 움직인 탓에 상황이 복잡해졌고, 누군가가 희생되어야만 하는 상황이 되어버렸다.

그렇게 되면 피네가 슬퍼한다. 그것을 피하고 싶어서 온갖 수단을 동원했는데……, 눈앞에 있는 바보가 쓸데없는 사람들을 끌어들인 탓에 내 손에서 상황이 떠나 버렸다.

이제 내게는 끝까지 레오인 척하면서 그의 평판을 올려주는 것밖에 방법이 없다.

이 녀석이 멋대로 행동하다 죽는 건 자유지만, 피네가 슬퍼하지 않는 선택지를 내게서 빼앗아간 것은 용서할 수 없다.

피네에게는 이제 울게 될 만한 일이 없을 거라고 말했다. 그 말은 분명히 거짓말이 될 것이다.

피네는 그들의 죽음에 책임을 느끼게 된다. 내가 아무리 말을 늘어놓아 봤자, 피네는 자책할 것이다.

그 미래를 피하기 위해 내가 할 수 있는 것은……, 사실은 레오가 아니라 아르였다면서 정체를 밝히는 것. 그러면 아무도 희생되지 않는다. 항상 그랬듯이 내가 모든 것을 뒤집어쓰고 바보 취급당하며 끝난다. 하지만 평소와는 다른 게 있다. 내가 그렇게 해 버리면 나는 피네 곁을 떠나야만 한다.

황족의 입장에 미련 같은 건 없다. 어차피 황족이 아니게 되더라도 레오를 도와줄 수는 있으니까.

하지만, 황족이 아니게 되면 피네의 곁에 있을 수는 없다.

나는 지금이 마음에 든다. 피네가 곁에 있는 지금이 마음에 든다.

이건 분명히 내 고집이고, 최악의 행위다.

피네의 마음을 고려하지 않았던 이 녀석들과 마찬가지일 것이다. 나는 만약에 피네가 슬퍼하더라도──, 곁에 있었으면 한다.

나는 나만의 이유로 피네를 곁에 두고 싶어한다. 그녀는 계속 내 비밀의 공유자로서 존재해 줬으면 한다.

나는 마음을 정리한 다음, 검을 얼굴 앞으로 들어 올렸다.

결투 전에 기사들이 하는 의례다. 레오답게 예의를 차리는 움직임을 하며, 나는 어떤 고대 마법을 발동시켰다.

스스로도 금지된 수단이라 여기고 있는 마법.

그 마법의 이름은 '에피고넨'.

기억 속에 있는 인물을 완벽하게 모방할 수 있는 마법이다. 신체 능력부터 전투 기술까지도 모방할 수 있다. 편리하고 유용한 마법이지만, 보통 그런 마법에는 심한 부작용이 있다. 그 부작용 때문에 금지된 수단으로 여기고 있었지만, 지금은 그걸 쓸 수밖에 없다.

몸에 힘이 솟구친다. 시야가 넓어지고, 라우렌츠의 미묘한 움직임조차 확실하게 파악할 수 있게 되었다.

그것은 내 기억 속에 있는 레오의 시야다.

지금 이 순간. 나는 완전히 레오가 되었다.

"시작!!"

"우오오오오오!!"

라우렌츠는 자포자기한 듯이 돌진해 왔다.

기량은 부족하지만, 기세가 넘치는 돌진.

곧바로 기습하는 것. 아마 유일한 승산이라 생각했을 것이다.

패배하면 죽게 되는 이상, 이길 수밖에 없다. 라우렌츠에게는 그렇게 모든 것을 털어낸 힘이 있었다.

하지만 그런 것으로 어떻게 해볼 만한 실력 차이가 아니었다.

한 바퀴 돌아서 돌진을 흘렸다. 공격이 빗나가자 라우렌츠가 미처 멈추지 못하고 꼴사납게 바닥에 쓰러졌다. 그리고 통증에 몸을 웅크렸지만, 곧바로 자신이 진검승부를 벌이고 있다는 걸 떠올리고는 검을 주워 나를 향해 휘둘렀다.

그렇게 빈틈을 보이던 동안, 나는 움직이지 않았다.

레오라면 그럴 것이기 때문이다. 일반적인 전투라면 모를까, 지금은 결투 중이다. 정정당당하게 싸워야 한다.

"허억, 허억……, 으, 으, 으아아아아아아!!"

숨막히는 긴장감을 견디지 못하고 라우렌츠가 다시 돌진해 왔다. 하지만 좀 전에 빗나갔기 때문인지, 기세가 그렇게까지 강하진 않았다.

기량도 부족하고 기세도 없는 공격 따위는 레오에게 통하지 않는다.

내지른 검을 끌어들이듯이, 나는 내 검으로 그 검을 위쪽으로 들어올렸다.

그러자 라우렌츠의 손에서 검이 스르륵 빠져나가 공중에 떠올랐다.

그 순간, 라우렌츠의 얼굴에 절망한 기색이 드리웠다.

위쪽으로 솟구친 검을 보며, 라우렌츠가 천천히 무릎을 꿇었다.

검은 라우렌츠를 향해 똑바로 떨어졌고, 그는 그 모습을 보고는 환희하는 표정을 지었다. 하지만, 나는 떨어지던 검을 잡고는 두 손으로 검을 각각 든 채 라우렌츠의 목에 칼끝을 겨누었다.

"더 할 거야?"

"앗……, 저, 전하……, 부, 부디 용서해 주시길……, 나는, 아니, 저는……, 그저 피네 양을 생각했던 것뿐입니다……."

"생각만 했다면 이렇게 되진 않았어. 너는 행동에 나서 버렸다고. 황제 폐하와 황후 폐하까지 끌어들인 이번 일, 누군가의 희생이 없다면 해결되지 않아. 제국 귀족의 긍지가 있다면 황족의 권위를 지키기 위해……, 희생해 줬으면 좋겠는데."

"시, 싫어……, 싫어! 독을 마시게 된다면 차라리!!"

라우렌츠는 그렇게 말하며 내가 들고 있던 검을 향해 뛰어들었다.

하지만 그 행동을 예상하고 있던 나는 몇 발짝 물러나 라우렌츠의 자살을 저지했다.

"거기까지! 체포하라!"

"폐하! 용서해 주십시오! 폐하! 아버님! 아버님! 살려 주세요!"

라우렌츠는 정신이 나간 듯이 아버님과 바이틀링 옹에게 애원했다.

그런 라우렌츠를 보고 아버님이 불쾌하다는 듯이 인상을 찌푸렸다.

"아들을 잘못 키웠구나, 에트문트."

"용서하여 주십시오……, 이렇게 된 이상, 저도 살아갈 수가 없습니다. 부디 제게도 제독주를."

바이틀링 옹이 그렇게 말하며 스스로 독을 청했다.

어째서 이런 사람의 아들이 이렇게 되어버린 걸까.

교육이 서툴렀던 것은 아닐 텐데. 장녀는 황태자비가 되었고, 차녀는 근위기사단장의 자리까지 올라섰다. 부모만의 책임을 묻기에는 너무 가혹할 것이다.

그렇게 생각하고 있자니 아버님이 고개를 저었다.

"아니 된다. 이번 책임을 지고 다음 바이틀링 후작을 확실하게 키우거라. 그때까지 네 목숨은 내가 맡아두마."

"폐하……."

"다들 물러가거라. 이번 건은 이것으로 끝내도록 하겠다. 이 녀석들은 체포해 두거라. 알겠나? 절대로 자살하게 두지 마라."

아버님은 그렇게 말한 다음, 옥좌에서 일어나 밖으로 나갔다.

남아있던 프란츠가 뒤처리를 시작하며 척척 지시를 내렸다.

그동안에 황후는 떠났고, 어머님도 떠났다.

남은 것은 나와 테레제, 그리고 바이틀링 옹이었다.

"……당신을 원망하는 건 잘못이겠지. 레오나르트."

"원망하셔도 상관없습니다."

"아니야……, 기회를 준 것만으로도 고마워……, 당신이야말로 나를 질책해야겠지? 어리석은 동생을 살리기 위해서 움직였던 나를……."

"질책 같은 건 안 합니다. 누군가를 살리려 하는 건 분명히 고귀한 행동일 테니까요. 하지만……, 형수님께서는 방법을 잘못 선택하셨습니다. 그런 방법으로는……, 그들을 구해줄 수가 없었던 겁니다."

테제레는 계속 동궁에 틀어박혀 있었다.

주위 정보 같은 게 전혀 없는 와중에 기댈 수 있는 사람이 황후뿐이었을 것이다.

어쩔 수 없는 일일지도 모른다. 이 사람은 황태자를 잃었을 때 세상을 등진 사람이 되었다.

하지만 그렇게 세상을 등진 사람도 가족을 저버릴 순 없었을 것이다.

"바이틀링 옹. 일어서실 수 있으신지요?"

"……한동안 이대로 내버려 두셨으면 합니다. ……어리석긴 했

습니다, 추태도 보였습니다……, 그래도 그 녀석은 제 아들이었
습니다…….”

“……알겠습니다. 형수님. 바이틀링 옹을 잘 부탁드립니다.”

나는 그렇게 말하고 나서 테레제에게 뒷일을 맡기고는 심판의
방을 나섰다.

무슨 일이 생기게 되면 큰 문제이니 세바스에게 눈짓으로 경계
하라며 지시를 내리자 그가 알겠다는 듯이 자취를 감추었다. 이
제 그 두 사람이 엉뚱한 마음을 품더라도 세바스가 막을 것이다.

그런 다음, 나는 내 방으로 돌아왔다.

분명히 피네가 거기에 있을 거라 생각하면서.

“…….”

“어서 오세요. 아르 님.”

피네가 그렇게 말하며 나를 맞이해 주었다.

그런 피네에게 나는 아무런 말도 하지 못하고 서 있기만 했다.

“아르 님?”

“……미안해.”

“어째서 아르 님께서 사과하시는 건가요?”

“……결국, 라우렌츠 일행은 죽게 되었어. 살릴 방법은 있었지.
하지만……, 네가 슬퍼할 것을 알면서도 나는 그 방법을 선택하
지 못했어.”

나는 그렇게 말하며 한 발짝 앞으로 내디뎠다.

하지만, 그 순간. 모방의 마법이 풀렸다.

그리고 부작용이 억지로 발돋움을 한 모방자를 덮쳤다.

"크윽……."

"아르 님?!"

나는 머리를 감싸며 제자리에 무릎을 꿇었다.

두통이 심해졌고, 시야가 일그러졌다. 몸의 감각도 흐릿하다.

이것이 부작용이다. 원래 할 수 없는 움직임을 해낸 대가로 인해 뇌에 부하가 걸려서 강렬한 두통이 생긴다. 그리고 일시적으로 다른 사람이 되었던 탓에 몸의 감각도 이상해지게 된다.

손을 움직이려 하고 있는데, 제대로 움직일 수가 없다. 레오의 감각과 내 감각. 그 두 가지가 뒤섞여서 몸이 혼란스러워하고 있는 것이다.

일어나지도 못하게 된 나는 피네에게 부축을 받으며 겨우 소파가 있는 곳에 도착한 다음, 곧바로 쓰러졌다. 그 기세로 인해 피네에게 몸을 기대는 형태가 되었지만, 마음대로 움직일 수가 없어서 자세를 바로잡지를 못했다.

"허억, 허억……, 이래서 쓰고 싶지 않았는데 말이야……."

"마법의 부작용인가요……?"

"그래……, 두통이 이틀이나 지속되고……, 감각이 어긋난 증상은 더 오래 가. 몇 분 동안 효과를 얻는 것치고는 손해가 너무 크니까 금지된 수단으로 여기고 있었는데……."

"그럴 수가……."

"어쩔 수 없었어. 끝까지 레오 행세를 할 수밖에 없었고……,

패배하면 '지금'을 잃게 되니까."

나는 그렇게 말하며 두통 때문에 인상을 찌푸렸다.

보다 못한 피네가 나를 소파에 눕혔다. 피네의 무릎에 머리를 올려놓은 형태가 되자 두통이 약간 가셨다.

천천히 눈을 뜨자 걱정스러워 보이는 피네의 얼굴이 있었다.

"울지……, 않는구나……?"

"미츠바 님께서……, 울어선 안 된다고 하셔서요."

"어머님이……?"

"열심히 하고 온 남자를 맞이할 때, 여자가 울어서는 안 된다고, 미소로 맞이해 주는 게 예의라고 가르쳐 주셨어요……."

피네는 약간 촉촉해진 눈을 보이며 나를 향해 방긋 웃었다.

역시 우리 어머님이다. 좋은 말씀을 하시네.

맞는 말이다. 우는 표정보다는 미소를 보고 싶다.

"……용서해 줘. 나는 내 억지를 밀어붙였어. 네가 슬퍼하지 않게, 그러면서도 이런저런 것들을 잘 피해 나갈 자신이 있었는데, 그래도 네 곁을 떠나는 것만은……, 받아들일 수가 없었어."

"그러셨군요……, 안심해 주세요. 제가 당신 곁을 떠날 일은 없어요. 어디에 가시든 따라갈게요. 저는 제가 원해서 여기에 있는 거예요. 누가 뭐라 하든, 당신 곁이 제가 있을 곳이에요."

"그렇구나……, 그거 다행이네. 그렇다면 안심이야……, 미움을 사면 어떻게 해야 하나, 조금 걱정이었거든……."

나는 쓴웃음을 지으며 눈을 감았다.

몸이 잠을 원하고 있다. 두통도 심하니 이대로 잠들어 버리고
싶다.

"피네……."

"네?"

"레오인 척하고 있으니까…… 그 녀석이 돌아올 때까지는 레오
로 대해줘……."

"알겠습니다. 그럼 편히 주무세요, 레오 님. 뒷일은 제게 맡기
시고요."

피네가 그렇게 말하며 내 머리를 부드럽게 쓰다듬었다. 그럴
때마다 두통이 가셨다.

나는 안심하고 잠에 빠져들었다.

내가 있을 곳도 분명히 여기일 거라 생각하면서.

⇒ **제3장 수사**

1

"말씀하셨던 신체 강화 마도 부적입니다."

결투로부터 닷새가 지났을 무렵.

내 방에서 세바스가 책상 위에 부적 한 장을 내려놓았다.

한가운데에는 작지만 질 좋은 보옥이 달려 있었다.

오래된 물건이고, 알만한 사람이 보면 귀중한 물건이라는 사실을 눈치챌 것이다. 하지만, 한가운데에 있는 자그마한 보옥은 이미 빛이 바랜 상태다. 이런 마도 부적은 보통 소모품이다. 한가운데 달린 보옥에 담긴 마력을 써버리면 그냥 종이에 불과하다.

지금 같은 시대에는 이렇게 질 좋은 보옥을 소모품으로 사용하는 건 있을 수 없는 일이다.

이건 지금보다 마법이 발달했고, 보옥도 풍부했던 고대 마법 전성기 때 물건이다.

"미안해. 수고를 끼쳤네."

"아뇨, 구스타프 폐하의 방에 있던 물건을 소비했을 뿐이니까요. 폐하께서는 귀중한 콜렉션을 효과적으로 활용하지 않는다며 화를 내셨습니다만."

"상관없어. 내가 이걸 썼다는 것처럼 보여주기 위해서는 이미 사용한 상태여야 하니까. 애초에 할아버지는 보관해 두기만 하고 쓰질 못하잖아. 도구라는 건 쓰기 위해 존재하는 거라고. 만든 사람도 써주는 게 더 기쁠 테고."

"그런 말씀은 구스타프 폐하께 직접 하셔야겠지요."

"잔소리는 사양하겠어."

나는 인상을 찌푸리며 마도 부적 쪽으로 손을 뻗었다.

하지만 손이 한 번 빗나가서 그로 인해 혀를 차며 손을 조금 더 뻗었고, 이번에는 집어드는 데 성공했다.

"아직 감각이 어긋난 상태십니까?"

"예전에는 1주일이었어. 이번에는 얼마나 가려나……."

"뼈아픈 지출이었군요."

"정말 그렇다니까. 젊은 귀족들의 폭주를 막느라 돈을 뿌렸고, 레오와 뒤바뀐다는 비장의 수도 드러냈고, 골치 아픈 부작용 때문에 고생하게 되었다고. 용케도 그런 짓을 저질러 주셨단 말이지, 호르츠바트 공작 가문 녀석들."

"이번에는 양쪽 다 타격을 입고 끝난 결과라고 해야겠지요. 그쪽은 이번 건을 통해 많은 귀족들에게 빚을 지울 생각이었겠지만, 오히려 적을 늘렸다고 해야 할 겁니다."

"적을 만든 건 우리도 마찬가지야. 아들과 친척을 잃었으니 호의적인 반응을 기대할 순 없겠지. 에리크와 싸울 때 갑자기 끼어들어도 곤란하니 배제한 게 잘못된 선택은 아니었지만……, 사람이 죽으면 원한이 생기니까."

"우리가 할 수 있는 것들은 전부 했습니다. 그쪽의 폭주로 인해 발생한 사건인 이상, 우리가 어떻게 해볼 수는 없겠지요. 그리고 이번 건으로 인해 레오나르트 님에 대한 평가를 바꾼 귀족도 많습니다. 그런 점을 고려하면 안 좋은 결과만은 아닐 겁니다."

세바스가 한 말을 듣고 나는 고개를 몇 번 끄덕였다.

그렇다. 안 좋은 결과만은 아니다. 하지만, 솔직히 말하자면 우리보다 격이 낮은 상대를 박살 내는 데 애를 너무 많이 먹었다.

"문제가 산더미처럼 쌓였어. 레오는 그렇다 치더라도 에르나는 이번 일 때문에 내게 의문을 품을 거야."

"골치가 아파질 것 같은 예감이 드는군요."

"항상 그랬지만 말이지."

나는 한숨을 쉬었지만, 세바스는 여전히 미소를 짓고 있었다.

뭐가 그렇게 즐겁냐고 노려보았는데도 세바스는 미소를 무너뜨리지 않았다.

"남의 불행이 그렇게 기뻐?"

"무슨 그런 말씀을. 그저 아르노르트 님께서도 성장하신 모양이라고 생각했을 뿐입니다."

"성장? 내가?"

"네, 당신은 귀찮은 걸 싫어하시지요. 누군가와 맞붙는 것에서 의의를 찾지 못했고, 맞붙으면서까지 지키고 싶을 정도로 소중한 것도 별로 없었습니다. 이번에는 그런 당신이 귀찮아질 것을 각오하고 맞붙으셨습니다. 저는 전부 끝난 뒤에 '그러지 말걸 그랬다'는 말씀을 꺼내실 줄 알았습니다만, 그러시지도 않았지요. 귀잖은 것보다는 피네 님의 곁에 있는 게 더 중요하다는 걸 자각하셨기 때문일 겁니다. 바람직한 거라 생각합니다. '소중한 것'이 늘어나는 건 말이지요."

소중한 것이 적은 게 움직이기 더 쉽다.

고집을 부리지 않는 게 더 편하다.

그런 태도로 살아왔다. 바보 취급당하더라도 실제로 해를 끼치지 않는다면 내버려 두었다. 긍지 같은 것을 따지면서 맞붙는 게 귀찮았기 때문이다.

이번에도 적당히 흘려 넘길 수 있었다. 어째서 흘려 넘기지 않았을까.

피네 곁을 떠나는 게 싫었으니까. 그리고 피네의 평온이 무너질 테니까.

"······소중한 것이 늘어나는 게 성장인가?"

"성장이지요. 혼자 움직이는 건 편합니다만, 소중한 것이 늘어나면 인생이 풍요로워지고, 인간으로서 성장할 수 있습니다. 제가 그랬지요."

"사신으로서 살아가던 무렵보다 찌꺼기 황자의 집사로 지내는 게 성장한 거야?"

"네, 자신있게 말할 수 있습니다. 사람은 귀찮은 일을 떠안으며 성장하는 법입니다. 그러니 아르노르트 님께서는 솔선해서 귀찮은 일을 향해 돌격해 주셨으면 합니다."

"거절하겠어. 그런 인생은 사양이야."

다채로운 인생에는 흥미가 없다. 내게는 색이 단조롭고 별것 없는 인생이 어울린다.

지금은 인생 중에서 유일하게 찾아와버린 예외다.

"자, 슬슬 가자고. 레오 일행이 돌아올 거야. 마중나간 다음에 마차 안에서 교대할 거다."

"알겠습니다. 이미 지크 공이 뒤바뀐 이야기에 대해 알려주러 갔으니 문제는 없을 겁니다."

"그렇다면 좋겠는데 말이지……."

나는 그렇게 말하며 일어섰다.

감각이 어긋난 탓에 그런 사소한 동작만으로도 위화감이 들었지만, 그건 참을 수밖에 없다.

■ ■ ■

"이거 참 뜻밖의 인물을 데리고 왔네."

제도 정문까지 마중 나가서 레오 일행이 타고 있던 마차에 올라 타보니 그곳에는 에르나와 레오 말고도 눈매가 사나운 꼬마가 있었다.

빈프리트 트랄레스.

수새 같은 느낌인 레오의 소꿉친구다. 나와도 관계가 있긴 했지만, 소꿉친구라고 할 정도로 친하진 않았다.

그런 빈이 팔짱을 낀 채 사나운 눈빛으로 나를 보았다.

"여전하구나? 빈."

"그쪽도 변한 게 없는 것 같은데, 아르."

오랜만의 재회. 악수라도 하는 게 예의겠지만, 딱히 그럴 사이
도 아니다.

내 머릿속의 빈은 언제나 공부만 하는 골치 아플 것 같은 녀석
이었고, 빈 머릿속의 나는 항상 놀러 다니기만 하고 덜떨어진 녀
석일 것이다.

하지만 빈은 황태자의 동생 같은 존재로서 장래가 기대되던 남
자다. 다른 나라를 돌아다녔던 것도 나중에 황태자의 유능한 신
하로서 활약하기 위해서였을 테고.

하지만 빈은 자취를 감추었다. 황태자의 죽음을 계기로.

"용케도 찾아냈네?"

"소꿉친구니까."

"사고를 예측당하고 있는데? 군사로서 그래도 되는 거야?"

"도망칠 마음만 먹었다면 도망칠 수 있었어. 소꿉친구라서 붙
잡혀 준 거라고."

빈이 그렇게 분한 듯이 변명했다. 나는 에르나 쪽을 힐끔 보았
다. 아무리 빈이 책략을 구사한다 하더라도 상대가 에르나라면
도망칠 수가 없을 텐데.

"용사로부터 도망칠 방법이 있었나?"

"빈유로부터 도망치는 건 식은죽 먹기지."

"누가 빈유야?! 이 꼬마!"

197

"이렇게 화를 내게 만들어서 냉정하지 못한 상태로 몰아넣으면 된다."

"그렇군."

효과적이긴 하지만, 에르나가 악귀 같은 표정으로 쫓아오게 되기만 할 것 같은데……. 나라면 너무 무서워서 써먹을 수 없는 수법이다. 뭐, 그래도 만약에 대비해서 기억해 두어야겠다.

"그리고 아르. 나는 아직 레오의 군사가 되라는 제안을 받아들이지 않았어."

"호오, 그런데도 제도로 돌아온 거야?"

"아르의 실력을 보고 나서 결정하겠다는데."

"내 실력? 뭘 보려는 건데?"

"이번 귀족과의 마찰을 해결하는 솜씨다. 합격점을 받는다면 레오의 군사를 맡아주마."

빈은 그렇게 건방진 말투로 말했다.

이 녀석은 여전히 거만하네. 그런 주제에 자기평가가 낮아서 골치 아픈 녀석이었는데, 그런 성격은 지금도 여전한 모양이다.

황태자가 발견한 인재라는 점을 고려하면 빈의 재능은 확실하다.

애초에 황태자는 그 시점에서 인재가 부족하지 않았다. 일부러 인재를 발굴할 필요가 없었는데도 이것저것 손을 써서 빈에게 공부를 시켰다.

마음에 들었다는 이유도 있겠지만, 그건 빈의 재능까지 포함해서 생각해야 한다.

　그런 빈이 보기에 만족스러울지 어떨지.

　"합격점 미만이라면 어떻게 할 건데?"

　"다시 어디론가 숨을 뿐이지."

　"그러서? 그거 곤란하게 됐네."

　"자신이 없나?"

　"할 수 있는 건 했는데, 만점과는 거리가 멀지. 자세한 내용은
세바스에게 듣고."

　제도에 이제 막 도착한 세 사람은 소동의 자세한 내용을 알지
못할 것이다.

　내가 설명해도 되겠지만, 세바스가 더 객관적으로 설명할 수
있을 것이다.

　"조금 듣긴 했어. 레오인 척하면서 결투를 했다고?"

　"귀가 밝구나."

　"상인이 소문을 내고 다니던데. 바이틀링 후작이 레오에게 결
투를 신청했고, 레오가 쉽사리 이겼다고."

　"맞아. 뭐, 좀 더 복잡하긴 하지만 말이지."

　"……제독주를 쓰게 되었다던데?"

　"그것도 사실이야. 상황이 복잡해진 와중에 내가 제안했어. 미
안하다, 레오. 전부 네가 한 일이 되었거든."

　"그건 상관없어. 아무런 의미도 없이 그런 건 아니잖아?"

　"뭐, 그렇긴 한데……."

나는 빈을 힐끔 보았다. 그 사실에 대해 빈이 어떻게 판단할지 모르겠다. 빈이 나에게 어떤 것을 기대하고 있는지도 모르겠고, 이미 일어나버린 일이라 손을 쓸 방법도 없다.

"하고 싶은 말이 이것저것 있긴 한데, 결투 같은 걸 하고도 몸은 괜찮은 거야?"

"괜찮진 않아. 마도 부적을 써서 몸이 만신창이가 되었거든."

에르나는 내 말을 듣고 한순간 눈썹을 움직였다.

마도 부적을 사용해서 몸에 부하가 걸리는 경우는 드물지 않다. 하지만 마도 부적으로 강화시킬 수 있는 한도는 대충 정해져 있다.

꽤 고도의 마도 부적을 사용하더라도 내가 레오처럼 움직이는 건 불가능하다. 에르나라면 그 사실을 아마 눈치챌 것이다.

고대 마법을 기반으로 오래 전에 만든 마도 부적이라고 하면서 얼버무릴 생각이지만, 에르나가 어디까지 믿을지는 의문이다.

하지만 지금 추궁하지 않는 걸 보니 깊게 파고들 생각은 없는 것 같다.

다행이긴 하지만, 의혹을 품었다는 건 틀림없다.

공표하는 것과 들키는 것은 천지 차이다.

예전에 세바스가 했던 말이 떠올랐다. 슬슬 시기가 다가오고 있는 건지도 모르겠다. 나는 그렇게 생각하며 흔들리는 마차를 타고 갔다.

2

"이상입니다."

세바스가 꼼꼼한 설명을 마쳤다.

방에는 빈과 나, 그리고 에르나와 레오도 있었다.

에르나와 레오는 표정이 어두웠지만, 빈은 냉정하게 세바스가 한 이야기를 메모하고 있었다.

그리고 빈은 정리한 메모를 훑어본 다음, 고개를 한 번 끄덕이고 나서.

"완전히 글러먹었는데."

퇴짜를 놓았다.

뭐, 빈이라면 그렇게 말할 거라 예상하고 있었기에, 나는 딱히 놀라지도 않고 물었다.

"참고할 겸, 어디가 글러먹었는지 가르쳐 주겠어?"

"첫 수가 최악이었어. 너를 배제하고 싶어하는 귀족들에게 맞서는 것을 선택했지. 그건 악수다."

부정만 하는 거면 누구나 할 수 있다. 그 이상을 제시할 수 있어야 겨우 군사로서 출발점에 설 수 있다.

물론 빈은 그 출발점을 가볍게 뛰어넘었다.

"나라면 그들이 원하는 대로 창구희 곁에서 떠났을 거다."

"그러면 피네에게 귀족들이 잔뜩 몰려들 텐데?"

"그러라고 내버려 두면 되지. 황족과의 신분 차이도 이해하지

201

못할 정도로 어리석은 자들이라면 조만간 창구희에게도 무례한 짓을 저지를 테고, 동료들끼리도 싸우기 시작했을 거다. 그런 싸움을 무마하고 자신의 가치를 증명하면 귀족들은 입을 다물 수밖에 없지."

"빈, 내가 듣기에는 피네를 미끼로 삼았어야 했다고 말하는 것 같은데?"

에르나가 날카로운 눈빛으로 빈을 보았다.

빈은 그런 에르나의 눈빛을 아무렇지도 않게 받아넘기며 대답했다.

"맞아. 그런 의도로 말했으니까."

"최악이야……, 피네는 도구가 아니거든?"

"그러면 아르가 나섰어야 했나? 미리 말해 두지만, 사태가 이렇게까지 커진 건 아르가 황족이기 때문이잖아? 첫 수부터 창구희를 미끼로 내세우고 귀족들이 실책을 저지를 때까지 기다렸다면 혼란을 최소한으로 억누를 수 있었을 거다."

"상대방의 실책을 기다리다니, 너무 소극적이잖아. 만약에 상대가 아무런 실례도 저지르지 않고 피네를 대했다면? 배제할 이유가 없어져서 아르가 피네 곁에 머무르지 못하게 되기만 하잖아? 그렇게 되면 피네의 입장이 위태로워져."

"레오가 곁에 있으면 되겠지. 그렇게 하기만 해도 창구희가 레오의 진영 소속이라는 사실을 증명할 수 있어. 끈질긴 귀족들을 물릴 수도 있을 테고, 정 뭐하면 레오와 약혼했다고 발표해도 되겠지."

빈의 책략을 듣고 에르나가 눈살을 찌푸렸다.

다른 사람의 감정을 고려하지 않는 군사다운 책략이다. 효율만 고려하면 그게 제일 나은 방법이었을 것이다.

약소했을 때와는 달리, 지금은 규모가 나름대로 꽤 큰 세력을 유지하고 있다. 피네의 인기를 통해 협력자를 얻을 이유도 그리 크지 않은 상황이다. 약혼을 발표하면 젊은 귀족들의 반감을 사긴 하겠지만, 진짜로 피네의 신자라고 할 만한 사람들은 아군이 되어줄 것이다.

"……예전부터 생각했던 건데, 빈. 너, 그러다 인기 없어질 걸?"

"여자의 인기가 무슨 소용인데? 쓸데없는 것들을 최대한 배제하고 최선의 선택을 하면 분명히 내 책략에 도달할 거다. 너라면, 알고 있었을 텐데? 항상 네가 하던 짓이라고, 아르. 어째서 주위 사람들에게 전부 떠넘기지 않았지?"

"그러게……, 생각을 안 해본 건 아니야. 하지만, 곧바로 마음속에서 기각했어."

"이유는?"

"……백구 연합의 귀족들이 일제히 피네에게 몰려들면, 피네는 분명히 무서워하게 될 거야. 아무 일도 없을지도 모르지. 하지만, 무슨 일이 생길 가능성도 마찬가지로 존재해. 그런 가능성이 있다는 건 피네를 위험에 처하게 만든다는 뜻이야. 크라이네르트 공작이 그녀를 부탁했다고. 그 방법은 못 써먹는다 판단했어."

피네라는 사람을 무시하는 방법을 동원하면, 크라이네르트 공작은 분명히 잠자코 있지 않을 것이다. 아마 억지로라도 피네를 데리고 영지로 돌아갈 것이다.

그렇게 되면 우리 진영은 큰 타격을 입게 된다.

"뭐, 그건 이유 중 절반이지만 말이지."

"나머지 절반은 뭔데?"

"아군이 된다는 확실한 약속도 하지 않고 그저 자신의 소원으로만 움직이는 귀족들에게 어째서 내가 맞춰줘야 하지? 내 '지금'을 맞바꾸기에는 너무 싸구려야. 그래서 맞서는 걸 선택했지."

분명히 후회할 거라 생각했다. 피네 곁을 떠나서 피네에게 몰려드는 남자들에게 미끼로 내준다면, 나는 나 자신을 용서할 수가 없다.

제위 쟁탈전에 여린 마음은 필요없다. 철저하게 냉철해져야 할 상황도 있을 것이다.

하지만, 양보하지 못하는 것도 있다.

"빈……, 나도 그렇고, 레오도 다른 후보자들과는 달라. 제위 쟁탈전에서 이기겠다고 결심하긴 했어. 하지만……, 양보하지 못하는 부분까지 양보하면서 쟁취한 옥좌에는 아무런 가치도 없을 거야."

"맞아. 소중한 것을 지키기 위해 옥좌에 도전하고 있는데 그걸 버리는 건 주객전도지."

"뭐……, 희생자가 나온 건 실수라고 생각해. 상대방이 내가 상상했던 것보다 더 바보였어. 설마 아버님 앞에서 결투를 신청할 줄은 몰랐지. 만약에 그러더라도 합의 조약이 끝난 뒤일 거라 생각했거든. 그래서 도발하는 시늉도 했고. 상대방이 합의가 성립된 뒤에 결투를 신청했는데 패배하면 어떻게든 요리할 수 있으니까. 그게 오히려 발목을 잡은 건 내 실수야."

나와 레오의 말을 듣고 빈이 불쾌하다는 듯이 턱을 괴었다.

생각에 잠겼을 때의 버릇이다. 어렸을 때부터 눈매가 사나웠던 빈은 이런 버릇 때문에 주위 사람들이 무서운 녀석이라고 생각했다.

뭐, 무서운 녀석인 건 맞긴 하지만, 그와 동시에 빈은 총명하다.

"어설픈 녀석들."

잠시 입을 다물고 있던 빈이 그제야 중얼거린 말은 그 한마디였다.

그 말을 듣고 에르나가 이제 참지 못하겠다는 듯이 일어서서 빈을 손가락으로 가리켰다.

"아까부터 불평만 하고 있네! 대체 네가 뭔데!"

"군사님이시지."

"아직 군사가 아니잖아?!"

"방금 되었어."

"뭐어? 한참을 불평해 놓고는 군사가 되겠다고? 뭘 그렇게 멋대로 지껄이고 있는 거야?"

에르나가 빈을 노려보며 싸늘한 목소리로 말했다.

무섭다, 무서워. 마음이 약한 녀석이었다면 실신했을 것이다. 하지만 상대는 빈이다. 그 정도 협박은 통하지 않는다.

"에리크 황자의 세력은 강대하고, 에리크 황자 자신도 유능해. 그에 비해 어설픈 쌍둥이 황자만으로는 승산이 없을 것 같거든. 내가 협력해 주는 게 딱 좋을 거야."

"잘난 척하기는……, 애초에 처음에 말했잖아! 아르의 실력을 보겠다고! 아르가 한 일에 불만이 있다면 인정하지 않았다는 뜻 아니야?!"

"이야기를 끝까지 들어라, 빈유 용사. 가슴에 영양소가 가지 않았다면 적어도 머리로 보내라고."

"……죽고 싶은 거구나?"

에르나가 그렇게 말한 다음, 분노 때문에 머리가 이상해졌는지 슬쩍 웃으며 검을 뽑으려 했다.

레오가 그녀를 말리며 빈에게 물었다.

"참아, 참아……, 빈. 나도 신경 쓰이는데. 형이 한 행동 중에서 봐줄 만한 점은 어떤 거였어?"

"……마지막 국면. 황후 폐하가 나온 시점에서 상황은 아르의 손에서 완전히 떠났지. 하지만, 자신의 어머니에게 도움을 받았다고는 해도 주도권을 되찾아서 적당히 마무리 지을 방법을 제시했어. 나는 그런 걸 못하거든. 재상조차 곤란해하던 전개니까."

"그게 너에게 부족한 거야?"

"그래. 상대방이 상상을 뛰어넘었을 때, 애드립으로 상황을 다시 짜는 건 나와 맞지 않아. 이번 같은 경우에는 상대방이 상상했던 것에도 훨씬 못 미치는 바보였지. 그리고 그 바보 때문에 황후 폐하까지 움직여 버렸고. 혼란스러운 상황이었다는 건 이야기만 들어도 알 수 있어. 그런 상황에서 주위 사람들이 납득할 만한 전개를 만들어 낸 건 아르의 수완이야. 평행선을 타고 갔다면 희생은 귀족들만으로 끝나지 않았을 거다."

빈의 분석은 정확하다.

황후가 끈질기게 버텼다면 최악의 경우, 아버님이 권위를 내세워서 억지로 밀어붙이며 귀족들을 처형했을지도 모른다.

그 피해는 여기저기에 불똥을 튀길 가능성도 있었다. 물론 우리에게도.

결투를 받아들였을 때 레오인 척하면서 책임에 대해 언급했는데, 평행선을 타고 갔다면 그 책임을 지게 되었을지도 모른다.

그런 의미로 따지면 내가 그 상황에서 내놓은 제안은 묘수였다고 할 수 있을 것이다. 내가 이런 말을 하기는 좀 그렇지만.

"그렇구나. 형은 재치가 있으니까."

"그 재치도 바람직한 것만은 아니지만 말이야. 아르, 앞으로는 레오와 뒤바뀌는 걸 삼가라."

"나도 알아. 이제 그러지 않는 게 좋겠지."

"들킨 수법이라 써먹지 못한다는 거야?"

"그렇기도 하지만, 그렇게 자주 뒤바뀌면 의심이 생겨날 거다. 의심은 신뢰와 충성을 흐리게 만드니까. 그럼에도 불구하고 그런 수법을 써먹었던 이유는 어디까지나 너 자신은 무능하고 레오는 뭐든지 해낼 수 있는 황자라는 인식을 다른 사람들에게 심어 주고 싶었기 때문이겠지?"

"얕보이는 게 움직이기 더 편하니까."

"뭐, 그걸 원한다면 그런 태도를 취해도 된다. 하지만 이제 무리해서 레오의 평판을 끌어올릴 필요는 없어. 그 역할은 내가 맡아주마."

빈은 그렇게 말하며 일어섰다.

그리고 나와 레오를 번갈아가며 보고는 조용히 말했다.

"이 무릎은……, 그렇게까지 싸구려가 아니야."

"물론이지. 잘 알고 있어."

"그러냐……, 언젠가 황태자 빌헬름 같은 사람이 될 거라고 약속할 수 있나? 그 사람 밑에서 일하는 게 내 꿈이었거든."

"부족한 몸이지만, 노력하겠다는 건 맹세할 수 있어."

그 말을 듣고 빈이 조용히 무릎을 꿇었다.

그리고.

"빈프리트 트랄레스가 레오나르트 전하를 섬기기로 맹세합니다. 지금부터는 당신의 군사로서 모든 것을 걸겠습니다. 당신의 왕도를 제 지혜로 받쳐드리도록 하지요."

"응, 기대할게. 내 군사, 빈."

그렇게 레오는 염원하던 군사를 손에 넣었다.

3

빈이 레오의 신하가 되자 내게 여러모로 여유가 생겼다.

빈은 군사가 되자마자 이번 소동을 뒤에서 조종했던 게 자신이었다는 소문을 퍼뜨렸다. 레오에게 군사가 있었다는 정보와 그 군사가 레오의 약점을 메꿔줄 수 있다는 정보. 그 두 가지를 그 소문으로 퍼뜨린 것이다.

지금까지 내가 맡고 있었던 레오의 평판 조정이라는 부분을 빈이 대신 맡아주었다.

나 같은 경우에는 나를 낮춤으로써 레오의 평판을 끌어올렸지만, 빈이라면 그런 수고를 들이지 않아도 된다. 적임이라 할 수 있을 것이다.

그런 와중에 에리크와 레오, 그리고 나는 아버님께 불려갔다.

에리크와 레오를 부른 이유는 이해가 된다. 행사에서 접대를 맡을 나라를 정할 생각일 것이다.

하지만 나를 부른 이유는 뭐지?

접대 담당이라면 오리히메가 나를 지명했을 텐데. 지명했다는 건 거의 확정이나 다름없는 법이다. 일부러 그 지명을 기각하면 평판이 떨어지기만 할 테고, 제국은 오리히메에게 세게 나가지 못하니까.

나는 그런 생각을 하며 마지막으로 옥좌의 방에 들어갔다.

이미 아버님과 프란츠, 그리고 에리크와 레오가 있었다.

"늦었구나. 아르노르트."

"서둘러 온다고 왔습니다만."

"뛰어오거라."

"피곤해서 대답을 못하게 되더라도 상관이 없다면 그렇게 하겠지만요."

내 대답을 듣고 아버님이 눈살을 찌푸렸지만, 옆에서 프란츠가 헛기침을 했다.

지금은 그런 이야기를 할 때가 아니라는 뜻일 것이다.

"흥……, 에리크, 그리고 레오나르트. 너희가 접대를 맡을 나라를 정하려 한다. 원하는 곳이 있느냐?"

"아버님의 명이라면 어떤 나라든 상관없습니다."

레오가 먼저 무난하게 대답했다.

그러자 에리크는 잠깐 뜸을 들이다가 대답했다.

"저는 황국을 희망합니다."

"호오? 이유가 뭐지?"

"외무 대신으로서 몇 번이나 갔었던 나라이고, 레오나르트보다는 제가 반감을 더 사지 않을 것 같습니다."

"레오나르트는 안 되는 이유가 뭐냐?"

"11년 전, 드워프 건으로 황국과 제국이 마찰을 일으켰습니다. 그때 레오나르트의 어머니인 미츠바 공이 폐하를 만났다는 건 상대방도 알고 있는 사실입니다. 그 건의 자세한 내용까지는 모르고 있겠습니다만."

에리크가 그렇게 말하고는 나를 힐끔 보았다. 네가 일으킨 문제 때문이라고 하는 것 같았지만, 이미 과거다. 그렇게 말해봤자 아무런 소용도 없기 때문에 나는 어깨를 으쓱이며 흘려 넘겼다.

그 모습을 본 에리크는 살짝 한숨을 쉬고는 계속 말했다.

"그 건으로 인해 미츠바 공에게 좋지 않은 감정을 지닌 자들도 많을 겁니다. 그러니 제가 황국의 요인을 접대하는 것이 무난하지 않을까 합니다."

"흐음. 어떻게 생각하나? 프란츠."

"에리크 전하의 말씀이 맞는 것 같습니다. 쓸데없는 문제를 일으킬 만큼 한가하지 않으니까요."

"그렇군. 그럼 황국은 에리크에게 맡기마. 그래도 괜찮겠지? 레오나르트."

"상관없습니다."

레오는 그렇게 말하며 고개를 숙였다.

이렇게 될 줄은 알고 있었다. 그래서 레오가 곧바로 무난하게 대답한 것이다. 황국과 왕국, 두 나라를 비교하면 제국 내부에서의 평가는 황국 쪽이 더 우세하다. 그런 나라의 접대를 맡게 되면 유리하긴 하겠지만, 에리크는 황국에 지인도 많다. 아무리 애를 써도 이기지 못할 거라면 싸우지 않는 게 낫다.

어차피 양자택일이다. 남은 쪽이 레오에게 굴러들어 온다면 나쁜 결과는 아니다.

"그렇다면 왕국의 접대 담당자는 레오나르트로군."

"그러시는 게 좋을 것 같습니다. 왕국의 대표도 레오나르트 전하나 아르노르트 전하를 희망하였으니까요."

"저하고 레오를요?"

신경 쓰이는 이야기가 나왔기에 나는 무심코 반응을 보였다. 왕국은 11년 전에 제국과 한판 붙은 적이 있다. 그 이후로 조금씩 교류를 다져왔다. 이쪽에서도 사람을 파견했고, 그쪽에서도 제도로 사람을 보냈다. 그런 사람들 중 한 명일 텐데, 나하고 레오가 그렇게까지 사이좋게 지냈던 사람이 있었나?

한순간, 기억의 바다에 잠겼다. 하지만 내가 그 사람을 떠올리기도 전에 레오가 말했다.

"설마……, '성녀'님께서 오시는 겁니까?"

"정답이다. 용케도 금방 그 이름을 말하는구나?"

"……또렷하게 기억하고 있으니까요. 머물렀던 건 이틀뿐이었습니다만."

"그래. 상대방도 그때를 기억하고 있었던 모양이라 말이다. 아르노르트는 잊고 있었던 것 같구나."

"이야기를 들으니 생각이 납니다."

그렇다. 5년 전. 당시에 열세 살이었던 우리는 왕국에서 온 소녀와 이틀 동안 함께 지냈다.

한 살 연상이었던 그 소녀는 '성녀'라 불리고 있었다.

지금으로부터 7년 전. 당시 열두 살이었던 그 소녀는 전설의 지팡이를 들고 여러 나라와 전쟁 중이던 페를랑 왕국을 구해 냈다.

제국과의 국경에서도 충돌이 이어지고 있었기에 대사로서 그 성녀가 제국에 왔다.

사이좋게 지내게 된 것은 우연이었다. 성녀가 우리 어머님과 이야기를 나누고 있었을 때 우리가 어머님을 만나러 갔었으니까.

그 이틀 동안, 즐거웠던 기억이 있다. 그렇구나, 그쪽에서도 기억하고 있었구나.

"구국의 성녀 레티시아. 그녀가 왕국의 대표라는 겁니까."

"그렇다. 왕국으로서는 제국과 조약이라도 체결하고 싶은 모양이다. 그녀가 나온다는 건 그런 뜻이니 말이다."

"저번에도 국경에서 긴장을 해소시켰던 게 그녀니까요. 접대 담당자가 정치적인 판단을 내릴 필요가 있을지도 모르겠습니다."

"온 힘을 다하겠습니다!"

레오가 평소와는 달리 의욕이 가득 찬 표정으로 그렇게 말했다.

나는 그 얼굴을 보고 살짝 한숨을 쉬며 내 용건을 해결하기로 했다.

"그래서요? 어째서 저까지 부르신 겁니까?"

"사실……, 선희님께서 좀처럼 제도로 돌아오지 않으십니다."

"북부에 있는 거 아니었나요?"

"처음에는 그랬습니다만, 저희가 마련해 드린 마차로 제국 관광을 하고 계신 모양입니다."

"너무 자유롭잖아……."

돌아오지 않는다 싶었더니, 그런 걸 하고 있었나. 나는 북부가 마음에 든 줄 알았는데.

"네가 편지를 쓰거라. 더 이상 자유롭게 돌아다니면 곤란하다."

"네에……, 알겠습니다."

나는 어이없어하면서 그 이야기를 받아들였다. 오리히메니까 부르면 올 것이다.

"부탁하마. 그리고 레오나르트. 성녀 공은 이미 제국으로 오고 있다고 한다. 왕국의 제1왕자와 함께 말이다."

"꽤 일찍 출발했군요?"

"용건은 대충 짐작이 된다. 레오나르트는 성녀 공을 접대하는 것만 생각하거라. 이상이다."

아버님은 짤막하게 정리하고는 옥좌에서 일어섰다.

왕국의 제1왕자는 잔드라에게 구혼하고 있다. 그 건에 대해 이야기를 정리할 셈일 것이다.

아버님을 보낸 다음, 나와 레오도 옥좌의 방을 나섰다.

"왕국의 제1왕자는 다른 용건만을 위해 제국에 오는 걸까?"

"그런 거 아니겠어? 대표는 성녀님이겠지. 이야기를 들어보니."

어지간히 잔드라를 부인으로 삼고 싶은 모양이다. 뭔가 꿍꿍이가 있을 것 같긴 하지만, 힌트가 너무 적어도 예상이 안 된다.

"경계하는 게 좋을지도 모르겠네."

"적당히 해. 너무 무서운 표정을 지으면 성녀님께 미움을 사게 될 걸?"

"그, 그런 표정은 안 지었어……."

레오가 그렇게 말하며 창문을 보고는 자신의 얼굴을 확인했다. 나는 그런 레오를 보고 쓴웃음을 지으며 중얼거렸다.

"너는 어떻게 성녀님을 맞이할지만 생각하라고. 아무튼——."

네 첫사랑 상대니까.

내가 싱글거리며 그렇게 말하자 레오가 얼굴을 새빨갛게 물들이고는 입을 다물었다.

4

"이제 다 됐고."

오리히메에게 보낼 편지를 다 쓴 나는 그것을 책상 옆에 두고 기지개를 살짝 켰다. 해야 할 일은 이제 대충 끝났다.

"다음 일정은 어떻게 하시겠습니까?"

"해야 할 일은 이제 없지?"

세바스는 내 질문을 듣고 고개를 끄덕였다. 레오는 성녀를 맞이할 준비를 하느라 바쁘고, 군사가 된 빈은 레오를 지지하는 귀족들과 이야기를 나누느라 정신이 없다. 지금 내가 해야 할 일은 아무것도 없다. 그렇기 때문에.

"암약할 시간이군."

"드문 일이군요. 문제가 해결된 직후에 움직이시다니."

"지금 조사해 두고 싶은 게 있어."

"소니아 공의 아버님이 말씀하셨던 것 말입니까?"

"그래. 이번 제위 쟁탈전은 이상하다. 그런 말을 들었으니 조사를 해봐야지."

"신경 쓰이는 말이긴 합니다. 그런데 일부러 행사를 앞두고 해야 할 일입니까?"

"행사를 앞두고 있으니 해야 하는 거야. 제국을 혼란스럽게 만들어서 이익을 얻게 되는 자들은 주변 나라들이지. 그곳에서 대표들이 모일 테고. 만약에 정말로 이상이 있다면 행사도 무사히 끝나진 않을 거야."

"그렇군요. 그러면 어디부터 손을 대실 생각이신지?"

"제일 먼저 움직인 녀석부터 조사하겠어."

제일 먼저 움직인 녀석. 제위 쟁탈전은 3년 동안 이어져 왔지만, 기본적으로는 삼파전 같은 세력 다툼이었다. 움직임이 생기기 시작한 건 레오가 제4세력으로 나선 직후. 하지만, 움직인 건 레오가 아니다.

제5황자 카를로스다.

"제위를 노린 폭주. 영웅이 되고 싶다는 소원에 사로잡힌 바보. 그렇게 생각했는데, 진지하게 이야기를 들어볼까. 뒤에서 조종한 녀석도 있고."

"허나, 카를로스 황자가 어디 있는지는 판명되지 않았습니다."

카를로스는 황제 덕분에 목숨만은 건졌다. 하지만 황제의 영지 중 어딘가에 감금되어 있다. 그곳은 한정된 사람들만 알고 있다. 그러나.

"판명되지 않았더라도 후보는 좁혀졌잖아?"

"세 군데 정도 신경 쓰이는 곳이 있습니다. 황제 폐하의 별장을 관리하는 것뿐으로 보기에는 물자의 왕래가 급격합니다."

"그러면 모조리 뒤져볼까."

나는 그렇게 말하고 나서 은빛 가면을 꺼냈다. 제국은 내 앞마당이다. 닥치는대로 찾아보는 것 정도는 식은 죽 먹기나 마찬가지다.

"이곳이 그 세 군데 후보지입니다."

세바스는 지도를 꺼내 세 군데에 동그라미를 쳤다. 나는 그것을 보고 고개를 끄덕인 다음, 실버로 모습을 바꾸었다.

"그러면 다녀오지."

"다녀오십시오."

나는 세바스의 배웅을 받으며 전이했다.

■ ■ ■

우선 첫 번째로 제국 서부에 있는 황제령으로 날아갔다. 황제령이란 황제의 직할지다. 당연하게도 귀족은 특례가 아닌 이상, 거주할 수가 없다.

그곳에 있는 황제의 별장. 원래는 황제나 황족만 쓸 수 있는 그 별장에 왠지 모르겠지만 호위가 꽤 많았다.

"처음부터 당첨인가?"

나는 그렇게 말하며 내 모습을 환술로 보이지 않게끔 한 뒤에
그 별장으로 들어갔다.

호위와 몇 번 스쳐지나간 다음, 나는 베란다를 통해 어떤 방으
로 들어갔다. 그곳에는 침대에서 독서를 하고 있던 카를로스가
있었다.

오른팔은 없고, 하반신은 움직이지 않는다. 그 모습은 정말 비
참했다. 하지만 본인은 독서를 즐기고 있는 것 같았다.

"즐기고 있는 와중에 실례하지."

나는 일부러 말을 걸었다. 그러자 카를로스가 천천히 내 쪽을
보았다. 환술은 카를로스에게만 보이게끔 조정했기에 카를로스
가 나를 보고는 살짝 미소지었다.

"이거 참……, 실버가 내게 무슨 볼일이지?"

부드러운 목소리다. 지금 같은 상황을 비관적으로 생각하는 자
의 목소리가 아니다.

"물어보고 싶은 게 좀 있다."

"할 수 있는 이야기는 전부 아버님께 했는데. 그걸 원하나?"

"그렇다."

"그렇군……, 나는 두 흡혈귀와 거래를 했어. 그런데 그 거래에
는 중개자가 있었지. 항상 얼굴을 가리고 있었기 때문에 정체는
몰라. 하지만 그 사람이 나와 흡혈귀를 연결해 줬고, 동부에서 사
건을 일으킬 계획을 제안했지. 당시의 나는 어떻게 해서든 제위
쟁탈전에 끼어들고 싶었어. 그래서 깊게 생각해 보지도 않고 그

제안을 받아들인 거야."

"……정체도 알지 못하는 상대를 믿었다고?"

"그러게. 나는……, 뛰어난 형제 자매들 사이에서 살아왔어. 황족들 중에서 나만큼 열등감 때문에 괴로워했던 사람은 없을 거야. 나이가 비슷한 사람들에게 뒤처지는 건 그나마 참을 수 있었지. 하지만 연하인 레오나르트가 제위 쟁탈전에 참전했다는 사실을 알게 된 나는 정상적인 판단을 내릴 수가 없었어."

"당신보다 뒤처지는 형제 자매도 있을 텐데? 위쪽만 올려다보았군."

"모르니까 그런 말을 할 수 있는 거야. 나는 알아. 나보다 뒤처지는 황족은 존재하지 않아. 막내 동생조차 나보다 뛰어난 능력을 지니고 있다고. 가장 비슷한 건 제9황자인 헨릭이겠지만, 그도 나보다는 많은 것들을 할 수 있어. 그래서……, 나는 어떤 수를 써서라도 제위 쟁탈전에 참전하고 싶었어. 동화에 나오는 영웅처럼 위기에 처한 곳에 멋지게 나타나서 사태를 해결하고는 내 공으로 삼고 싶었어. 마치 너처럼 말이지."

"나처럼, 말이라. 정말 그런가?"

카를로스가 동경했던 건 결코 SS급 모험가가 아니다. 그 정도는 알 수 있다.

카를로스 앞에 있었던 건 내가 아니니까.

"그래……, 나는 큰형처럼 되고 싶었어. 그 사람 같은 영웅이……."

동화 속에만 나오는 존재라면 포기할 수도 있었을 것이다. 하

219

지만 바로 앞에서 영웅을 보여주니 동경을 멈출 수가 없다. 게다가 그 뒤를 형제자매들이 따라가고 자신 혼자만 남게 된다면.

"하지만, 될 수 없었지. 흡혈귀와 손을 잡고, 동부를 혼란에 빠드리기까지 했는데도 당신은 영웅이 되지 못했어. 큰 희생을 치르기까지 했지. 그런데 지금 내가 보기에 당신은 시원하게 털어 버린 것 같다만?"

"제국은 위대한 영웅을 잃었어. 큰형은 이제 돌아오지 않아. 하지만, 새로운 영웅이 태어났지. 내가 만들어 낸 혼란 속에서 레오나르트는 자신의 진가를 보였어. 마치 내가 동경했던 죽은 황태자처럼. 그래서 나는 만족해. 새로운 영웅이 탄생하는 순간을 맞이할 수 있었으니까."

"자기만족이로군. 당신이 치르게 만든 희생은 크다고."

"자각하고 있어. 그러니 나는 여기서 계속 살 거야. 어리석은 말로를 평생에 걸쳐 증명하도록 하지. 아무리 비난당한다 하더라도 나는 여기에 계속 있을 거야. 그게 내 속죄라고."

"……그런가."

수확은 없다. 그런 줄 알았더니 카를로스 나름대로 마무리를 지은 걸 알게 되었으니 온 보람은 있다.

나는 그렇게 생각하며 카를로스에게 등을 돌렸다. 그러자 카를로스가 말을 걸었다.

"실버."

"뭐지?"

"네가 내게 이야기를 들으러 온 건 제위 쟁탈전에 의문을 품었기 때문이야?"

"그렇다."

"그렇다면 마지막으로 내 견해를 들어줬으면 해. 계속 생각하고 있었거든. 중개자는 내 성격을 잘 알고 있었어. 꿈에 빠져 있고 영웅이 되고 싶어한다. 유혹하면 넘어올 거라는 사실을 알고 있었던 거지. 이건 제국에서도 가까운 사람들만 아는 사실이야. 그리고 그 중개자는 흡혈귀를 완벽하게 컨트롤하고 있었어. 이해가 일치한 게 아니야. 명확한 상하관계가 있었어. 그것을 통해 이끌어낸 내 답은……, 우리 형, 에리크야. 다른 두 사람은 흡혈귀를 마음대로 부릴 수 있다면 다른 방법을 썼겠지. 그렇게 써먹진 않았을 거야. 그런 짓을 할 수 있는 건 에리크뿐이야."

"증거는?"

"동생의 감이야. 실제로 그들이 입을 열지 않았던 건 두려워했기 때문이지. 그렇다면 무엇이 두려울까? 그들 앞에 서 있던 건 너와 에르나 폰 암스베르그야. 이보다 더 두려운 조합은 별로 없겠지. 그럼에도 불구하고 입을 열지 않았던 건 격이 비슷한 두려움을 알고 있었기 때문이겠지. 그렇다면 그런 상대를 움직일 수 있는 건 에리크뿐이야."

"……다른 SS급 모험가와 관련이 있다는 건가?"

"확실한 증거는 없어. 하지만 에리크의 손안에 그 정도의 비장의 수가 있다고 예상해야겠지. 내 견해는 이상이야."

카를로스는 그렇게 말하고는 웃었다. 그 평온한 미소로 배웅을 받으며 나는 그곳을 떠났다.

5

카를로스 곁을 떠난 나는 제국 동부에 있는 요새에 와 있었다. 이 요새는 전략적인 가치가 사라져, 요즘은 주둔지로도 쓰이지 않고 있다.

하지만 지금은 어떤 사람을 위한 감옥으로 이용되고 있다. 그 사람이란 전 남부 공작, 스벤 폰 크류거다.

생포된 크류거는 이곳에서 엄중한 경비하에 감금되어 있다. 틀림없이 사형당하겠지만, 간단히 사형시키기에는 너무나도 거물이었다. 아버님은 몇 번이나 심문을 거듭하며 정보를 끄집어내려 하고 있는 것이다.

나는 그런 크류거가 있는 요새에 잠입했다.

호위들을 환술로 피하며 크류거가 있는 방으로 향했다.

크류거는 널찍한 방에 감금되어 있었다. 하지만 그 생활 자체는 그리 나쁘지 않아보였다.

"공작쯤 되면 중죄를 저질러도 후한 대접을 받는 모양이로군."

"호오? 이거 참 신기한 손님이 오셨어."

모습을 드러낸 나를 보고 크류거가 놀란 낌새를 보였다. 하지만 그 놀라움은 한순간이었다.

크류거는 홍차 세트를 준비하기 시작했다.

"마실 텐가?"

"됐다."

"그거 안타깝군. 좋은 찻잎인데."

크류거는 그렇게 말하며 자신이 마실 홍차를 준비했다. 레오가 한쪽 팔을 잘라내서 불편한 모양인지만, 눈에 띄는 건 겨우 그 정도다. 생활은 지금도 공작 같다.

"신기한가? 내가 사치를 부리고 있는 게."

"그렇지."

"제국에는 많은 귀족들이 있지. 나와 연관되지 않은 귀족이 더 적을 정도야. 내가 입을 열지 않았으면 하는 정보를 잡힌 귀족들이 이렇게 선물을 보내주고 있거든."

"그걸 황제가 용납할 줄은 몰랐는데."

"처음에는 허락해 주지 않았지. 하지만 내가 입을 전혀 열지 않으니 사치를 부리게 하는 방향으로 바꾼 모양이야. 약삭빠른 책략이지. 아마 재상이 제안했을 테고."

사람은 풍요로워지면 마음이 풀어진다. 힘든 환경에서도 입을 열지 않으니 사치를 부리게 하는 방침으로 변경한 건가? 밀어서 안 된다면 당겨봐라인가?

귀족들에게 선물을 보내게 한 이유는 크류거가 사치를 부리는 데 국고 안의 돈을 쓰고 싶지 않았기 때문일 것이다. 선물을 보낸 귀족은 뭔가 숨기고 있다는 사실을 알 수 있다. 나쁜 책략은 아니지만, 본인이 전혀 아랑곳하지 않는 걸 보니 효과는 별로 없을 것 같다.

"여유롭군그래? 반란을 일으켰다가 실패했는데도."

"나는 아직 패배한 게 아니라고. 정보가 필요한 황제는 나를 죽이지 못해. 그리고 잔드라가 하기에 따라서는 내 처우도 바뀔 수 있지. 그때까지 나는 지구전을 벌일 생각이다."

어이가 없을 정도로 끈질기군. 아직도 포기하지 않은 건가? 아버님이 크류거로부터 정보를 끄집어내고 싶어하긴 하지. 그래도 아버님은 그 시도를 포기하고 처형하는 것 정도는 얼마든지 할 수 있는 사람이다.

그런 아버님을 알고 있는 내가 보기에 크류거의 생각은 약간 어설프다.

"어차피 황제의 부탁을 받고 왔겠지만, 나는 아무것도 실토할 생각이 없어. 내가 지니고 있는 정보는 내 목숨줄이니까."

"딱히 황제의 부탁 때문에 온 건 아니다. 개인적으로 신경 쓰이는 게 있었기 때문이야."

"호오? 자네만큼 대단한 사람이 신경 쓰이는 거라니?"

"남부에서 반란이 일어났을 때, 흡혈귀의 피를 이용해서 만든 약을 쓴 모양이던데?"

"미완성이지만 말이지. 그게 완성되었다면 내 승리는 굳건했을 텐데."

"그런가? 여기 오기 전에 카를로스 황자를 만나고 왔다. 그는 자신을 뒤에서 조종한 게 에리크 황자라고 했지. 흡혈귀를 마음대로 조종할 수 있는 건 그밖에 없다고 말이야. 그래서 신경 쓰이는군. 당신은 어떻게 흡혈귀의 피를 손에 넣었지? 그렇게 쉽사리 손에 넣을 수 있는 것이 아니야. 그냥 생각하기에는 동부에서 사건을 일으켰던 흡혈귀의 피일 테고. 그렇다면 당신도 에리크 황자에게 놀아났다는 게 된다만?"

"바보 취급하지 마라!"

크류거는 마시고 있던 홍차 컵을 세차게 탁자에 내려놓았다. 그 기세로 인해 홍차가 약간 흘렀다. 그러자 크류거가 깜짝 놀라며 정신을 차렸다.

"화를 내는 걸 보니 스스로도 그렇게 생각하고 있었나."

"……나는 놀아난 게 아니다. 에리크 황자가 내게 전력을 줄 이유도 없고."

"잔드라 황녀가 실각했다. 그것만으로도 충분하겠지. 당신은 전력에 나름대로 자신이 있었기에 강하게 나설 수 있었어. 자신이 없었다면 아무리 그래도 움직일 수 없었겠지."

"……억측을 늘어놓지 마라. 그 흡혈귀의 피는 에리크 황자에게서 받은 게 아니다. 그러니 나는 놀아나지도 않았다!"

굴욕의 낌새가 크류거의 얼굴에 드리웠다. 남부를 오랜 기간에 걸쳐 지배했던 공작에게 있어서, 자신이 손쉽게 놀아났다는 사실을 인정할 수 없는 모양이었다.

억측이긴 하다. 애초에 에리크가 흡혈귀와 관련이 있다는 증거도 없다. 하지만, 에리크라면 남몰래 크류거에게 연구 소재를 넘기는 짓 정도는 할지도 모른다.

"정보가 모든 것을 나타내 주고 있다. 카를로스 황자가 말한 대로 흡혈귀를 자기 마음대로 조종할 수 있는 황자는 에리크 정도뿐이지. 그리고 우연히 비슷한 시기에 제국에서 흡혈귀의 피를 손에 넣은 당신. 손을 잡은 게 아니라면 이용당했다고 봐야 할 거다."

"그 피는 어떤 조직으로부터 손에 넣은 물건이다! 에리크 황자에게 받은 것도 아니고, 에리크 황자가 몰래 넘긴 것도 아니야!"

어떤 조직이라. 틀림없이 범죄 조직일 것이다. 그게 사실이라면 생각해볼 수 있는 건 두 가지다.

한 가지는 그 조직이 독자적으로 흡혈귀의 피를 입수했다는 패턴. 다른 한 가지는 에리크가 그 조직과 손을 잡고 있었다는 패턴.

대체 어떤 조직일까.

캐내려했지만, 크류거가 아차 하는 표정을 짓고 있었다. 말실수를 했다는 걸 눈치챘나? 경계하고 있는 사람에게서 정보를 끄집어낼 수는 없다.

어떻게 해야 할까. 조직의 이름까지는 알아내고 싶은데.

생각에 잠겨 있자니 의자에 앉아있던 크류거의 안색이 점점 새파랗게 변했다.

척 보기에도 이상한 그 안색과 크류거로부터 뿜어져 나오는 알 수 없는 힘을 느낀 나는 곧바로 그를 결계로 봉쇄했다.

"콜록, 콜록……, 허억……."

마치 물에 빠졌던 것 같은 반응이다. 필사적으로 숨을 쉬고 있다. 좀 전까지 아무렇지도 않게 지내고 있던 남자가.

"어째⋯⋯, 서지⋯⋯?"

"계약에는 성실해야만 한다. 너는 우리 이야기를 하지 않겠다고 약속했다. 그리고 이를 어겼다. 죄에는 벌이다."

베란다를 통해 하얀 후드를 뒤집어쓴 큰 키의 남자가 방으로 들어왔다. 어느새 들어온 걸까. 크류거에게 의식을 집중시키고 있었다 하더라도 이렇게까지 가까이 접근하다니.

"나는⋯⋯, 아무 말도⋯⋯."

"계약은 엄격하다."

남자는 그렇게 말하고 나서 크류거에게 다가가려 했다. 아마 설치형 저주일 것이다. 계약과 동시에 심어 두었고, 발동시키고 나서 나타난 건가?

내가 가만히 있었다면 크류거가 호흡 곤란으로 죽었을 것이다. 그것만으로도 상대방의 실력이 뛰어나다는 걸 알 수 있었다.

"내가 심문하고 있다. 빠지시지."

"계약은 절대적이다. 위반한 자에게는 죽음을. 그것이 내 신조라서 말이지. 네가 쓸데없는 짓을 했기에 그가 아직 살아있다. 곤란하군."

"죽으면 곤란하거든."

"우리 둘 다 곤란한 건가⋯⋯, 그렇다면 어떻게 할 거지?"

그렇게 말한 남자가 후드 너머로 웃었다. 내가 SS급 모험가라는 사실을 눈치채지 못했을 리가 없다. 그럼에도 불구하고 미소를 짓는 걸 보니 상식에서 벗어났군.

"실력 행사로 나서겠다면 상대해 주겠다만?"

"불손하구나? 겨우 인간 따위가."

"그런 말을 자주 듣지."

그렇게 말한 순간, 나는 전이문을 열고 그 남자를 잡아서 끌고 들어갔다.

이곳은 제국의 요새다. 게다가 크류거가 감금되어 있을 정도로 중요한 곳이다. 여기서 내가 날뛰게 되면 많은 문제가 발생한다. 그리고 이 녀석의 목적은 크류거의 입을 막는 것이다.

그래서 나는 먼 곳으로 자리를 옮겼다.

6

"단거리 전이라면 모를까, 단숨에 장거리 전이라니……, SS급 모험가라는 것도 겉치레는 아닌 모양이로군."

내가 남자를 데리고 날아간 곳은 제국 동부에 있는 산간 지역. 주위에는 산만 있는 곳이다. 여기라면 어느 정도 날뛰더라도 문제가 되진 않을 것이다.

"내가 SS급 모험가라는 걸 알면서도 싸우러 나서는 녀석이 있을 줄이야."

"자신이 최강이라 생각하는 것 같군. 그 오만함이 마음에 들지 않는다. 주제를 알아라."

남자는 그렇게 말하며 어디선가 검 한 자루를 꺼냈다.

"거짓말은 좋아하지 않는다. 그러니 가르쳐 주마. 내 무기는 실이다."

그렇게 선언한 순간, 남자가 들고 있던 검이 수많은 실로 바뀌었다. 마력으로 이루어진 실이라고 해야 할까. 아마 얇게 만들거나 두껍게 만드는 것도 자유자재일 것이다.

"크류거를 질식시켰던 것도 그 실인가?"

"그렇다."

계약할 때 묶어두고, 위반하면 그것을 조여서 죽인다. 결계로 막아낼 수 있었던 이유는 원격 조작을 막았기 때문일까.

골치 아픈 능력이다. 그런데 이해가 안 된다.

"그 힘이라면 얼마든지 기습할 수 있었을 텐데?"

"정정당당한 것이 내 신조라서 말이야. 그리고 인간 상대로 기습을 가하는 건 수치일 뿐이다."

남자는 그렇게 말하며 순식간에 내 품속으로 파고들었다.

빠르다. 게다가 실이 뭉쳐 만들어진 검을 들고 있다. 실이라면 마음만 먹으면 늘어날 수 있겠지. 피하는 건 좋은 선택지가 아니다. 그래서 나는 결계로 남자의 일격을 막아 냈다. 재빨리 펼친 결계는 세 겹. 그중 두 장이 부서졌다.

"이런, 이런……, 내 결계를 부술 수 있는 녀석이 그리 많지는 않은데 말이야?"

"세계는 넓다는 뜻이지."

"그건 나도 동의하마. 다른 세계일 테니까."

나는 그렇게 말하며 결계로 남자의 팔을 구속한 다음, 위에서 수많은 마력탄을 떨어뜨렸다.

움직임을 막은 뒤에 제압. 하늘에서 날아드는 탄막을 피하려면 결계를 파괴하고 나서 도망치는 것밖에 방법이 없다.

꽝음과 함께 마력탄이 명중했고, 흙먼지가 피어올랐다. 잠시 후, 흙먼지가 가셨을 때는 주위가 공터로 변해 있었다. 하지만, 그곳에는 남자의 모습이 보이지 않았다.

"이런……, 영창도 하지 않고 그런 걸 할 수 있다니……, 솔직히 놀랐다."

"나도 놀랐어. 설마 팔을 버릴 줄이야."

남자의 오른팔이 사라진 상태였다. 구속당한 팔을 스스로 베어서 그 위기를 벗어났을 것이다.

막아 낸다면 그 틈을 타서 공격을 가했을 것이다. 그 상황은 도망치는 것이 상책이었다. 하지만 아무렇지도 않게 팔을 버릴 줄이야.

평범한 인간이라면 불가능한 재주다. 하지만.

"임시 몸은 참 편리하겠어?"

"눈치챘나."

"그리 바보 취급하지 마시지. 신기한 힘과 더불어 인간을 깔보는 말과 행동. 그리고 아무렇지도 않게 팔을 버린 선택. 비슷한 사례를 남부에서 마주친 적이 있지. 죽은 자의 시체에 깃들어 나타났던 악마. 너도 그런 부류로구나?"

내가 그렇게 지적하자 남자가 씨익 웃고는 잘라 냈던 팔을 어디선가 나타나게 만들었다. 그리고 그 팔을 붙이자, 눈 깜짝할 새에 팔이 움직이기 시작했다.

악마의 힘일까, 아니면 실로 기워 붙인 걸까. 어찌 됐든, 통증을 느끼는 몸이라면 간단히 해낼 수 있는 일이 아니다.

"동족과 만났다면 이야기하기 편하겠군. 나는 마르코시아스. 예측한 대로 악마다. 뭐, 숨길 생각도 없었다만."

"그런 모양이로군."

숨길 생각이 없다는 건 자신감의 발로다. 지금 나를 처치할 수 있을 거라 생각하고 있기 때문이다.

하지만 이건 큰 문제다. 남부 때와는 전혀 다르다. 그때는 소환된 직후였다. 하지만, 이 녀석은 그렇지 않다.

그때 우려했던 것이 현실이 되어, 인간에게 깃든 악마가 인간 사회에 숨어들었다. 겉으로 드러낼 수 있는 문제가 아니다. 이웃이 악마일지 모른다고 의심을 품게 될 테고, 그 사실을 이용해서 다른 사람을 밀고할 수도 있게 되어 버린다.

하지만 방치할 수도 없다. 악마는 과거에 인간들을 궁지로 몰아넣은 적이 있다. 결과적으로는 인간 쪽이 승리했지만, 다음에도 이길 수 있을 거라는 보장은 어디에도 없다.

"네놈은 마왕군의 잔당이냐?"

"글쎄다?"

"성실한 것 아니었나?"

"나는 성실하다. 하지만 착해 빠진 것은 아니지. 알고 싶다면 억지로라도 알아내 봐라."

"그렇게 하도록 하지."

나는 다시 수많은 마력탄을 전개했다. 그리고 그것을 곧바로 마르코시아스를 향해 일제히 날렸다.

하지만, 마르코시아스는 얇은 실을 이용해서 그것을 전부 쳐냈다. 그 얼굴에는 여유로운 미소까지 드리우고 있었다. 전혀 본 실력을 내지 않은 모양이다.

"인간들 중에서는 괴물일지도 모르겠다만, 상대가 악마라 하더라도 괴물일 수 있을까?"

"그건 모르지. 하지만, 한 가지 확실한 게 있다면 네 동족을 토벌한 게 나라는 사실이다."

마르코시아스는 내 말을 듣고 웃으며 돌진했다.

이번에는 내가 좀 전과는 달리 뒤쪽으로 물러났다. 그러자 마르코시아스의 실이 쫓아왔다.

결계로 막는 건 간단하지만, 결계의 강도는 좀 전에 파악당했다. 이번에는 그것을 뚫을 수 있을 만큼 강한 공격을 준비했다면, 함부로 멈췄다가 열세에 처하게 될 수도 있다.

나는 그렇게 생각하고 하늘로 올라가자, 마르코시아스도 나를 따라 하늘로 올라왔다.

실이 집요하게 쫓아온다. 요격하려 해도 좀 전의 공방을 감안하면 마력탄 정도는 간단히 쳐낼 것이다.

"시험해 볼까."

끝이 나질 않을 것 같았기에 나는 결계를 치고 공중에서 정지했다. 영창할 시간을 벌기 위해서다. 하지만 내가 멈춘 순간, 실이 모여 창처럼 바뀌었다.

그리고 결계를 일직선으로 뚫으며 내 배까지 관통했다.

"그런 허약한 결계로 내 공격을 막을 수 있을 거라 생각했나?"

마르코시아스는 비웃었다. 꿰뚫린 나는 그대로 지면을 향해 떨어지기 시작했다.

마르코시아스가 그런 나를 추격하려 했지만, 눈치챈 모양이다.

"……환술인가?"

"정답이다."

전이를 이용해 뒤쪽으로 파고든 나는 그대로 마르코시아스를 걷어차서 날려 보냈다. 마르코시아스는 땅바닥에 내동댕이쳐졌지만, 큰 대미지를 입진 않았을 것이다.

중요한 건 내게 시간이 주어졌다는 점이다.

"대규모 마법으로 지형을 바꿔선 안 되니까."

쓸 수 있는 마법은 한정적이다. 아무리 내가 SS급 모험가라고 하더라도 제국에 피해를 입히면 비난당한다. 하지만, 상대는 사람의 몸에 깃든 악마. 포획은 불가능. 지금 해치울 수밖에 없다.

간단히 쓸 수 있는 마법으로는 방어를 돌파할 수가 없고, 상처를 입혀 봤자 아무런 의미도 없다. 이렇게 된 이상, 소멸시킬 수밖에 없다.

"소멸시킬 거라면 안성맞춤인 게 있지."

문제는 대규모 마법이라는 점이다. 날리는 방식을 고려할 필요가 있다.

같은 수법에 다시 당할 상대도 아닐 것이다. 속이려면 공을 좀 들일 필요가 있다.

"좋아, 그 방법으로 가자."

머릿속에서 계획이 정해졌다. 그와 동시에 마르코시아스가 하늘로 올라왔다.

"잔머리를 굴리는군. 인간다워."

"몰랐나? 인간은 머리가 좋거든."

"싸우기만 하는 인간이 머리가 좋다고? 웃기지 마라."

"교섭도 하지 않고 힘으로 정복하려다가 오히려 당해 버린 악마에게 그런 말을 듣게 될 줄이야. 웃기긴 하는군."

"그렇게 말하니 뭐라 받아칠 수도 없겠어."

마르코시아스는 그렇게 말하며 웃었다. 도발은 소용이 없다. 도발에 넘어오는 녀석이었다면 편했을 텐데. 뭐, 계획을 바꿀 만한 정도는 아니다.

나는 환술로 수많은 분신을 만들어 냈다. 그리고 두 손을 몸 앞으로 내밀었다.

"어떤 게 진짜인지 알아볼 수 있을까?"

"전부 공격하면 그만이다."

마르코시아스는 실을 수없이 나누어서 공격했지만, 그 실은 전부 결계에 막혔다. 내 분신에 맞서기 위해 상대방도 실을 나눈 만큼, 공격력이 떨어진다.

"정답을 알아내야 한다는 건가."

"물론 제한 시간도 있다만?"

나는 그렇게 말하며 두 손을 펼쳤다. 사용할 마법은 흡혈귀와 수많은 몬스터들을 없앴던 흑의 고대 마법. 닿은 존재를 소멸시키기에 다루기가 까다로운 마법이다.

소비하는 마법도 많고, 컨트롤하기도 힘들다. 뛰어난 위력이 장점이긴 하지만, 써먹을 곳이 별로 없는 마법이라 할 수 있다. 하지만, 이 녀석을 상대로는 딱 좋다.

문제는 어떻게 맞출 것인가. 어떻게 지형에 영향을 끼치지 않게 할 것인가. 그건 상대방이 하기에 달렸다.

《나는 찬탈자이니 · 명부의 어둠으로부터 흑을 찬탈하였다.》

영창을 시작하자 모든 분신이 마법을 발동시키려는 태세에 들어갔다. 전부 다 공격하는 건 불가능하다.

《그 흑은 어둠보다 더욱 어둡고 · 그 흑은 밤보다 더욱 깊고.》

그렇다면, 적이 선택할 방법은 한 가지.

"내가 진짜를 간파하지 못할 거라 생각했군그래? 얕보인 모양이야!"

마르코시아스는 실로 이루어진 검을 겨누고 진짜인 나를 향해 일직선으로 돌진해 왔다. 한 번 봤던 환술이다. 두 번이나 속진 않으려는 모양이었다.

《개벽의 암흑·종언인 극흑.》

영창이 가경에 접어들자 마르코시아스가 내 앞에 섰다. 마치 이겼다는 듯이 미소를 짓고 있다. 하지만, 그건 어설픈 짓이다.

"그 목을 받아가마! SS급 모험가!"

마르코시아스는 그렇게 말하며 최대의 공격을 내게 가했다. 하지만 그것이 닿기 전, 마르코시아스는 내 앞에 전개된 전이문으로 인해 이동했다.

최대 위력을 지닌 공격을 가하기 위해 움직임이 직선적으로 바뀐다. 함정에 빠지기 쉽다.

나는 팔을 공중으로 향하고, 최후의 영창을 진행했다.

《모든 것은 그 흑에서 태어나고·모든 것은 그 흑으로 돌아간다── 인피니티 다크니스.》

거대하고 검은 구체가 내 머리 위에 떠올랐다. 닿은 것들을 모두 소멸시키는 위험한 흑색 구체다. 그것을 보고 하늘로 날려 보내진 마르코시아스가 중얼거렸다.

"어설펐던 건 나였나……."

"대답해라. 네놈은 마왕군의 잔당인가?"

"대답해 주마. 나는 성실하니까. 나는 악마, 마르코시아스. 과거의 대전에는 참가하지 않았다."

다시 말해 500년 전에 대륙에 왔던 악마가 아니라는 뜻이다.

새롭게 소환된 악마인가?

나는 그 대답에 만족하며 검은 구체를 날렸다. 마르코시아스는 최고의 일격을 검은 구체에게 날렸지만, 검은 구체는 멈추지 않고 악마를 집어삼켰다.

하늘이 새까맣게 물들었다. 그 검은색이 사라졌을 때, 그곳에는 아무것도 없었다.

"……."

승리의 기쁨은 없다. 그 녀석은 단순한 선발대다. 수준이 비슷한 악마가 얼마나 더 있을까?

무슨 목적으로 움직이고 있는 걸까?

적어도 크류거의 입을 막으러 온 걸 보니 크류거가 관여했던 조직과 관련이 있다는 건 분명하다.

"길드에 보고할 수밖에 없나……."

과연 효과가 얼마나 있을까. 지금 모험가 길드 본부는 굳건한 조직이 아니다. 하지만 방치할 순 없다. 이건 제국의 위기 수준이 아닌, 대륙의 위기다.

나는 그렇게 생각하며 제도로 돌아갔다.

7

"크류거가 암살당할 뻔했다는 정보가 성에 퍼지고 있습니다."

"실수로군, 내 실수."

"목숨은 건졌습니다."

"의식불명이지. 말을 할 수 없는 이상, 크류거의 가치는 사라졌어."

나는 방에서 세바스에게 그렇게 말한 다음, 한숨을 크게 쉬었다.

직은 악마였다. 하지민 민반의 준비를 갖추고 있었다면 막아낼 수 있었을지도 모른다.

"상대가 악마라면 어쩔 수 없었겠지요."

"거기까지도 상정했어야 했어."

"사람에게는 한계가 있습니다. 한 마리를 해치운 것만으로도 만족해야 할 겁니다."

"수수께끼가 더욱 깊어졌을 뿐이야. 그 녀석이 한 말을 믿는다면, 마왕군의 잔당이 아니겠지. 다시 말해서 새롭게 소환된 악마야. 악마를 소환하고 암약하는 자들이 어딘가에 있다고."

"길드에 보고한 이상, 언젠가 발견될 겁니다."

"발견해서 어쩌게? 상대는 악마야. 게다가 생김새는 인간과 똑같다고. 크류거의 입을 막으러 직접 움직인 걸 보니 그 녀석은 거물이 아니야. 그런 수준인 악마가 여럿 있다면 발견해 봤자 어떻게 해볼 수도 없을 거라고."

"그런 상황을 위해 SS급 모험가가 있는 것 아닙니까?"

"나 말고 다른 녀석들이 얼마나 움직일지⋯⋯, 에고르 옹은 한동안 움직이지 않을 테고, 다른 세 사람도 기대할 순 없어. 지금 길드 본부에는 구심력이 없고. 없는 것뿐이군."

나는 한숨을 쉬면서 식은 홍차를 마셨다.

이번 제위 쟁탈전은 이상하다. 그 말을 조사하기 위해 움직였는데, 수풀을 건드렸더니 뱀은커녕 용이 튀어나왔다.

"제국 안에 악마가 있었던 걸 고려하면 그 녀석들의 표적은 제국이라고 봐야겠지. 그리고 제국에서는 조만간 대규모 행사가 진행되고."

"악마가 행사를 노릴 거라는 말씀이십니까?"

"악마일지, 협력하고 있는 녀석들일지. 어찌 됐든 행사는 무사히 끝나지 않을 거야. 지금까지 많은 문제와 직면해 왔는데, 이번에는 비교도 되지 않을지도 모르겠어."

나는 기분 나쁜 예감을 느끼며 밖을 보았다.

제도는 행사를 맞이하여 서서히 분위기가 고조되어 가고 있다. 들뜬 분위기라고 할 수도 있다.

그 뒤에서 검은 음모가 소용돌이치기 시작하고 있다. 많은 귀빈들이 오게 되는 이상, 제국만의 문제로는 끝나지 않을 것이다. 막아야만 한다. 무대 뒤의 싸움은 내 영역이니까.

➡ 제4장 성녀 레티시아

1

며칠 뒤, 성이 어수선한 분위기에 휩싸여 있었다. 행사를 앞두고 왕국의 대표인 성녀 레티시아가 오는 날이기 때문이다.

맞이할 사람은 레오. 나는 그를 발코니에서 보고 있었다.

"흐음~, 아직 오지 않은 모양이로구나?"

"좀 기다리지 그래? 아까부터 그 말을 몇 번이나 한 줄 알아?"

"늦은 쪽이 잘못한 게다."

오리히메가 당당하게 말했다. 오리히메가 제도에 도착한 건 오늘 아침이다. 관광 중이긴 했지만, 제도 근처에 있었던 모양이다. 편지를 보고 행사가 있다는 게 생각났다고 한다. 정말 자유로운 녀석이다.

"그건 그렇고, 어째서 그대의 동생은 저리 안절부절못하고 있는 겐가?"

"대륙에 이름난 성녀님을 맞이하게 되었으니 그렇겠지."

"성녀? 페를랑 왕국의 성녀 말인가?"

"그래. 성검과 마찬가지로 유성으로 만들어졌다는 '사보성구' 중하나, 성장을 지닌 여자야. 왕국판 에르나라고도 할 수 있겠지."

"사보성구라. 나도 그건 알고 있다. 성검을 포함한 네 개의 성스러운 보구 아닌가? 성녀가 지니고 있었다니, 뜻밖이로군."

"일반적으로는 전설의 지팡이로만 알려져 있으니까. 애초에 사보성구는 수수께끼가 많아. 고대마법의 시대보다 더 이전에 만들어졌다고 하고, 효과도 제각각 다르지. 동급이라고는 하지만, 성검은 그중에서도 훨씬 강하고."

"자세히 아는구나."

"소꿉친구가 성검 보유자니까."

나는 그렇게 대답하며 하늘을 올려다보았다. 그 모습을 본 오리히메가 의아하다는 듯이 고개를 갸웃거렸다.

"어째서 하늘을 보는 게야?"

"페를랑 왕국의 성녀는 성장만 지니고 있는 게 아니야. 왕국에서도 얼마 없는 그리폰을 타고 다니지."

그렇게 말한 순간, 하늘에서 그리폰 일고여덟 마리가 이쪽으로 다가왔다.

그 선두에는, 하얀 그리폰을 타고 있는 옅은 금발의 여성.

그 금발은 등에 닿을 정도의 길이였고, 끼고 있는 카추샤가 특이했다.

신비로운 분위기를 풍기는 아름다운 여성. 보기에만 그런 것이 아니었다. 그녀는 새하얀 눈 같은 아름다움을 지니고 있었다.

더러움을 모르는 여자. 그것이 성녀 레티시아라는 인물이었다.

레티시아 뒤에는 왠지 모르겠지만 탑승자가 없는 검은 그리폰도 따라왔고, 그 뒤에 호위 그리폰 기사들이 따라오고 있었다.

레오가 공손하게 고개를 숙이며 레티시아 일행을 맞이한다.

약간 신경이 쓰였기에 마법을 이용해서 대화를 엿들었다.

"제도에 오신 것을 환영합니다. 성녀 레티시아 님. 오랫동안 여행하시느라 고생이 많으셨습니다. 제도에 머무르고 계실 동안에는 이 제8황자 레오나르트가 접대를 맡도록 하겠습니다."

"마중 나와 주셔서 감사합니다, 레오나르트 황자. 그리고 오랜만이네요. 5년 만인가요?"

"네. 오랜만입니다."

레오 녀석, 긴장했구나. 평소와 마찬가지였다면 성장한 레티시아를 칭찬했을 텐데.

지금은 무난한 말만 하고 있다. 아마 이상한 말을 하지 않게끔 조심하고 있기 때문일 것이다. 그런 레오를 보고 레티시아가 재미있다는 듯이 웃었다.

"황자, 5년 동안 우정이 사라져 버린 건가요?"

"아, 아뇨! 그럴 리가요!"

"그러면 어깨에 들어간 힘을 빼주세요. 당신이 어깨에 힘을 주고 있는 모습을 보니 저도 어깨에 힘이 들어가 버리네요."

"죄, 죄송합니다. 저기……, 당신이……, 정말 예뻐지셨기에 긴장이 되어버려서……."

"감사합니다. 레오나르트 황자도 멋있어졌어요. 아니, 이렇게 말하면 안 되겠죠. 당신은 정말 훌륭해지셨어요. 지금 당신의 명성은 왕국에도 널리 퍼졌답니다. 백성들을 구해 주는 영웅 황자라고요."

"그럴 리가요⋯⋯, 저는 주위 사람들에게 도움만 받고 있을 뿐입니다."

"그래도 백성들을 구하겠다는 결단은 당신이 내린 것 아닌가요? 당신의 그 자상한 마음씨가 그대로 남아 있다는 게 저는 기쁘네요."

레티시아는 그렇게 말한 다음, 레오에게 손을 내밀었다. 레오는 긴장한 듯이 그 손을 잡고 악수했다. 그리고 좀 더 이야기를 나눈 다음, 두 사람이 성 쪽으로 걸어갔다.

그런 와중에 레티시아가 이쪽을 보았다.

마치 맑은 하늘처럼 파란 레티시아의 눈동자가 나를 보았고, 그녀가 방긋 웃으며 내게 손을 흔들었다. 아무리 그래도 나까지 손을 흔들 수는 없었기에 고개를 살짝 숙여서 답례했다.

변함 없는 사람이다. 언제 어디서든 그녀는 그녀다. 마이페이스라고 해야 할지도.

"음⋯⋯."

"왜 그래?"

"역시 성녀로구나. 나도 반해 버렸다! 인정해 주도록 하마! 내 다음다음 정도로는 아름답구나!!"

"너는 여전히 거만하구나⋯⋯, 그래서? 네 다음으로 아름다운 사람이 누군데?"

"그야 제국 제일의 미녀지."

피네 이름을 언급하는 걸 보니 내가 모르는 사이에 얼굴을 마주할 기회가 있었던 건가? 뭐, 저번과는 달리 지금 오리히메는 정식 요인이니까. 피네가 인사하러 갔을지도 모르겠다.

그런데 피네조차 자기 다음이라고 하는 걸 보니 오리히메도 정말 대단하다. 다들 자신감을 지니고 있는 건 좋긴 한데, 지나친 마이페이스에 맞춰 주는 쪽은 힘들다고.

"참고로 에르나는 몇 등 정도야?"

"순위권 밖이다."

"본인 앞에서는 그런 말을 하지 말아줘……."

나는 그렇게 말하며 한숨을 쉬었다.

요인이 왔다는 건 골치 아픈 일도 늘어난다는 뜻이다.

부디 골치 아픈 일이 적게 일어나기를.

나는 그렇게 기원하며 발코니를 떠났다.

2

"근위기사단 제3기사대. 아르노르트 전하와 오리히메 예하의 호위를 맡겠습니다."

"으음, 고생이 많구나!"

각 나라의 대표에게는 호위로서 근위기사대가 따라붙게 되어 있다. 오리히메의 호위를 맡게 된 건 정식으로 근위기사대장으로 복귀한 에르나다.

뭐, 그건 상관없긴 한데.

"여기만 전력이 지나치게 강한 거 아닌가?"

"대륙 최강의 창과 방패니까요. 아르노르트 님께서 허약하다는 걸 감안하더라도 지나치군요."

"허약하다고 하지 마. 아버님의 지시야?"

"그래. 오랜만에 맡게 된 임무니까 아는 사람들끼리 지내는 게 편할 거라고 하셨어."

"내가 불편한데."

"그건 내가 알 바 아니지."

나는 그렇게 쌀쌀맞은 말을 듣고 한숨을 크게 쉬었다.

아는 사람들이라면 레오라도 딱히 상관이……, 안 되겠구나. 그렇게 되면 그쪽도 사보성구 보유자가 두 명이 된다.

어차피 비슷한 상황이면 내게 떠넘기자는 생각이 느껴지는 건 내가 착각한 게 아닐 것이다.

아버님은 정말 곤란하다니까.

"에르나 대장. 그대는 지금 내 호위겠지?"

"전하와 예하의 호위입니다."

"다시 말해 내 호위로구나!"

"……그렇지요."

오리히메가 소파에 앉아서 으스대는 표정을 지었다.

그 모습을 본 에르나가 질색하는 표정을 보였다.

나는 왠지 기분 나쁜 예감이 들었기에 옆에 있던 오리히메로부터 거리를 두었다.

"그러면, 에르나 대장! 어깨가 결리는구나!"

"그러신가요."

"그러신가요, 는 무슨! 지금은 내 호위잖나! 어깨를 주물러 주실까!"

흐흥! 오리히메가 그렇게 으스대자 에르나가 이마에 핏줄을 드러내며 볼을 움찔거렸다.

에르나도 그냥 어깨를 주무르는 건 직무가 아닌 행동이라면서 잘 넘어가면 되겠지만, 그녀는 그렇게 말하지 않을 것이다. 못하는 게 아니라 안 하는 거다.

왠지 진 것 같은 기분이 든다, 그렇게 이해가 안 되는 감각을 지니고 있기 때문이다.

그 때문에 상황이 골치 아픈 방향으로 흘러가게 된다.

"알겠습니다. 그러면 어깨를 주물러 드리지요."

에르나가 살의조차 느껴지는 미소를 지으며 천천히 오리히메 뒤쪽으로 다가갔다.

그런 한편, 오리히메는 에르나가 자기 말에 따르는 걸 보고 신이 난 모양이었다.

그렇기에 뒤에서 에르나의 미소에 힘이 들어갔다는 사실을 눈치채지 못했다.

"힘조절은 이 정도면, 괜 · 찮 · 으 · 실 · 까 · 요?"

"으아아아아악?!?! 어깨가 뭉개진다?!?!"

에르나는 부숴 버릴 듯이 오리히메의 어깨를 붙잡았다.

이미 주무른다는 행위가 아니었다.

그러자 오리히메가 날뛰었지만, 에르나는 힘을 더 주었다.

"아프다! 아프다! 아프다고 하잖느냐~?!?!"

"아픈 정도가 딱 좋은 겁니다만? 모르셨나요?"

"어깨가 없어져 버리겠다! 혹시 내 가슴을 보고 질투하는 겐가?! 그대의 가슴 크기로는 어깨가 결릴 일도 없, 으아아아아아아악?!?!"

"꽤 많이 뭉치신 모양이네요! 힘을 좀 더 주는 게 나을 것 같습니다!!"

오리히메가 함부로 꺼낸 말이 에르나의 신경을 건드리자, 에르나는 악귀 같은 표정으로 오리히메의 양쪽 어깨를 뭉개려 들었다.

아무리 그래도 더 이상은 위험할 것 같았기에 내가 에르나를 말렸다.

"에르나."

"흥!"

에르나는 내 목소리를 듣고 오리히메의 어깨를 놓아 주고는 코웃음을 치며 고개를 돌렸다.

그제야 에르나의 손에서 해방된 오리히메가 울상을 지으며 내 허리에 매달렸다.

"우으으……, 아프다아……, 아프단 말이다아……, 아르노르트으……."

"그래, 그래. 에르나에게 장난을 치니까 그렇지."

나는 어이없어하면서 오리히메의 머리를 쓰다듬으며 달래 주었다.

　오리히메는 한동안 아프다고 칭얼거리다가 통증이 가셨는지 울상을 지으며 에르나를 손가락으로 가리켰다.

　"호위 대상에게 상처를 입히다니, 대체 무슨 짓이냐!"

　"어깨를 주물러 드렸을 뿐입니다만?"

　"뭉개려 했잖느냐!"

　"그러면 다시 해드릴까요?"

　"히이이이익!!"

　에르나가 일부러 보여주려는 듯이 오른손으로 뭉개는 시늉을 하자, 오리히메가 통증을 떠올렸는지 비명을 지르며 내 뒤에 숨었다.

　"아르노르트! 에르나가 괴롭힌다!"

　"에휴……, 너무 심했어. 에르나."

　"뭔데?! 그쪽 편을 들 셈이야?!"

　"흐흥! 아르노르트는 언제나 내 편이다! 접대 담당자니까 말이지!"

　"그런 건 상관없어! 아르! 그 여우의 응석을 받아 주지 마! 분명히 험한 꼴을 당하게 될 거라고!"

　"이미 멀쩡한 꼴은 아니지만 말이지."

　그런 와중에 오리히메가 혀를 내밀며 에르나를 도발했다.

　그 싸구려 도발에 넘어간 에르나가 오리히메를 붙잡으려 했지만, 오리히메는 재주도 좋게 나를 방패로 내세우며 도망쳤다.

"거기 서!"

"설 것 같으냐!"

"이게 정말!"

"으앗?! 아르노르트! 이 여자가 방금 때리려 했다만?!"

"머리를 쓰다듬어 주려고 했을 뿐이야!"

"거짓말하지 말거라?! 주먹을 쥐고 있었잖느냐?!"

나를 중심으로 술래잡기가 시작되었다.

오리히메를 붙잡으려 하는 에르나와 나를 방패로 내세우며 에르나로부터 도망치는 오리히메.

두 사람은 빙글빙글 돌면서 술래잡기를 하고 있는데, 한 쪽은 용사고 다른 한 쪽은 선희다.

도망치던 오리히메가 결계를 쳤고, 에르나가 그것을 순식간에 파괴했다.

은근히 수준이 높은 공방이 벌어지자 내 주위에서는 유리가 깨진 듯한 소리가 연달아 울리게 되었다.

"주인을 내버려 두고 도망치다니, 집사로서 그래도 되는 거야?"

"여성 분들의 싸움에는 끼어들지 않는 게 제 신조입니다."

"처음 들었는데."

"처음 말씀드렸으니까요."

약삭빠르게 거리를 두고 피해 있던 세바스에게 잔소리를 해보았지만, 슬쩍 흘려넘겨 버렸다.

세바스는 곧바로 태연한 표정으로 들고 있던 홍차를 마셨다.

이 집사 녀석. 진짜로 끼어들 생각이 없는 것 같은데.

외부의 도움은 기대할 수가 없고, 그만두라고 해도 어차피 누구 편을 드냐면서 새로운 싸움에 휘말리게 될 뿐이다.

그렇다면 얌전히 이 쓸데없이 수준이 높은 술래잡기가 끝날 때까지 기다릴까.

그렇게 포기하고 있자니 방에 피네가 들어왔다.

"실례합니다. 아르 님."

"이 시끌벅적한 방에 온 걸 환영하지."

"후후, 활기가 넘치네요."

피네는 방긋 웃고는 익숙한 손놀림으로 홍차를 준비하기 시작했다.

피네가 보기에는 이런 상황도 활기가 넘치는 모양이었다.

"오리히메 님. 홍차 드시겠어요?"

"으음! 마시마! 피네의 홍차는 맛있으니 말이다!"

"그러면 앉아서 기다려 주세요. 에르나 님도 어떠세요?"

"나는……."

쫓아가던 오리히메가 피네의 말을 듣고 얌전히 소파에 앉은 모습을 본 에르나는 뻗은 손을 어떻게 해야 할지 몰라서 망설였다.

그런 에르나에게 피네가 웃어보였다.

"과자도 준비해 두었는데, 모두 함께 드시는 게 어떨까요?"

"……알겠어. 먹을게."

"네. 그럼 앉아 주세요."

피네는 그렇게 말하며 대륙 최강의 창과 방패를 얌전하게 만들어 버렸다.

엄청난 솜씨다. 맹수 같은 두 사람을 얌전하게 만들다니.

역시 피네라고 해야 하나.

"드세요, 아르 님."

"고마워. 덕분에 살았어. 정말로."

"아뇨, 드릴 말씀도 있어서요. 레오 님께서는 성녀님의 접대 때문에 고생하고 계신 모양이에요. 그쪽에는 성녀님의 호위도 계시니까요."

개인적인 이야기를 하기 힘들긴 하겠지. 하지만 어쩔 수 없다. 그쪽은 요인이니까.

"보통은 그렇겠지. 어디 사는 누구처럼 수행원을 내버려 두고 오는 녀석이 아닌 이상, 호위나 돌봐주는 사람이 있을 테니까."

나는 그렇게 말하며 오리히메를 바라보았다.

하지만 오리히메는 내 말을 듣지 못한 듯이 피네의 과자를 신이 나서 먹고 있었다.

"수행원을 두고 왔어?"

"길드 본부에 두고 왔다는데. 그곳에서 제국까지 호위는 제2기사대가 맡았으니까 괜찮긴 하겠지만……, 보통은 안 그러지."

"상식이 없네."

"시끄럽다, 너희 둘. 과자 맛이 떨어지잖나. 뭐, 떨어지더라도 맛있다만. 애초에 나는 내버려 두고 온 게 아니다. 대기하라고 명령한 게지."

"그런 걸 두고 왔다고 하는 거야."

"제국을 배려해서 그런 게다. 따라온 건 잔소리가 심한 노인들뿐. 그 녀석들을 데리고 왔다면 이건 안 된다, 저건 안 된다, 그런 말만 할 게 뻔하니. 제도에 도착하는 게 며칠이나 늦어졌을 게야."

오리히메가 지금은 자유롭게 지내고 있긴 하지만, 선국에서는 상징적인 입장이다. 무녀나 마찬가지다.

골치 아픈 규정이 잔뜩 있다.

그런 것들을 번거롭게 느꼈을 것이다.

"애초에 감시하는 사람이 있으면 놀지를 못하잖느냐."

"그게 본심이구나."

"으음!"

오리히메가 그렇게 말하며 과자를 계속 먹어 댔다.

혼자서 다 먹어 치울 듯한 기세였다.

오리히메가 그렇게 과자를 와구와구 먹고 있자니 손님이 또 왔다.

"아르 오빠! 지크를 데리고 왔어~!"

"츄피~!"

"오오! 엔타! 재미있게 놀아 주더냐?"

"츄피~!"

내 방에 온 사람은 크리스타와 리타였다.

크리스타는 축 늘어진 지크를 안고 있었고, 리타는 엔타를 안고 있었다.

보아하니 어느새 엔타도 크리스타와 리타의 친구가 된 모양이었다. 위화감도 없이 그걸 허용해 주는 오리히메는 정말 특이하다. 리타는 자연스럽게 방으로 들어왔지만, 원래는 불경죄를 물을 수도 있다. 거만하지만 너그럽다. 그래서 미움을 사지 않는 것 같다.

뭐, 그건 그렇다고 치고.

"지크는 왜 그을린 거야?"

"지크가 성녀님의 방에 다가갔다가 요격 결계에 걸렸다고……, 린피아가 그랬어."

"버리고 와도 된다."

"제, 젠장……, 결계라니, 비겁하잖아……."

지크가 축 늘어진 채 그렇게 중얼거렸다.

그런 지크를 보고 피네가 곤란하다는 듯이 볼에 손을 댔다.

"어떡하죠? 정말로 바깥으로 보내 드리는 게 나을까요?"

"바깥으로 내보내더라도 폐만 끼칠 테니 투옥시키는 게 나을 거야."

"나를 너무 푸대접하는 거 아니냐?!"

지크의 비통한 목소리가 메아리쳤지만, 아무도 동정하지는 않았다.

당연하지. 전부 자업자득이니까.

나는 어이가 없어서 한숨을 쉬며 홍차를 마셨다.

3

"아르노르트 황자."

성의 복도에서 누군가가 내게 말을 걸었다.

뒤를 돌아보니 호위를 대동한 레티시아가 있었다. 레티시아는 호위를 조금 떨어진 곳에 대기시키고는 내가 있는 곳까지 다가왔다.

"아, 성녀 레티시아. 오랜만입니다."

"네. 오랜만이에요."

레티시아는 그렇게 말하며 내 정면에 섰다.

키는 160정도일까. 5년 전에는 키가 비슷했으니 약간 작아 보이는 그녀를 보니 왠지 기분이 이상하다.

"키가 크셨네요."

"그야 쌍둥이니까요. 레오가 컸는데 저만 작으면 이상하죠."

"그렇긴 하네요. 그런데 성격은 여전히 정반대인 모양이에요."

"성격까지 비슷하면 기분 나쁘잖습니까? 레오는 성실하니까 저는 이 정도가 딱 좋은 거지요. 그런데 무슨 용건이신지? 레오의 대응에 불만이라도?"

"아뇨, 레오나르트 황자는 잘 해주고 계세요. 그냥 당신에게도 직접 인사를 드릴까 해서요."

레티시아는 그렇게 말하며 미소를 지었다.

티없는 미소다. 그런 구석은 예전과 달라진 게 없다.

뭐, 달라진 게 없는 건 그런 부분뿐만이 아니겠지만.

"그러시군요. 너무 딱딱하게 굴어서 짜증이 나시진 않을까 생각했는데, 쓸데없는 걱정이었나 봅니다."

"짜증이라뇨……, 그런 식으로 생각하진 않아요."

"그럼 답답하다는 생각은 하고 계신 거군요?"

"그, 그런 건……, 그냥."

"그냥?"

"좀 더 친근하게 대해 줘도 되는 것 아닐까 하고 생각했을 뿐이에요. 결코! 불평이나 불만이 있는 건 아니고요! 일부러 개선점을 찾아보자면 그렇다는 거죠!"

필사적으로 불만이 없다며 변명하는 레티시아를 보고 나는 쓴웃음을 지었다.

여전히 서투른 사람이다. 악의를 품은 행동에는 의연하게 대처할 수 있지만, 선의에는 한없이 약한 탓인지 곤란한 상황에 처해도 말을 꺼내지 못하는 건 레티시아의 약점이라 할 수 있다.

5년 전, 어머님을 찾아와 이야기했던 것도 그런 내용이었다.

시녀들이 마치 당연한 듯이 욕실로 들어온다며 곤란하다는 듯이 이야기하고 있었다. 레티시아는 그렇게까지 고귀한 출신이 아니다.

성장에게 인정을 받아서 지금 같은 입장이 되었지만, 예전에는 그렇지 않았다. 욕실로 자기 말고 다른 사람이 들어오는 게 익숙하지 않았다.

그래서 평민 출신인 어머님과 의논하러 찾아왔었던 것이다. 필요없다고 한마디만 하면 되겠지만, 시녀들이 선의로 하는 행동이었기에 거절할 수가 없었다. 결국에는 어머님이 그런 부분에 대해 시녀들에게 말해 주어서 해결되었다고 하지만.

지금도 그 약점은 여전한 모양이었다.

"뭐, 뭐죠?! 그 웃음은! 다른 사람이 곤란해 하는 상황에서 웃는 건 악의가 있는 것 같은데요!"

"곤란하신가요?"

"마, 말이 그렇다는 거죠! 곤란하진 않아요! 그냥 너무 예의를 차리는 게 아닐까, 그렇게 생각했을 뿐이에요!"

"그럼 레오에게 직접 그렇게 말씀해 주시죠."

"그, 그건……."

레티시아는 곤란하다는 듯이 말을 얼버무렸다. 일부러 나를 찾아온 건, 물론 인사를 하기 위해서이기도 하겠지만, 레오의 지나치게 정중한 대응을 어떻게 좀 해결해 줬으면 했기 때문일 것이다.

애초에 나와 레오 중 한 명을 지명한 이유는 그렇게 대해 주지 않았으면 했기 때문이다.

생각을 좀 해보면 바로 알 수 있을 텐데, 레오는 성실해서 있는 힘껏 정중하게 접대하고 있다.

그게 껄끄러운 모양이다. 그렇다고 해서 열심히 하고 있는 레오에게 뭐라고 할 수도 없다.

그런 상황일 것이다.

그래서 나는 쿡쿡 웃으며 그녀의 부탁을 받아들였다.

"알겠습니다. 제가 레오에게 말해 두죠. 어깨에 들어간 힘을 좀 빼라고요. 성녀님께서는 딱딱한 대응을 싫어하기 때문에 너를 지명한 거라고요."

"감사합니다! 역시 아르노르트 황자는 좋은 분이시군요……, 앗?! 다 알면서도 둘러댔던 건가요?!"

"솔직하게 곤란하다고 말씀하시질 않길래 조금 놀린 것뿐입니다."

"놀리다뇨?! 그 행동에서는 악의가 느껴집니다! 아르노르트 황자! 잊으셨을지도 모르겠지만, 제가 연상이거든요?"

"그랬나요? 연상다운 모습을 본 적이 없어서요."

"네?! 방금 그 말씀은 그냥 넘어갈 수가 없네요!"

예전부터 레티시아는 연상이라는 어필을 심하게 했다. 그녀가 우리보다 키가 조금 더 컸을 때는 그런 부분을 통해 자신이 연상이라고 주장했지만, 지금은 그럴 수도 없다.

어떻게 연상이라고 어필할 건지 흥미가 생긴 나는 다시 레티시아를 놀렸다.

"어디를 보더라도 제가 연상이죠! 저는 차분한 여자니까요! 연상의 여유라고요!"

"차분한가요?"

"차분하죠!"

어디가? 그런 식으로 되물었는데, 고집스럽게 끝까지 우기고 있다.

스스로 차분하다고 생각하는 이상, 아마 무슨 말을 해도 소용이 없을 것이다. 원래 그런 사람이고.

하지만, 차분한 사람은 그리폰을 타지 않는다고.

"뭐, 그런 걸로 해두죠."

"이유가 뭘까요……, 그 말투에 뭔가 다른 뜻이 담겨 있는 것 같은데요……."

"그런 건 없습니다."

나는 웃음을 참으며 대답했다. 척 보기에도 수상쩍어하는 시선이 날아들었지만, 적당히 흘려 넘겼다.

슬슬 놀리는 것도 그만두는 게 나을지 모르니까.

기분을 상하게 만들면 큰일이다.

"그러면 레오 쪽은 제게 맡겨 주시죠. 잘 말해 두겠습니다."

"부탁드릴게요. 저도……, 마지막 정도는 즐기고 싶으니까요."

"마지막 정도?"

"아무것도 아닙니다. 안심하세요. 폐를 끼치진 않을 테니까요."

레티시아는 그렇게 말한 다음, 미소를 지으며 돌아섰다.

그 뒷모습은 왠지 쓸쓸하게 보였다. 뭐라고 말을 걸까 망설이던 나는 입을 다물기로 했다.

정보가 아무것도 없을 때 움직이는 건 문제만 일으킬 뿐이다.

"세바스."

"네, 여기 있습니다."

모습은 보이지 않지만 있을 거라 생각했기에 집사의 이름을 불렀다.

그러자 세바스가 소리없이 모습을 드러냈다.

"그녀는 뭔가 문제를 떠안고 있는 모양이야."

"그런 것 같군요."

"알아봐. 뭐든 상관없으니 정보가 있어야 움직이지."

"다른 나라의 사정에 깊게 관여하는 건 그만두시는 게 나을 것 같습니다만."

"그걸 판단하기 위해서도 정보가 필요해. 그녀는 마지막이라는 단어를 사용했어. 그녀답지 않아. 분명히 뭔가 있을 거야."

"그것뿐입니까? 제국에 오는 게 마지막이라는 뜻 아닐까요? 결혼이라도 하게 되면 지금처럼 움직일 수 없게 될 테니, 그런 뜻 아니겠습니까?"

"그런 거라면 상관없고. 그녀가 왕국의 사정에 의해 누구와 결혼하더라도 우리와는 아무런 관계가 없지. 하지만, 다른 문제라면 골치아플 거야."

"다시 말해……, 성녀님께서 목숨을 잃게 될 위기에 처하실 거라는 말씀이신지?"

"맞아. 제국 안에서 성녀가 목숨을 잃기라도 해보라고. 큰 문제야. 게다가 접대 담당자는 레오고."

"지나친 생각인 것 같기도 합니다만……."

세바스가 그렇게 중얼거렸다. 맞다. 지나친 생각일 가능성이
더 크다.

마지막이라는 단어는 누구나 쓴다. 하지만 그 말을 들었을 때.

"기분 나쁜 예감이 들었어. 안타깝게도 내 기분 나쁜 예감은 꽤
잘 맞거든."

"그런 거라면 조사해 보도록 하지요. 그런데, 그쪽으로 움직이
면 악마에 대한 조사를 할 수 없게 됩니다만?"

"문제없어. 내 감이 말해 주고 있다고. 이쪽이 더 급해."

레티시아 곁에는 그리폰 기사와 함께 근위기사도 있다. 레티시
아의 안전은 보장되고 있지만, 그렇다 하더라도 기분 나쁜 예감
을 놓칠 순 없다.

"만약에 목숨을 잃을 위기에 처해 있고, 그런 위기를 느끼고 있
는 거라면 반드시 정보가 굴러다니고 있을 거야. 그녀는 그만큼
거물이라고."

"알겠습니다. 제게 맡겨 주십시오."

세바스가 그렇게 말하며 자취를 감추었다.

"정말, 쉬지도 못하게 하는군."

나는 그렇게 혼자 불평하며 그곳을 떠났다.

4

아버님의 즉위 25주년 행사.

그것은 제국이 전체적으로 거행하는 행사다. 각 도시도 그날은 황제를 위해 축제를 개최하지만, 제도는 비교도 되지 않는다.

행사 사흘 전부터 축제가 시작되고, 행사가 끝난 뒤에도 축제가 열린다.

그런 축제를 앞두고 제도의 열기가 서서히 달아오르고 있었다.

물론 정식으로 행사가 시작된 것은 아니다. 그럼에도 불구하고 제도의 달아오른 분위기를 한눈에 알아볼 수 있었다.

그런 제도의 분위기를 더욱 띄우기 위해 한 이벤트가 진행되려 하고 있었다.

이미 제도에 도착한 두 요인을 소개하는 자리다.

"봐! 성녀님이야!"

"옆에 있는 건 선희님인가?!"

"성녀님 만세! 제국 만세!"

"선희님~!!"

성의 발코니에 얼굴을 내민 사람은 레티시아와 오리히메다.

성녀 레티시아, 선희 오리히메의 이름은 대륙 전체에 널리 알려져 있다.

특히 레티시아는 전투 경력에 힘입어 제국 내부에서도 인기가 많다.

성녀 레티시아가 활약했던 것이 연합왕국과 벌였던 전쟁이었기 때문이다.

11년 전, 왕국은 제국과 전쟁 상태였고, 알바트로 공국의 지원 덕분에 겨우 방위선을 유지할 수 있었다. 하지만 그 때문에 국력이 쇠약해지고 이그레트 연합왕국을 중심으로 한 다른 나라들에게 침공당했다.

각지가 열세에 처한 와중에 나타난 사람이 성녀 레티시아였다.

연합왕국은 압도적으로 유리한 상황이었는데도 불구하고 패배를 거듭했고, 대륙에서 영토를 얻어내지 못했다.

그때 레티시아가 나타나지 않았다면 지금쯤 대륙 3강의 구성이 바뀌었을 것이다.

역사를 바꾸어 놓은 성녀. 그게 바로 레티시아다.

그런 요인들이 나와 있기에 접대를 맡은 황자들도 나와 있다.

가운데에 오리히메와 레티시아가 서 있어서 나와 레오는 약간 뒤쪽에 있지만.

"레티시아 님. 피곤하진 않으신가요? 오랫동안 여행을 하셨으니 피곤하시다면 안으로 들어가시죠?!"

미소를 지으며 손을 흔들던 레티시아에게 쓸데없는 말을 하던 레오의 발을 내가 말없이 밟았다.

레오가 뭐하는 거야?! 라는 듯한 표정으로 이쪽을 보았지만, 그건 내가 할 말이다.

"내 말을 듣긴 했어?"

"그래도 신경 써줘야지!"

"그게 문제라는 거라고. 우리는 접대 담당자야. 지내기 편한 공간을 제공하는 게 우리 역할이지. 그녀가 너를 지명한 건 딱딱한 대응을 원했기 때문이 아니라고. 내가 그렇게 말했을 텐데?"

"그야 듣긴 했지만……."

"들었다면 실천해라. 안으로 들어가자는 말이 왜 나오는데? 아무리 봐도 백성들의 모습을 보며 즐거워하고 있잖아."

"그래도 피곤할지도 모르니까……."

"만약에 그렇다면 본인이 그렇게 말하겠지. 어린애도 아닌데. 너는 그녀를 옛 친구로 대하면 돼."

"친구라고 해도……, 5년 전에 며칠 만난 것뿐이고……, 게다가 그녀는 성녀잖아?"

숭배까지는 아니겠지만, 비슷한 감정을 품고 있는 모양이다.

다가가선 안 되는 불가침의 존재. 그렇게 생각하고 있을지도 모르겠다.

"상관없어. 입장으로 다른 사람을 판단하는 거야?"

"그래도……."

"정말. 너는 왜 이럴 때 글러먹은 모습을 보이는 거냐고."

나는 어이없어하며 오리히메를 돌아보았다.

오리히메는 백성들의 환호성이 기쁜지 두 손을 흔들며 몸을 꽤 앞쪽으로 내밀고 있었다.

"오리히메. 위험해."

"으음? 그런가? 만약에 떨어지더라도 나라면 결계가 있으니 괜찮다만?"

"위태롭게 보인다고."

"음~, 그렇다면 어쩔 수 없겠구나."

오리히메는 그렇게 말하며 약간 물러섰다.

나는 그 모습을 보고 있던 레오에게 말했다.

"이거야. 해봐."

"못하거든?! 레티시아 님은 오리히메 님과 다르니까!"

"오리히메도 선희인데."

"성격이 다르잖아!"

"주절주절 귀찮게 구는 녀석이네. 됐으니까 일단 이름만으로 부르는 것부터 시작해."

"성녀님을 그렇게 부를 순 없잖아?!"

끝까지 선을 지키려 하는 레오가 고개를 저었다.

레오답다고도 할 수 있을 것이다. 이럴 때는 억지로 거리를 좁히게 하는 건 안 좋은 방법이겠지만, 레티시아 본인이 그걸 원하고 있으니 어쩔 수가 없다.

"피네를 대하는 느낌이라도 좋으니까 해봐."

"피네 양하고는 다르다고……. 귀족 영애들이라면 익숙하지만, 레티시아 님은 다르다고……."

"그거구나. 평소부터 여자들이 먼저 다가오니까 문제구나. 그래서 이럴 때 곤란해지는 거야."

"그런 건 아무런 상관도 없고, 여자들이 먼저 다가오지도 않아."

"자각하지도 못하나. 죄가 많은 남자야."

나는 그렇게 말하면서 한도 끝도 없을 것 같았기에 강경한 수단을 동원하기로 했다.

원망하지 마라. 동생아.

"성녀 레티시아."

"네?"

"저기 있는 커다란 저택이 보이십니까?"

"아~, 네. 보이네요."

"사실 저기에는 악마가 살고 있거든요. 제도에 계신 동안에 정화해 주시면 안 될까요? 주로 성격 쪽을."

"맞다, 맞아. 저기에 사는 건 악마다! 내가 그 악마 때문에 몇 번이나 울었지!"

내 이야기에 오리히메가 맞장구를 쳤다.

그리고 적당히라는 말을 모르는 오리히메가 금지된 단어를 말해버렸다.

"성녀라면 정화할 수 있을 게야. 그 빈유 악마의 못된 부분을 전부 정화하거라!"

그건 말이 너무 심하잖아. 그렇게 생각한 순간, 뒤에서 철컥, 살벌한 소리가 들렸다.

우리보다 더 뒤쪽에서 호위하고 있던 에르나가 이쪽을 노려보고 있었다.

여자애가 지어서는 안 되는 계열의 표정을 드리운 에르나를 보고 오리히메가 꼬리와 귀를 떨면서 나를 방패로 내세워서 에르나의 시선을 가렸다.

"움직이지 마라! 아르노르트! 내가 시야에 들어가 버릴 게다!"

"멍청아! 방패 삼지 마! 화를 내게 만든 건 너잖아!"

"이야기를 먼저 꺼낸 건 아르노르트잖나?!"

우리는 그렇게 말하며 천천히 레티시아 곁을 떠났다.

너무나도 무서운 에르나의 시선으로부터 도망치기 위해서였지만, 또 하나의 이유는 레오가 나설 수 있게끔 하기 위해서다.

내가 레오에게 살짝 윙크를 하자, 레오가 대체 무슨 짓을 하는 거냐는 듯한 표정을 지었다. 이렇게 한심한 레오의 모습은 정말 희귀하다.

어쩔 수 없지. 힘을 좀 빌려줄까.

"성녀 레티시아. 아~, 성녀라는 단어를 붙여서 부르는 것도 귀찮으니 그냥 이름만 불러도 될까요?"

"후후, 그러세요. 마음대로 하시죠."

"그럼, 레티시아. 제도에 대해 물어보고 싶으신 게 있다면 레오에게 물어보시죠. 이래 봬도 제도 수비대의 명예 장군이니까요. 제도에 대해서는 누구보다 잘 알고 있을 겁니다."

"정말인가요? 그럼, 레오나르트 황자. 저 건물은 뭐죠?"

"어, 저, 저건 말이죠……."

그렇게 레티시아와 레오의 대화가 시작되었다.

이제 레오가 노력하기에 달렸을 것이다. 예전에는 좀 더 친근하게 대해 줬던 것 같은데. 아마 레오의 마음속에서 레티시아라는 존재가 너무 커졌기 때문일 것이다.

하지만, 그 벽이 조금 무너졌다. 내가 할 수 있는 건 여기까지다.

뭐, 레오라면 어떻게든 해낼 테니까. 문제는 내 쪽이다.

"아르~? 뭔가 할 말이 있지 않을까~?"

"아르노르트?! 저 여자, 웃고 있다! 무시무시하구나! 역시 악마인 겐가?!"

"더 이상 도발하지 마?! 잠깐만! 에르나! 이야기 좀 들어봐!"

"이야기라면 안에서 들을게. 제3기사대. 예하와 전하께서 몸 상태가 좋지 않으시니 안으로 돌아가자."

"뭐라고오?! 나는 좀 더 백성들에게 칭찬받고 싶다!"

"이제 충분해요~. 성녀님께서 계시면 백성들도 기뻐할 테니까요. 예하와 전하께서는 안으로 돌아가시죠. 그리고 누가 악마인지 이야기를 좀 들어볼까요."

싸늘한 에르나의 목소리를 듣고, 나와 오리히메는 동시에 몸을 떨었다.

그 이후로 나와 오리히메는 무릎을 꿇은 채 잔소리를 듣게 되었다.

그런 와중에 신경이 쓰여서 레오와 레티시아를 살펴보았지만, 아직 거리가 좁혀진 것 같지는 않았다.

그래도 웃음소리가 조금 늘어난 건 성장이라 할 수 있을 것이다.

"아르! 내 말 듣고 있어?!"

"듣고 있어, 듣고 있다고……. 저기, 에르나. 슬슬 다리가 저리기 시작했는데."

"그런 건 상관없어! 그대로 용작 가문의 역사에 대해 들도록
해. 그러면 나를 악마 취급한 게 얼마나 어리석은 짓인지 이해할
테니까!"

"아르노르트가 꺼낸 이야기인데에……."

"이봐, 남 탓하지 마."

"사실이잖나!"

우리는 그렇게 서로 책임을 떠넘기면서 한동안 계속 무릎을 꿇
고 있어야만 했다.

5

다음 날.

깨어난 뒤에 평소처럼 내 방에서 책상에 앉아 자료를 보고 있
자니 피네가 왔다.

오리히메가 올 줄 알았던 나는 약간 뜻밖이었다.

"피네?"

"좋은 아침이에요. 아르 님."

"그래, 좋은 아침이야. 무슨 볼일 있어?"

"네. 가벼운 식사를 가지고 왔습니다."

"고마워. 그런데 웬일이야?"

피네는 내 말을 듣고 쓴웃음을 지었다.

그리고 시계를 살짝 손가락으로 가리켰다.

보아하니 시계 바늘이 10시를 가리키고 있었다. 항상 일어나던 시간보다 꽤 늦은 시간이다.

내가 그렇게까지 오래 잤다는 느낌이 들지 않았기에 시계를 보지 않았는데, 꽤 늦잠을 잔 모양이다.

"평소에 일어나시는 시간에 깨우러 왔는데, 정말 잘 주무시길래 깨우지 않았어요. 피곤하신 것 아닌가요?"

"그렇구나……, 뭐, 요즘은 이런저런 일들이 있었으니까."

"그래서 오리히메 님께는 크리스타 전하께 가시라고 말씀 드렸어요. 크리스타 전하께서도 오리히메 님께 흥미를 보이셨으니까요."

"그랬구나……, 미안해. 폐를 끼쳤어."

"아뇨, 제가 도와드릴 수 있는 건 이 정도뿐이니까요. 참고로 오리히메 님은 에르나 님께서 지켜봐 주고 계세요. 지크 씨도 계시니 호위 쪽으로는 문제가 없을 것 같네요. 오리히메 님께서 심심해하지 않을까 하는 문제가 있겠지만, 원래 다른 사람들을 잘 돌봐 주시는 분이시니 크리스타 전하와도 사이좋게 지내실 것 같네요."

상황에 대해 척척 설명해 주는 피네를 보고 나는 조금 감탄해 버렸다.

이쪽으로 온 직후에는 정말로 세상 물정을 모르고 순진한 소녀였지만, 지금은 이런저런 것들을 배우고, 많은 것들에 대해 대처

할 수 있게 되었다.

순진한 모습도 요즘은 볼 수가 없게 되었고.

"아으?! 아파요……."

…….

그건 착각이었던 모양이다.

홍차를 준비하려다가 책상에 발을 부딪혀서 아파하는 피네를 보고 나는 순진한 구석이 여전하다며 인식을 바로잡았다.

어째서 거기에 발을 부딪히는 걸까. 이해가 잘 안 된다.

울상을 지으며 홍차를 준비하고 있는 모습이 약간 불안해서 걱정되었다.

뭐, 그렇게 조금 둔한 게 피네다운 거라고 할 수도 있겠지만.

"홍차예요……."

"왜 거기에 발을 부딪힌 거야?"

"아으으……, 죄송합니다……."

내가 어이없다는 듯이 말하자 피네가 부끄럽다는 듯이 얼굴을 가렸다.

나는 그런 피네를 보면서 책상 위에 있던 자료를 들었다.

그러자 피네가 반응을 보였다.

"앗?! 안 돼요!"

피네가 내게서 자료를 빼앗으려고 필사적으로 손을 뻗었다.

내가 슬쩍 피하자 앞으로 몸을 너무 많이 내밀었던 피네가 균형을 잃었다.

"하으으?!"

"정말······."

균형을 잃은 피네의 어깨를 다른 쪽 손으로 잡고는 쓰러지지 않게 받쳐 주었다.

그리고 피네가 다시 균형을 잡은 것을 보고, 자료를 손가락으로 가리켰다.

"자, 설명해 주실까?"

"아으으······, 아르 님께서 심문 모드에 들어가셨어요······."

내가 눈을 약간 가늘게 뜬 것을 보고 피네가 전율했다.

그리고 한동안 눈을 피한 다음, 견디지 못하고 자백했다.

"아르 님께서 피곤하신 것 같다는 이야기를 에르나 님과 나누고 나서······, 오늘은 최대한 일을 쉬시게끔 하자고 정했거든요······."

"에르나 녀석. 일을 하라고 할 때는 언제고, 이번에는 일을 하지 말라고? 귀찮게 구는 녀석이네."

나는 그렇게 말하며 들고 있던 자료를 책상에 다시 내려놓았다.

책상 위에 있는 것은 남부의 부흥 상황이 쓰인 각종 자료들이다. 원래는 레오가 읽어야 할 자료지만, 레오는 바쁘기 때문에 내가 대신 읽고 정리한 것을 레오에게 넘길 생각이었다.

중요한 일이다. 소홀히 할 수는 없다. 하지만, 정리해 봤자 지금 레오에게는 여유가 없다. 어느 정도 늦어지더라도 문제는 없을 것이다.

남부 백성들에게는 미안하지만, 오늘은 쉬어야겠다.

주위 사람들에게 걱정을 끼칠 수는 없으니까.

"이러면 되는 거야?"

"네!"

기쁜 듯이 미소를 지은 피네를 보고 쓴웃음을 지으며, 나는 자리에서 일어섰다.

일을 하지 않을 거라면 책상 앞에 있어 봤자 의미가 없다.

소파로 간 다음, 늘어지면서 등을 기대고 앉았다.

"그런데, 일을 하지 말라고 하면 한가한데. 접대를 땡땡이치고 바깥에 나가기라도 하면 아버님께서 불벼락을 내리실 테고."

"제게 맡겨 주세요! 혹시 그런 일이 있을까 싶어서!"

피네가 그렇게 말하며 내 앞에 게임을 잔뜩 늘어놓았다.

대부분 보드 게임이었다. 요즘은 하지 않게 되었지만, 예전에는 레오와 자주 했었다.

"오~, 정겹네."

"이걸 하면서 노시죠! 이래 봬도 저는 이런 게임을 잘해서요."

"호오? 우연이네. 나도 잘하는데."

"그러면 해보시죠! 지지 않을 거예요!"

피네가 그렇게 말하며 내게 도전했다. 배짱도 좋지.

"그럼 뭐라도 걸까?"

"내기 말씀이신가요? 좋아요! 뭘 거실 건가요?"

"하루 잡일권."

"네?"

"레오하고 자주 그걸 걸고 했었지. 지는 사람이 잡일을 떠맡게 되는 거야."

"알겠어요. 저는 상관없어요! 미리 말씀드리지만, 저는 가족 중에 그 누구에게도 져본 적이 없는데요?"

"그렇구나. 그것도 우연이네. 나도 져본 적이 거의 없거든."

"네?"

그 불길한 말을 듣고 피네가 의아한 듯한 표정을 지었지만, 나는 아랑곳하지 않고 세팅을 시작했다.

■ ■ ■

"아으으?! 제 여왕님이?! 도, 도망치게 해야 하는데!"

"도망쳐도 상관은 없긴 한데, 왕이 텅 비었거든?"

"어엇?! 어느새?! 자, 잠깐만 기다려 주세요!"

"이게 몇 번째지? 뭐, 딱히 상관은 없지만."

게임이 완전히 끝난 한 수였지만, 그 상황에서 한 수 이전으로 판을 되돌렸다.

하지만, 여왕이나 왕, 양자택일이다. 되돌려 봤자 할 수 있는 건 제한적이다. 피네는 필사적으로 생각에 잠겼지만, 지금부터 만회하는 건 불가능하다. 어느 쪽을 선택하더라도 결국에는 궁지에 몰리게 된다.

그 사실을 이해한 건지, 피네가 어깨를 늘어뜨리고는 패배를 인정했다.

"졌습니다……, 으으……, 어떻게 해볼 수가 없어요……."

"이제 내 3연승이군."

피네는 한 번 진 다음에 다른 게임으로 도전했다.

하지만, 안타깝게도 나는 보드 게임 전반이 특기다.

"자, 이제 사흘 동안 잡일을 해야겠는데?"

"으으……, 괜히 상처만 벌어졌네요……."

첫 번째 승부에서 패배한 것을 원래대로 되돌려놓으려고 도전한 게 실수였어. 뭐, 잡일이라고 해도 원래 피네가 나를 꽤 많이 돌봐 주고 있으니까, 지금하고는 별다른 차이는 없겠지만.

그렇게 생각하고 있자니 방문이 열렸다.

"아르노르트! 일어났느냐~!"

"덕분에 말이지."

"오오! 일어나 있었던 겐가! 슬슬 일어날 줄 알았다!"

"훌륭한 예측이네. 크리스타하고는 사이좋게 지냈고?"

"흐흥, 그렇지? 크리스타와도 이야기를 잔뜩 하고 왔다!"

"그거 잘됐네."

그렇게 이야기하고 있자니 오리히메 뒤에서 크리스타와 리타, 그리고 에르나가 따라왔다.

지크가 보이지 않는데, 아마 만신창이가 되어 어딘가에 방치되었을 것이다.

뭐, 지크라면 괜찮겠지.

"아르 오라버니. 좋은 아침이야……."

"좋은 아침이야, 크리스타."

"아르 오빠, 놀자!"

"안 되지, 리타! 너는 지금 호위 중이잖아?"

에르나에게 혼난 리타가 정신이 번쩍 든 듯이 이쪽으로 달려오려다 멈췄다.

리타는 견습 기사지만, 일단은 크리스타를 호위하는 것으로 되어 있다. 뭐, 크리스타의 놀이 동무라는 의미가 더 크긴 하지만.

"역시 엄하시네, 근위기사대장님은."

"너도 나와 놀았잖느냐."

"놀지 않았어!"

오리히메는 에르나를 말로 슬쩍 건드렸고, 에르나가 그 말에 반박했다.

그러던 오리히메가 은근슬쩍 피네가 앉아 있던 내 맞은편에 앉았다.

"반상유희는 내 특기지! 이건 도전장으로 받아들이겠다!"

"아, 오리히메 님……, 아르 님께서는."

"말하지 말거라! 적의 수법을 미리 아는 건 비겁한 짓이니 말이다!"

와하하, 오리히메가 그렇게 큰 소리로 웃기 시작했다.

에르나와 크리스타가 그 모습을 미묘한 표정으로 바라보고 있었다.

"오리히메 님……, 아르 오라버니는, 안 봐주는데……?"

"봐줄 필요 따위는 없다!"

"그만두도록 해. 아르하고 그런 게임을 하는 것 자체가 쓸데없는 짓이라고."

"으음! 엄청난 강자인 모양이로구나! 그래야 내 접대 담당자라 할 수 있겠지! 덤비거라!"

"뭐, 본인이 원하니 말이야. 뭐라도 걸고 할까?"

"흐음……, 오늘 저녁밥은 어떤가?"

"그렇군. 그럼 너는 오늘 저녁을 굶게 될 거다."

나는 그렇게 말하며 어깨를 천천히 돌렸다. 그 모습을 본 에르나가 어이없다는 듯이 한숨을 쉬었다.

"에휴……, 미리 말해 두지만, 아르는 쓸데없는 것일수록 온 힘을 다하거든?"

나는 에르나가 그렇게 말하는 걸 들으며 인정사정없이 게임을 시작했다.

그리고 시간이 조금 지나자 방안에 오리히메의 울음소리가 울려 퍼지고 있었다.

"으아앙~!! 어째서냐~?!?! 이상하다! 이상하단 말이다!! 반칙한 것 아닌가?! 방금 그건 없던 거다~!! 한 번 더!!"

"벌써 세 번째인데? 세 종류의 게임을 해서 졌잖아. 인정해. 오늘 저녁은 굶어라."

"이렇게 말도 안 되는 경우가 어디 있나?! 반칙한 게 분명하지!

주사위를 던지는 게임인데 어째서 그대에게만 좋은 숫자가 나오는 게야?! 으아앙~!! 인정 못한다! 나는 인정 못한다~!!"

"좀 접대해서 봐주라고……."

"승부는 승부니까."

나는 씨익 웃으며 다음 게임을 골랐다. 뭘 하더라도 질 것 같지 않다.

오늘뿐만이 아니라 내일, 모레까지 저녁을 굶게 해주마.

"다음 게임을 이기면 전부 없던 걸로 해주지. 그러면 되겠어?"

"정말이냐?! 으음! 그 도전을 받아들이마!"

"하지만, 진다면 내일도, 모레도 저녁을 굶어야 해."

"시작되었네……, 아르의 착취가."

"예전부터 이러셨나요……?"

"그래……, 레오하고 내가 몇 번이나 피해를 입었는지……."

에르나가 과거를 떠올리며 불쾌한 듯한 표정을 드러냈다.

에르나에게 있어서 불쾌한 기억이라면 내게는 유쾌한 기억이라는 뜻이다.

"아르 오라버니……, 크리스타도 봐주지 않아……."

크리스타가 내 옆에서 불만이라는 듯이 입술을 삐죽댔다.

나는 그런 크리스타의 머리를 툭툭 두드려 주면서, 투지를 불태우고 있던 오리히메와 맞서 싸웠다.

"네 저녁밥은 내가 가져가마!!"

그런 다음, 곧바로 방 안에 오리히메의 비명이 울려 퍼졌다.

6

"가출이다! 나는 가출할 게야!"

나에게 연달아 패배한 오리히메가 그렇게 선언하고는 방에서 나갔다.

에르나가 어이없다는 듯이 쫓아갔고, 크리스타와 리타도 따라나섰다.

그리고 방에는 나와 피네만이 남았다.

폭풍이 지나간 것 같다고 생각하던 나는 소파에 등을 기댔다. 그런데 그런 내게 말을 건 사람이 있었다.

그 목소리를 들은 순간, 나는 손가락을 살짝 튕겼다.

"아르노르트 님."

"세바스구나. 어때? 부탁했던 조사는."

"신통치 않습니다. 제도 내부에서 수상쩍은 움직임을 추적하고 있습니다만, 걸려든 것은 별것 아닌 정보뿐입니다. 중요한 정보를 캐내려면 시간이 좀 더 걸릴 것 같습니다."

"서둘러. 제도에 있는 동안에 무슨 짓을 저지를 생각이라면 슬슬 움직임이 있더라도 이상할 게 없어."

"알겠습니다. 조급히 조사하겠습니다."

세바스는 그렇게 말한 다음, 다시 자취를 감추었다.

그런 이야기가 오갔는데도 불구하고 피네는 여전히 홍차를 준비하고 있었다. 이미 익숙해졌다는 느낌일까.

"드세요, 홍차예요."

"미안하네, 고마워."

"또 문제가 생긴 건가요?"

"그래, 이번에는 좀 골치 아픈 문제야."

"그럼 평소와 마찬가지네요."

피네는 그렇게 말하며 쓴웃음을 지은 다음, 문쪽을 힐끔 보고는 조용히 고개를 끄덕였다.

나는 방을 호위하고 있던 근위기사들이 세바스와 이야기를 나누는 목소리를 듣지 못하게끔 하기 위해 손가락을 튕겨서 방음 결계를 쳤었다.

그 사실을 이해하고 있던 피네는 이제 풀어도 괜찮다는 의미로 고개를 끄덕인 것이다.

정말 익숙해졌네, 나는 그렇게 생각하며 결계를 해제했다.

피네는 표정도 바뀌지 않고 오리히메 이야기를 꺼냈다.

"오리히메 님께서는 어디로 가셨을까요? 가출하겠다고 하시던데⋯⋯."

"글쎄? 뭐, 그 녀석이 갈 만한 곳은 별로 없긴 한데. 레오나 어머님이 계신 곳이겠지."

"가출이라고 하기에는 가깝네요⋯⋯."

애초에 성 밖으로 멋대로 나갈 수는 없다.

그렇다면 아는 사람이 있는 곳밖에 갈 곳이 없다. 아무리 오리히메라 하더라도 아버님이 계신 곳에 가진 않을 것이다.

그리고 오리히메의 성격을 고려하면 패배하고 끝낼 것 같진 않다. 아마 저녁밥을 탈취하기 위해 원군을 찾으러 갔을 것이다. 그렇다면 어머님께 가진 않았을 것이다. 그 사람은 공손히 흘려 넘기기만 할 테니까. 다시 말해.

"어쩔 수 없지. 레오에게 갈까. 어차피 거기에서 레티시아나 레오를 붙잡고 하소연을 하고 있을 테니까."

"두 분을 방해하면 큰일이니까요."

"방해라……."

그 정도 관계가 되어 준다면 기쁘겠지만, 레오의 성격을 감안하면 힘들 것 같다.

얼른 마음 편히 뭐든지 이야기할 수 있는 사이가 되어서 레티시아에게 이것저것 알아내 줬으면 좋겠는데.

"피네. 여자가 보기에 레오는 어때? 남자로서."

"남자로서 말씀이신가요? 레오 님께 불평할 만한 여자는 거의 없을 것 같네요. 멋지시고, 자상하시니까요."

"그렇단 말이지."

어째서 그런 부분을 제대로 써먹지 않는 걸까. 내가 그렇게 한탄하자 피네가 쓴웃음을 지었다.

"레티시아 님과 레오 님의 관계가 걱정되시나요?"

"알겠어?"

"그런 레오 님은 처음 뵈었으니까요. 하지만 걱정하실 필요는 없을 것 같아요. 두 분 모두 거리를 좁히고 싶다고 느끼시는 것 같으니, 계기만 생기면 될 것 같네요."

"계기 말이지."

그게 제일 어렵다. 나는 그렇게 생각하며 피네와 함께 방을 나섰다.

■ ■ ■

"싫어하는 상대로부터 무언가를 빼앗는 행위는 선한 행동이라 할 수 없죠. 악의가 느껴집니다."

레오의 방에 간 순간, 레티시아의 잔소리가 시작되었다.

레티시아 뒤에는 오리히메가 있었고, 레티시아가 하는 말을 들으며 연달아 고개를 끄덕이고 있었다.

"또 자기 좋을대로 전달했구나?"

"그런 짓은 하지 않았다!"

"과연 그럴까. 내가 뭔가 걸고 할까? 라고 물어봤을 때, 저녁밥이라고 한 건 너였잖아? 그래놓고 졌다고 해서 레티시아에게 하소연을 하는 건 너무 한심하지 않아?"

"끄으으! 가만히 듣고 있자니! 나는 그런 승부를 인정하지 못한다! 조작했을 게 분명해! 성녀 앞에서 다시 한번 승부를 내자꾸나! 레티시아! 감시를 부탁한다!"

"알겠습니다! 부정행위는 용납할 수 없어요!"

오리히메는 그렇게 말하며 레티시아와 함께 의욕을 보이고는 탁자 위에 게임 하나를 올려놓았다.

피네와도 했었던 게임, 상대방의 왕을 빼앗은 쪽이 이기는 그 게임이다.

내가 제일 잘하는 게임인데, 오리히메는 조작만 하지 않으면 내게 패배하지 않을 거라 생각한 모양이었다.

"배짱도 좋네. 참혹하게 패배해 놓고 말이야."

"시, 시끄럽다! 정정당당하게 승부를 벌이면 내가 이긴다! 레오나르트! 그대의 형을 감시하거라!"

"저, 저도요?"

자기는 상관이 없다는 듯한 표정을 짓고 있던 레오도 오리히메로 인해 멋대로 오리히메 진영에 편입되어 버렸다. 부정행위를 용납하지 않겠다며 의욕을 드러낸 레티시아와 반드시 이기겠다며 의욕을 보이는 오리히메.

그 두 사람을 보고 레오가 질색했다.

"오리히메 님……, 이런 말씀을 드리긴 매우 껄끄럽습니다만, 형은 부정행위도 능숙하지만, 단순한 게임 실력도 뛰어납니다."

"그럴 리가 없잖느냐! 주사위를 던졌는데 나만 작은 숫자가 나왔다. 그건 완전히 조작된 승부였던 게지! 틀림없다! 그리고 부정행위를 저지르는 자는 실력이 둔해지는 법! 성녀 앞에서는 부정행위도 할 수 없겠지! 다시 말해 내가 이긴다!"

"에휴……."

레오가 어깨를 축 늘어뜨렸다.

예전에 비슷한 말을 했다가 패배한 소꿉친구를 본 적이 있으니까. 그야 어깨를 늘어뜨릴 만도 하겠지.

그리고 그 소꿉친구가 어이없다는 듯이 방에서 나가려 하고 있었다.

"그럼 나는 방 밖에 있을 테니까, 끝나면 불러줘."

"뭐야? 안 보고 가게?"

"결과가 뻔히 보이는 승부 따위는 아무런 재미도 없어. 그리고 어렸을 때 배웠거든. 아르가 게임을 하기 시작하면 다가가지 않는 게 낫다는 걸."

에르나는 그렇게 말한 다음, 방에서 나갔다.

레티시아도 뭔가 위험한 분위기를 느낀 모양이었지만, 이제 와서 물러날 수도 없었기에 내 움직임을 감시하고 있었다.

뭐, 부정행위 같은 건 안 하니까, 아무리 봐도 상관없다.

"자, 그럼 해볼까? 참고로 이렇게까지 했는데 내가 부정행위도 하지 않고 이기면 저녁밥만으로 넘어가지 못할 거다?"

"으음! 저녁밥만으로는 부족하다는 게냐?!"

"당연하지. 이번에 부정행위를 하지 않았다는 게 밝혀지면 내 방에서 했던 게임도 유효한 거니까. 그 시점에서 네 저녁밥은 내 거야. 새로 걸 만한 게 없으면 의욕도 생기지 않고."

"음……, 좋다! 그렇다면 레티시아의 저녁밥도 걸도록 하마!"

"네에에에에에에에?! 제, 제 저녁밥을 거실 건가요?!"

"괜찮다! 나를 믿거라!"

"제, 제국의 요리는 맛있으니까 기대하고 있었는데요……, 하지만, 좋습니다! 한번 손을 뻗었으니 마지막까지 놓을 순 없죠! 제 오늘 저녁밥을 걸겠습니다!"

"좋아. 그럼 둘 다 저녁을 굶겠군."

나는 그렇게 말하며 말을 늘어놓기 시작했다.

그리고 곧바로 오리히메의 비명이 방 안에 울려 퍼졌다.

"으아아아아아!! 아니 된다! 아니 된다! 내 말을 더 이상 뺏지 말거라!!"

"그럼 왕을 뺏도록 하지."

"그것도 아니 된다! 아~! 아무리 애를 써도 뺏겨 버리는구나! 으으으으……, 나의 세력은 이제 말 두 개만 남았구나……."

이미 대세는 결판이 났다. 오리히메의 말은 왕과 다른 하나밖에 없다. 지금부터 역전하는 건 불가능하다.

오리히메 옆에 있던 레티시아도 얼굴이 새파랗게 질렸다. 부정행위를 저지른 낌새가 전혀 없었기 때문일 것이다.

그 뒤에서는 레오가 이마에 손을 댄 채 한숨을 쉬고 있었다.

"이제 포기해. 네 패배다."

"아, 아직 지지 않았다……!"

"끈질긴 녀석이네……, 그래. 선수를 교대하는 건 어때?"

"뭐라고? 그게 무슨 뜻이냐?"

"레티시아와 교대한다면 처음부터 다시 하더라도 상관없어. 레티시아도 저녁을 굶는 건 싫지? 자기가 진 것도 아닌데."

"그, 그래요! 오리히메 님! 제가 원수를 갚아드리겠습니다!"

"그, 그런가! 그렇다면 부탁하마! 레티시아!"

내 제안을 듣고 레티시아가 신에게 구원받은 듯이 눈을 반짝였고, 오리히메와 교대했다.

저녁밥을 되찾을 기회라 생각했을 것이다. 그게 치명적인 실수다.

"하지만 그렇게만 하면 내가 손해니까 말이지. 어때? 하루 잡일권이라도 걸까?"

"조, 좋습니다! 그쪽에도 이익이 없다면 내기가 성립되지 않을 테니까요!"

"레, 레티시아 씨! 형하고 그런 약속을 하는 건!"

"괜찮습니다! 이래 봬도 저는 전장을 경험했어요! 이 게임은 전장을 재현한 것! 제 경험을 살릴 수 있습니다!"

"아뇨, 아마 그건 상관이 없을 텐데……."

레오가 어떻게든 말리려 했지만, 레티시아는 나와 싸울 의욕에 가득 차 있었다.

일단은 레티시아 씨라고 부르게 되었구나, 나는 그렇게 감탄하며 씨익 웃었다.

그 미소를 본 레오가 몸을 떨었다.

"혀, 형……, 봐, 봐줄 거지……?"

"성녀와 선희에게 메이드복을 입히는 것도 나쁘지 않은 아이디어 같군.”

“대, 대체 뭐죠?! 그 악마 같은 미소와 아이디어는?!”

후후후.

나는 한 번 하게 되면 철저하게 하자는 신조를 지니고 있다. 게임이라면 특히.

각오해라!

■ ■ ■

“아아……, 이럴 수가…….”

“이걸로 끝이다!”

나는 그렇게 말하며 망연자실한 상태인 레티시아를 아랑곳하지 않고 재빨리 그녀의 왕을 쓰러뜨렸다.

그것으로 승패가 결정되었다.

“메이드복이다. 내가 저녁밥을 먹는 모습을 구경하라고.”

“이, 이렇게 악의가 흘러 넘치는 미소를……?! 사람의 정이라는 게 없는 건가요?! 오리히메 님께서 충격을 받고 입을 다물어 버리셨는데요?!”

“상관없어. 내게 승부를 내자고 도전한 게 잘못이지.”

“큭……, 레, 레오나르트 님! 부디 도와 주세요!”

“네에에?!?!”

설마 바통을 넘길 줄은 몰랐을 것이다.

레오가 깜짝 놀라 소리쳤지만, 레티시아가 곧바로 자리를 레오에게 양보했다.

"부탁드릴게요! 저와 오리히메 님의 저녁밥이 걸려 있어요! 메이드복을 입는 건 딱히 상관 없습니다만, 눈앞에서 먹는 모습을 보기만 하게 되면 너무 부러워서 울어 버릴 거예요!"

"무슨 그런 호들갑을……, 형도 진짜로 저녁밥을 뺏지는……."

"나는 내기를 할 때 거짓말을 하지 않아."

"그랬지……."

내가 진지한 표정으로 말하자 레오가 머리를 감싸 쥐었다.

그리고 한동안 그대로 있다가 각오를 다진 듯이 고개를 들었다.

"어쩔 수 없지……, 승부야! 형!"

"흥, 너와 내 대전 성적을 잊은 거냐?"

"그, 그건 예전 일이고!"

"100전 1승 99패야. 네가 1승이고. 100패를 하고는 싫지 않다면서 그 이후로 하지 않게 되었으면서 설마 다 커서 창피를 사러 나설 줄은 몰랐는데. 각오해라?"

나는 말을 잡으며 웃었다. 레오는 식은땀을 흘리며 내 페이스에 넘어가지 않겠다는 듯이 말을 늘어놓았다.

그리고 싸움이 시작되었다. 역시 쌍둥이라고 해야 할까. 레오는 내 수를 모조리 읽어냈다. 그런 의미로는 오리히메나 레티시아보다 더 버거운 상대였다.

하지만 공세에 나설 수가 없다. 레오가 읽어낼 수 있다는 건 나도 읽어낼 수 있다는 뜻이다. 그건 어렸을 때부터 변함이 없었다.

그리고 승부를 가르는 건 어떻게 상대방의 허를 찌를지에 달렸다.

그런 잔머리 대결에서는 레오가 나를 절대로 이길 수 없다.

"형의 여왕은 내가 받아 가겠어!"

레오가 단숨에 공세에 나서서 내 여왕을 채갔다.

하지만 그건 함정이다. 여전히 솔직하네.

나는 왕을 향해 은근슬쩍 접근해 두었던 말을 진격시켰다.

"어설프구나. 이걸로 끝이야."

"──과연 그럴까?"

레오가 그렇게 말하며 내가 진격시킨 말과 왕 사이에 다른 말을 끼워넣었다.

전면적으로 공세에 나선 줄 알았는데, 한 개만 방어용으로 남겨 두었던 건가?

이제 나는 한 수 뒤처지게 되었다. 그것은 전면 공세를 받아 내게 된 나에게 있어서 치명적인 차이였다. 그리고.

"이겼어⋯⋯?!"

드디어 레오의 말이 내 왕을 함락시켰다.

스스로도 믿기지 않는다는 듯이 레오가 그렇게 중얼거렸다.

그런 레오 옆에서는 레티시아와 오리히메가 매우 기뻐하고 있었다.

"해냈어요! 역시 레오나르트 님이시네요! 제 저녁밥을 지켜 내셨어요!"

"역시 대단하구나! 나는 계속 언젠가는 해낼 남자라고 생각했었다!"

두 사람이 마치 영웅처럼 떠받들어 주자 레오가 쑥스러운 듯이 볼을 긁었다.

나는 그런 레오를 보고 쓴웃음을 지으며 자리에서 일어났다.

"까불지 마라? 이제 101전 2승 99패거든? 내 실력이 훨씬 뛰어나다고."

"응, 나도 알아."

레오는 그렇게 말하며 웃었다. 나는 그런 레오의 미소를 보고 나서 분한 듯이 방을 나섰다.

"일부러 져주신 건가요?"

"글쎄."

내 뒤를 따라온 피네가 그렇게 물었지만, 나는 어깨를 으쓱이며 둘러댔다.

그런 나를 보고 피네가 웃었다.

"후후후……, 솔직하지 못하시네요."

"봐주진 않았어."

"정말인가요?"

"물론 온 힘을 다했지. 온 힘을 다해 최선의 수를 생각했어. 뭐, 진심이었던 건 아니지만."

"에? 온 힘을 다한 것과 진심은 차이가 있나요?"

"쓸 수 있는 힘은 썼어. 하지만, 반드시 이기겠다는 마음가짐은 아니었다고. 진심이었다면 속임수든 뭐든 썼을 거야. 온 힘을 다했지만 진심이 아니었다는 건 그런 뜻이지."

나는 그렇게 설명하며 뒤쪽 방에서 들려오는 웃음소리를 듣고 미소를 지었다.

보아하니 계기가 되긴 한 모양이다.

➳ 에필로그

밤. 레오는 천천히 빛이 사라져 가는 제도 거리를 성에서 바라보고 있었다.

그것은 예전부터 레오가 좋아했던 광경이었다. 조금씩, 조금씩, 제도의 거리에서 불빛이 사라지고, 사람들이 잠드는 게 느껴지는 시간을 좋아했던 것이다.

평온한 시간이었다. 이때만은 레오도 아무런 생각도 하지 않고 시간이 지나가는 것을 즐긴다.

요즘 레오는 황족 중에서 가장 바쁜 사람 중 한 명이었다.

제위 쟁탈전이 일시 휴전 중이라고는 하지만, 지원자들과의 회담을 거를 수는 없고, 제도 수비대의 명예 장군으로서 행사 중 제도의 수비에 대해 신경 쓰고 있었다. 게다가 자기 단련을 게을리하지 않았고, 레티시아의 접대 담당도 맡고 있었다.

쉴 틈도 없는 스케줄이었다. 그럼에도 불구하고 레오는 힘들다고 생각하지 않았다. 피곤하긴 했지만, 분명 충실했기 때문이다.

그래서 얼마든지 힘을 낼 수 있었다. 하지만, 너무 힘을 내다가 쓰러지면 모든 게 허사가 된다.

그렇기 때문에 레오는 마음을 놓는 시간을 소중히 여겼다. 그게 지금이다.

주위에는 아무도 없다. 불빛과 활기가 사라지지 않았던 제도도 천천히 잠들기 시작했다. 그저 그 모습을 바라보기만 하는 조용한 시간. 그것이 레오를 치유해 주고 있었다.

한동안 그렇게 있자니 뒤에서 인기척이 느껴졌다.

"신경 써 주셔서 감사합니다."

레오는 그렇게 말하며 뒤쪽을 돌아보았다. 그곳에는 레티시아가 있었다.

레티시아는 부드러운 미소를 지으며 고개를 저었다.

"아뇨, 저는 아무것도 하지 않았는데요."

"일부러 말을 걸지 않아 주신 거죠? 큰 도움이 되었습니다. 소중한 시간이었거든요. 그러니 감사합니다, 레티시아 씨."

레오는 미소를 지으며 다시 레티시아에게 고맙다는 인사를 했다. 그런 레오의 인사를 받고 레티시아는 고개를 살짝 끄덕이며 더욱 환한 미소를 지었다.

그리고 레티시아는 조용히 레오 곁에 섰다.

"레오나르트 님께서 이곳에서 거리를 바라보시는 이유는 지켜야 할 백성들을 의식하기 위해서인가요?"

"그렇게 훌륭한 이유는 아닙니다. 처음에는 빛이 사라져 가는 광경이 예뻤기 때문이었죠. 그러다 보니 그 광경을 보며 기분 전환을 하는 시간이 되었을 뿐입니다."

"이유가 없다는 건가요?"

"네, 아무런 이유도 없습니다."

"레오나르트 님께서도 이유가 없는 행동을 하시는군요."

"하지요. 하지 않을 것처럼 보이나요?"

"네. 당신은 합리적인 분일 거라 생각했습니다."

"합리적이라고요……, 뭐, 그럴지도 모르겠네요. 쓸데없는 행동을 하지 못하는 성격인 것 같습니다. 필요하니까 하는 경우가 많죠."

그것이 아르와 레오의 큰 차이였다. 레오가 해야 한다고 느낀다면, 아르는 하고 싶다고 느낀다. 그렇기 때문에 레오는 어떤 일이든 나서지만, 아르는 하고 싶은 일이 생겼을 때만 나선다.

하지만, 아르는 하고 싶다고 생각한 것에 대해서는 경이로운 집중력을 발휘한다. 그것은 레오에게 없는 재능이었다.

"저는 자신이 약한 사람이라는 걸 알고 있습니다. 형과는 다르죠. 대충 하는 것을 익혀 버리면 분명히 그것에서 빠져나올 수 없게 될 겁니다. 노는 걸 배우면 분명히 지금처럼 집중할 수 없게 되겠죠. 한번 느슨해지면, 저는 분명히 돌이킬 수 없게 될 겁니다."

"성실하시네요."

"서투른 거죠. 형처럼 재주 좋게 살 수는 없어요."

"뭐든지 좋은 면과 나쁜 면이 있어요. 사람의 내면은 말로 표현할 수가 없죠. 저는 레오나르트 님을 성실하다고 평가했지만, 레오나르트 님께서는 서투르다고 평가하셨습니다. 아르노르트 님을 재주가 좋다고 평가하는 사람이 있는가 하면, 적당히 산다고 평가하는 사람도 있어요. 하지만, 평가받은 사람이 달라지진 않았죠. 그 이유는 그것들이 전부 그 사람의 일면이기 때문이에요. 장소나 상황에 따라 다양한 측면이 나타나는 존재. 그게 바로 사람입니다."

레티시아는 그렇게 말하며 하늘을 올려다보았다. 그곳에는 별이 한가득 퍼져 있었다.

"하늘과 마찬가지예요. 낮에 본 푸른 하늘도 하늘의 일면이고, 밤에 본 별이 떠 있는 하늘도 하늘의 일면이죠. 어떤 걸 더 좋아하는지는 사람마다 다를 테고요. 하지만, 전부 하늘의 표정 중 하나예요. 하늘의 본질은 달라질 게 없죠. 사람에게 이익도 주고, 해를 끼치기도 해요. 하지만, 사람에게 해를 끼치는 측면이 다른 생물에게는 이익이 되는 경우도 있고. 세상은 그렇게 돌아가는 법이에요. 그러니⋯⋯, 당신께서 자신의 서투른 일면을 신경 쓰실 필요는 없을 것 같네요. 당신의 서투른 일면은 사람에 따라 성실함으로 받아들일 수 있고, 그 사람에게 좋은 영향을 끼칠지도 몰라요. 너무 형님과 비교하지 않으셔도 될 것 같네요. 당신은 아르노르트 님을 높게 평가한 나머지 자신을 낮게 보시는 것 같아요. 아르노르트 님께는 당신에게 없는 매력이 있긴 하지만요."

레티시아는 그렇게 말하며 하늘을 보고 있던 시선을 내려 옆에 있던 레오를 바라보았다. 시선을 느낀 레오나르트도 레티시아를 돌아보았다.

눈과 눈이 마주쳤다. 빨려 들어갈 것 같은 푸른 눈동자. 그것이 레오만을 바라보고 있다.

"하지만──. 저는 당신의 매력도 그에 못지않을 만큼 훌륭하다고 느낍니다. 아뇨⋯⋯, 당신이 더 마음에 드는 것 같네요."

레티시아는 그렇게 말하고 나서 약간 쑥스러운 듯이 웃었다. 그것은 레오에게 있어서 특별한 말이었다.

레오와 아르. 두 사람을 비교하면 언제나 레오가 칭찬을 받아 왔다. 하지만 그것은 아르의 본질을 이해하지 못한 사람들의 칭찬이다.

아르의 본질을 이해하고 매력을 찾아낼 수 있는 사람들은 항상 아르의 곁에 있었다. 가장 오랫동안 곁에 있었던 레오이기에 아르에 대해 가장 잘 알고 있었다.

아르의 매력을 깨닫고 사람들이 모여드는 것이 기뻤다. 내가 자랑스러워하는 형이니까. 하지만, 그와 동시에 열등감도 느끼고 있었다.

나는 아르를 이길 수 없다고.

그리 생각하는 레오에게 있어서, 아르에게도 매력이 있다는 걸 이해하면서도 자신이 더 마음에 든다는 말은 처음 들어 보았다.

그래서 레오는 아무런 말도 할 수가 없었다. 마음에 기쁨이라는 감정이 가득 차기 시작했다. 하지만, 그걸 어떻게 표현해야 할지 레오는 알 수가 없었다. 처음 겪어본 일이었기 때문이다.

"레오나르트 님?"

아무런 말도 하지 않는 레오가 걱정되었는지, 레티시아가 레오의 얼굴을 들여다보았다.

그 순간, 레오는 무의식적으로 레티시아의 손을 잡고 있었다.

"……기쁩니다. 정말……, 당신께서 그렇게 말씀해 주신 것만으로도, 말로 표현할 수 없을 만큼."

"그런가요? 그거 다행이네요. 기뻐해 주시니 저도 기뻐요."

레티시아는 싫은 기색을 보이지 않고 레오의 손을 맞잡았다.

그 이후로 한동안 두 사람은 손을 맞잡은 채 말없는 시간을 보냈다.

■ ■ ■

늦은 밤. 제도에 남몰래 한 남자가 귀환했다.

그 남자는 성으로 돌아오자 자신의 방으로 들어갔다.

그리고 미리 준비해 두었던 체격이 비슷한 대역과 교대한 다음, 얼굴을 가리고 어떤 곳으로 향했다.

그곳은 성 안에서 격리된 구역. 반란을 일으킨 크류거의 혈연이라는 이유로 잔드라가 감금되어 있던 곳이었다.

호위와는 이미 이야기가 되어 있었다. 쉽사리 방으로 들어가자 얼굴을 가리고 있던 남자가 자신의 얼굴을 드러냈다.

"상황은 어떠냐? 잔드라."

"순조로워. 고든."

제도로 돌아온 고든은 잔드라가 한 말을 듣고 씨익 웃었다.

북부로 좌천되었던 고든이 행사 때문에 다시 불려 온 것이다.

"성녀가 예정보다 일찍 와 있는 것 같다만?"

"그것도 문제없어. 성녀에 대해서는 왕국의 제1왕자가 전부 처리해 줄 거야. 실행하는 건 제1왕자의 협력자지만."

"그렇군. 그렇다면 나는 이대로 계획을 진행하마."

　"그렇게 해. 한동안은 함께 싸워줄게. 계속 이런 방에만 갇혀 있는 건 내 취향이 아니니까."

　"좋은 마음가짐이다. 배신하지 않는 한, 섭섭하지 않게 해 주마."

　"거만한 시선이 마음에 들지 않지만……, 지금은 더 마음에 안 드는 녀석들이 있으니까 용서해 줄게. 먼저 다른 방해꾼들을 처리해야겠어."

　"그래. 지금 우리는 같은 적을 두고 있다. 그 이후로는 모르겠지만."

　어디까지나 타산적인 관계. 거기에 신뢰는 없다.

　하지만, 그럼에도 불구하고 제위를 두고 다투던 유력 후보 중 두 사람이 손을 잡았다는 건 사실이었다. 예전이었다면 있을 수 없는 일이다. 어

찌 이런 일이 실현된 것일까?

그건 세력 균형이 무너졌기 때문이다. 삼파전을 벌이던 와중에 네 명째 참가자가 난입했고, 잔드라와 고든은 큰 타격을 입었다. 그렇기 때문에 두 사람은 손을 잡았다.

"왕국의 제1왕자에게 전해 줘라. 실패하지 말라고."

"그건 내가 할 말이야. 군은 장악했어?"

"물론이지. 북부에서 놀기만 했던 건 아니니까."

두 사람은 동시에 등골이 오싹해질 정도로 싸늘한 미소를 지었다. 그 미소 속에는, 시대만 다르게 태어났더라도 황제가 되었을지도 모른다는 평가를 받던 예전의 흔적은 어디에도 없었다.

SAIKYO DEGARASHI OJI NO ANYAKU TEII ARASOI Vol.6
MUNO O ENJIRU SS RANK OJI WA KOI KEISHO SEN O KAGE KARA SHIHAI SURU
©Tanba, Yunagi 2021
First published in Japan in 2021 by KADOKAWA CORPORATION, Tokyo.
Korean translation rights arranged with KADOKAWA CORPORATION, Tokyo

최강 찌꺼기 황자의 암약 제위 쟁탈전 6
무능한 척 연기하는 SS랭크 황자는 황위 계승전을 남몰래 지배한다

2024년 1월 15일 1판 1쇄 발행

저　　　　자	탄바
일 러 스 트	유우나기
옮　긴　이	천선필
발　행　인	유재옥
이　　　사	조병권
출 판 본 부 장	박광운
담 당 편 집	정지원
편 집 1 팀	박광운 최서영
편 집 2 팀	정영길 조찬희 박치우 정지원
편 집 3 팀	오준영 이해빈 이소의
디자인랩팀	김보라 박민솔
디지털사업팀	박상섭 김지연 윤희진
라이츠사업팀	김정미 맹미영 이윤서
영업마케팅팀	최원석 박수진 박소연
물　류　팀	허석용 백철기
경영지원팀	최정연
발　행　처	(주)소미미디어
인쇄제작처	코리아피앤피
등　　　록	제2015-000008호
주　　　소	서울시 마포구 토정로 222, 403호(신수동, 한국출판콘텐츠센터)
판　　　매	(주)소미미디어
전　　　화	편집부 (070)4164-3962, 3963　기획실 (02)567-3388
	판매 및 마케팅 (070)8822-2301, Fax (02)322-7665

ISBN 979-11-384-8115-1(04830)
ISBN 979-11-384-3519-2(세트)